그 별이 나에게 길을 물었다

그별이 나에게 길을 물었다

섬을 걷다 두 번째 이야기

글·사진 강제윤

홍익출판사

Prologue

홍도
앞바다의 모습

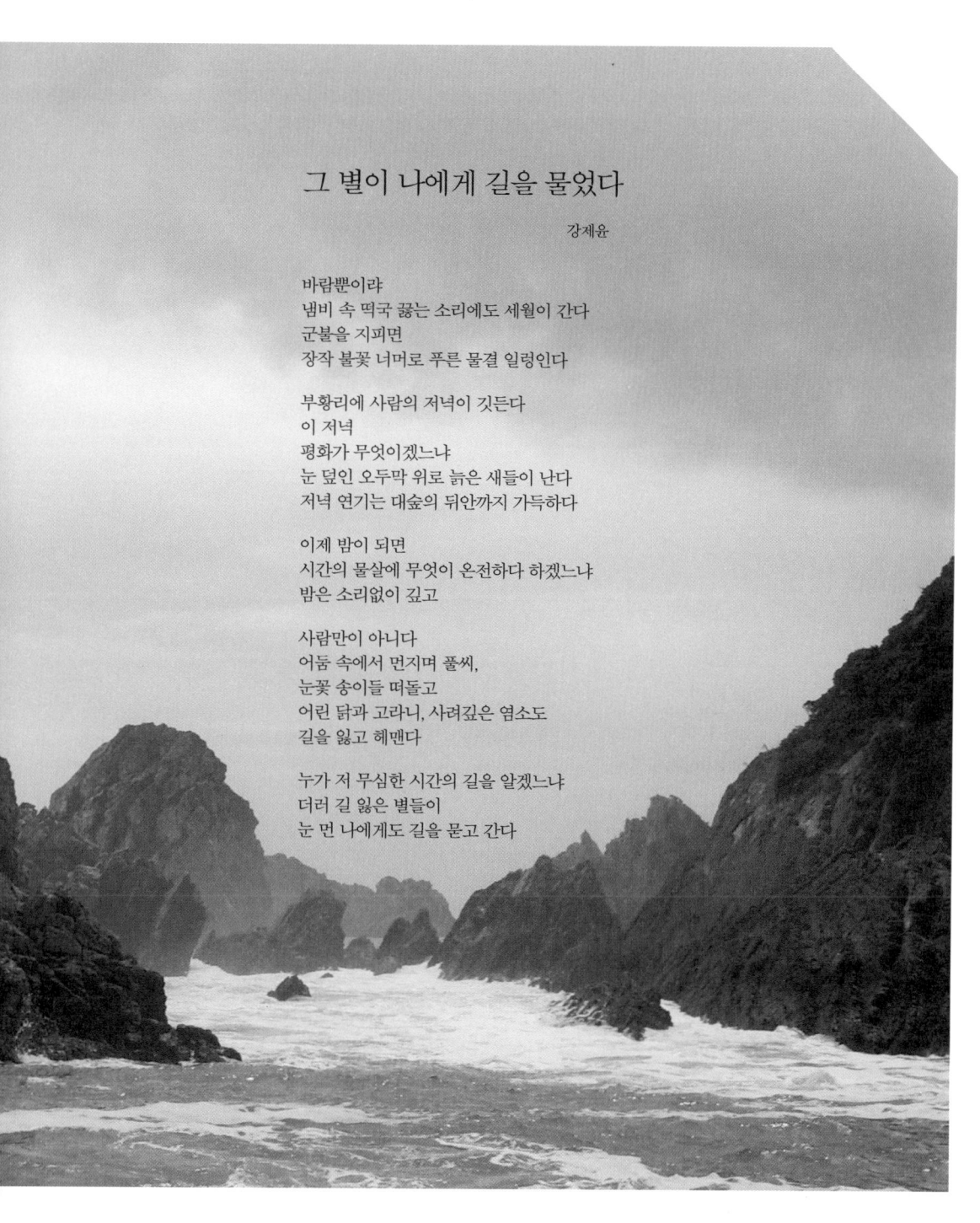

그 별이 나에게 길을 물었다

강제윤

바람뿐이랴
냄비 속 떡국 끓는 소리에도 세월이 간다
군불을 지피면
장작 불꽃 너머로 푸른 물결 일렁인다

부황리에 사람의 저녁이 깃든다
이 저녁
평화가 무엇이겠느냐
눈 덮인 오두막 위로 늙은 새들이 난다
저녁 연기는 대숲의 뒤안까지 가득하다

이제 밤이 되면
시간의 물살에 무엇이 온전하다 하겠느냐
밤은 소리없이 깊고

사람만이 아니다
어둠 속에서 먼지며 풀씨,
눈꽃 송이들 떠돌고
어린 닭과 고라니, 사려깊은 염소도
길을 잃고 헤맨다

누가 저 무심한 시간의 길을 알겠느냐
더러 길 잃은 별들이
눈 먼 나에게도 길을 묻고 간다

contents

Chapter 3
/삶에 기적은 없다/

Chapter 4
/여행이 가르쳐주는 세 가지/

Chapter 5
/바람이 불어오는 곳/

서문

　우리는 모두 바다로부터 왔다. 바다는 어머니다. 지구 최초의 생명이 바다에서 잉태됐듯이 우리 또한 어머니의 자궁이라는 바다에서 생명 활동을 시작한다. 짧은 기간 동안 우리는 수십억 년 진화의 과정을 압축적으로 경험한다. 생명의 원천인 바다. 바다를 보면 막혔던 숨통이 트이고 평온함이 드는 것은 그 때문이다. 그저 푸른 물빛만 봐도 환희롭다. 무서워 바닷물에 발도 담그지 못 하는 사람마저 바다의 너른 품 안에서 안식을 얻는다.

　어머니 바다, 그래서 프랑스어 어머니(mère)에는 바다(mer)가 들어 있고 한자의 바다(海)에는 어머니(母)가 들어있다. 원초적 기억이 언어를 통해 우리의 기원을 암시해 준다. 나그네가 끊임없이 바다를 떠도는 것도 그 때문일까. 모성으로의 회귀. 연어나 은어, 뱀장어만 모천을 찾는 것이 아니다. 사람도 떠돌다 마침내 돌아가는 곳은 어머니의 품이다. 어머니의 품처럼 너른 바다.

나그네가 섬으로 가는 것도 실상은 바다에 대한 그리움 때문인지 모른다. 단지 몇 날만 바다를 못 봐도 몸이 바짝바짝 타들어간다. 바다 곁에 서면 몸은 다시 물먹은 건해삼처럼 부풀어 오르며 생명력을 되찾는다. 나그네는 이 나라의 모든 유인도를 걷겠다는 서원을 세우고 5년째 바닷길을 건너고 있다. 그동안 200여 개의 섬들을 걸었다. 많이 왔다 싶었는데 아직도 갈 길은 멀다.

바다나 강, 호수 등의 물로 둘러싸인 육지의 일부를 섬이라 부른다. 그렇다면 유인도와 무인도는 어떻게 구분할까. 사람이 사는 섬은 유인도, 사람이 살지 않는 섬은 무인도인가? 하지만 국제 해양법에 따르면 사람이 살아도 유인도가 아닌 섬이 있다. 섬에 두 세대 이상이 거주하고, 식수가 있고, 나무가 자라야 유인도라 한다. 세 가지 중 하나라도 부족하면 그 섬은 유인도가 아니다. 물이 없고 나무가 자라지 못하는 섬이라면 사람이 살 수 없으니 유인도라 할 수 없는 것은 당연하다.

하지만 물이 있고 나무가 자라고 한 세대가 거주하는 섬을 유인도라고 부르지 않는 이유는 무엇일까. 언뜻 보기에 타당하지 않은 듯한 이 규정은 사람살이〔有人〕에 대한 정확한 개념 정의이기도 하다. 사람이 산다는 것은 홀로 사는 것이 아니라 함께 사는 것이니 사람이 살아도 홀로〔한 세대〕 사는 섬은 유인도가 될 수 없다는 뜻이 아니겠는가. 섬도 숨어서 홀로 살 수 있는 곳은 아니다. 섬뿐이랴. 사람이 땅에 발 딛고 사는 한 홀로 살 수 있는 곳은 어디에도 없다.

그럼에도 우리들은 섬이 홀로 사는 곳인 양 절대 고독과 고립의 이미지로 기억해왔다. 그도 아니면 일상을 벗어난 낭만의 공간으로 동경해왔다. 섬 또한 육지와 같은 삶의 공간이라는 사실을 망각하고 살아왔다. 그래서 섬은 늘 멀게만 느껴졌다. 근래 몇몇 섬들이 피서지나 관광지로 유명세를 타면서 섬을 찾는 사람들이 부쩍 늘었지만 소수에 불과하다. 선박과 항해술의 발달로 섬으로 가는 길은 부쩍 가까워졌는데도 어째서 우리는 여전히 대부분의 섬들을 멀게만 느끼는 것일까. 수만 리 먼 나라들은 자유롭게 오가면서 바로 우리 곁에 있는 섬으로는 왜 선뜻 다가가지 못 하는 것일까.

그것은 섬이 불편하고 척박하고 버림받은 유배의 땅이라는 육지 중심의 사고에서 비롯된 바 크다. 이러한 인식의 뿌리는 조선왕조의 폐쇄적인 해양정책에 잇닿아 있다. 본래 우리의 인식은 육지 중심의 편협한 틀에 갇혀 있지 않았다. 옛날 이 땅의 사람들은 바다를 통해 세계와 소통했다.

세계로 향하는 통로로 기능했던 바다가 단절의 바다로 전락한 것은 조선시대에 와서였다. 고려 말부터 이 나라의 섬들은 왜구의 침략에 무방비 상태였고 조선이 들어선 뒤에도 개선되지 않았다. 게다가 자주성을 상실한 조선은 명나라의 해금(海禁)정책을 추종해 적극적인 공도(空島)정책을 폈다. 섬과 바다를 포기한 것이다.

　조선시대 수백 년 동안 섬에 사람이 살지 못하는 비정상적인 상황이 계속되면서 바다와 섬은 점차 잊혀지고 버림받은 공간으로 전락했다. 임진왜란 이후 다시 섬에 사람들이 정착하기 시작한 이후에도 섬은 피난민이나 도망자들의 땅이었다. 게다가 섬들이 유배지로 이용되는 경우가 많아지면서 육지 사람들의 섬에 대한 편견은 더욱 심화됐다. 그래서 불과 이삼십 년 전까지만 해도 육지 사람들이 섬사람들을 섬놈이라 부르면서 멸시했던 것이다. 하지만 그 옛날 바다와 섬은 육지보다 더욱 활력 넘치는 삶의 터전인 동시에 문명교류의 중심 공간이었다.

　해양왕국이었던 백제와 장보고의 청해진이 바다와 섬을 기반으로 세계와 소통했다는 것은 잘 알려진 사실이다. 1976년 거문도의 장촌마을 해변에서는 중국 한(漢)나라 때의 화폐인 오수전이 다량 출토되었다. 외딴 섬처럼 보이는 거문도가 실상은 고대부터 국제 해상 교류의 중간 기착지였다는 증거다. 지난 2000년에는 흑산도의 읍동마을에서 신라시대부터 고려시대까지 이어진 국제해양 도시의 흔적들이 확인된 바 있다. 고려시대 예성강 입구에 있던 벽란도는 개경에 출입하는 외국인들이 통관절차를 밟던 국제항이었다. 고대부터 고려시대까지 우리는 바다를 통해 일본과 중국은 물론 동남아, 인도, 아라비아, 페르시아, 유럽까지 소통했었다. 이 땅이 세계를 향해 열려 있을 때 언제나 그 중심에는 바다와 섬들이 있었다.

우리는 우리의 땅이 좁은 줄은 알면서도 우리의 바다가 얼마나 넓은 줄은 잘 모른다. 오랫동안 좁은 땅에 갇혀 살다보니 몸도 마음도, 시야도 폐쇄적으로 변해버린 것이다. 사대적 습성이나 이방인 대한 배타성은 그에서 비롯된 바 크다.

섬에서는 우리가 얼마나 넓은 바다의 주인공인가를 금방 깨달을 수 있다. 섬에서 바라보면 대륙 또한 바다에 둘러싸인 하나의 섬일 뿐이다. 육지 중심의 사고를 벗어나는 순간 우리는 충분히 크고 드넓다. 배타성이나 사대주의 따위가 들어설 틈이 없다. 또한 섬에는 고대부터 우리가 열린 마음으로 세계와 소통하며 살았던 역사와 흔적들이 남아 있다. 작은 땅이지만 섬은 결코 폐쇄적인 공간이 아니다. 섬은 한없이 넓은 바다를 향해 무한히 열려 있다. 그러므로 섬이야말로 우리가 잃어버린 개방성과 열린 사고를 되찾기 위한 최적의 사유 공간이다. 배타성 따위는 단숨에 날려 버릴 수 있는 것이다.

몇 년째 걷기 열풍이 지속되고 있다. '움직이는 존재'〔動物〕인 사람이 걷고자 하는 것은 당연한 일이다. 그래서 걷기에 대한 열망은 일시적 유행이 아니라 본능의 회복 운동이다. 걷기 좋은 길이 많이 생겼지만 여전히 육지에서는 안심하고 걷기가 어렵다. 자동차의 위협과 나쁜 공기 때문에 육지에서의 걷기란 고행에 가깝다. 안전을 지키기도 어려운 육지의 걷기에서 사유란 애초부터 불가능하다.

하지만 섬에서는 안심하고 걸을 수 있다. 부러 돈 들여 걷기 좋은 길을 만들 필요도 없다. 많은 섬들은 그 자체로 최상의 걷기 좋은 길이다. 자동차가 아주 없는 섬도 있고, 자동차가 있더라도 그 숫자가 적다. 그러므로 섬에서는 사람이 안심하고 걷고 사유할 수 있다. 아직까지 섬 길의 주인은 사람이다. 육지를 벗어나 이제는 섬으로 가야 할 때다. 하지만 섬으로 가기 전, 우리의 마음 자세를 위해 들려주고 싶은 이야기가 있다. 언젠가 옹진군의 울도로 가는 여객선에서 만난 선장님의 말씀이다. 이는 섬이 우리에게 하는 당부이기도 하다.

"섬에 내리거든 한 번 찬찬히 들여다보세요. 곳곳에 수만 년 동안 변하고 변한 모습, 바람이, 파도가, 안개가, 소금기가 깎아 놓은 조각품들이 즐비해요. 사람들은 자기들이 만든 것은 겨우 백 년 밖에 안 된 것도 문화재라고 귀하게 여기면서 수만 수억 년 동안 자연이 깎아 만든 조각품은 하찮게 여기거든. 개발한다고 함부로 파괴해 버리고……"

2011년 5월, 통영 동피랑에서 강제윤

Chapter 1
/나그네는 길에서도 쉬지 않는다/

1

신안 가거도

사람살이가 고단해 '멸치잡이 노래' 등 유난히 노동요가 많이 전해 내려오는 섬. 노인은 톳을 손질하며 어렵던 시절에 부르던 노래를 흥얼거린다. '가거도 산들이 무너져 바다를 메우고 평평한 길이 나면 발로 걸어 육지에 한번 가보자.'

2

신안 만재도

학교가 폐교된 뒤 아이는 여섯 살 때부터 부모와 떨어져 목포에서 학교를 다니고 있다. 아이는 만재도가 좋다. 돌아와 부모 곁에서 살고 싶지만 폐교된 학교는 다시 열리지 않는다. 학교가 문을 닫은 뒤 만재도 아이들은 모두 부모 곁을 떠나 뭍으로 나갔다.

3

신안 도초도, 비금도

도초, 비금은 목포에서 40여 킬로미터나 떨어진 먼 바다의 섬이지만 수만 년 이어져 온 섬의 시간도 이제 곧 끝이 날 듯하다. 서로 떨어진 섬들 사이에도 머지않아 다리가 놓일 예정이다. 언젠가 섬들이 모두 목포로 연결되고 나면 국도 1호선의 시작은 도초도가 될 것이다.

4

진도 독거도

독거도는 섬 전체가 미역 건조장이다. 밥 먹을 시간도 없이 바쁜 철에 섬을 찾아온 것은 나그네의 실수였을까. 하지만 이때가 아니면 어찌 독거도 사람들의 치열한 생존 모습을 엿볼 수 있겠는가. 섬에는 민박을 하는 집이 전혀 없다. 예전에는 노인회관을 개방해서 외지인을 더러 재워 주기도 했지만 주민들 사이에 합의되지 않는 문제가 있어서 지금은 개방하지 않는다.

"남의 자식들이 와도
그냥 맘이 설레요" – 신안 가거도

항리마을의 집들은 비탈에 서 있다. 길이 가팔라서 갯것을 해오는 주민들이
힘에 겨워 몇 번이고 주저앉는다. 보찰을 따서 광주리에 담아 오던 노인도
길가에서 잠시 쉬어 간다. 거북손, 도깨비 발톱이라고도 하는 보찰은
게살보다도 부드럽고 달다.

전라남도

목포

가거도

자연산 신화

가거도 대리마을, 식당 주인은 자연산 미역에 대한 자랑이 한창이다. 어딜
가나 자연산에 대한 사람들의 집착은 대단하다. 자연산이 돈이 되고 맛있고
건강에도 좋다는 믿음 때문이다. 배합 사료를 먹이고 육상 수조에 가둬 키우
는 어류의 경우 자연산에 대한 선호는 근거가 있다. 하지만 미역이나 다시
마, 톳 같은 해초류까지 무조건 자연산이 좋은 것은 아니다. 굴이나 홍합 등
의 조개류도 그렇다. 이들은 바닷물에 포자만 담가 두면 스스로 자라는 것들
이다. 자연산과 양식의 구별이 무의미하다. 실상 이들의 경우 자연산이냐 양

가거도 대리마을. 병풍처럼 둘러서 바위산이 풍파를 막아준다

식이냐보다는 얼마나 깨끗한 물이나 갯벌에서 자랐느냐가 관건이다. 특히 해초는 해독 작용이 뛰어나다. 수질 정화의 일등 공신 해초는 사람 몸의 독을 제거하는 데도 유용하다. 그런 만큼 해초는 그 몸속에 많은 독을 지니고 있다. 그러므로 수질이 나쁜 해역에서 자란 해초는 자연산이든 양식이든 몸에 좋을 까닭이 없다. 반면 청정한 바다의 해초는 양식이든 자연산이든 나쁠 이유가 없다. 가거도 미역이 좋은 것은 자연산이어서가 아니다. 깨끗한 물에서 자랐기 때문이다.

소흑산도가 아니라 가거도

한국 최서남단의 섬, 가거도. 이 섬은 일제에 의해 소흑산도라 이름 붙여졌다가 해방 이후에야 본래의 이름을 되찾았다. 옛 기록에는 가거도가 아니라 우이도가 소흑산도로 표기되어 있다. 서남해의 어업 전진기지로 어부들에게 친숙한 섬인 가거도에 뭍의 관광객들이 몰리기 시작한 것은 불과 2, 3년 사이의 일이다. 영화와 방송을 통해 소개된 뒤

바위섬은 마치 가거도의 수호신처럼 위풍당당하다

방문객이 급증한 것이다. 가거도에는 대리, 항리, 대풍마을 등 세 개의 자연부락이 있다. 가장 큰 대리마을의 대로변은 식당과 여관, 낚싯배 운항 등 관광 수입에 기대어 사는 주민들 자리다. 특히 앞자리는 대부분 이재에 일찍 눈을 뜬 상대적으로 젊은 사람들이 차지하고 있다. 뒷자리의 노인들은 해초와 후박나무 껍질 등을 말려서 팔지만 수입은 많지 않다.

민박집 식당에서 점심을 먹고 나니 울렁거리던 속이 조금은 진정된다. 오늘 가거도행 여객선 승객들은 대부분 멀미에 시달렸다. 다른 날보다 파도가 높았던 까닭이다. 빗속에 배를 탄 사람들은 극심한 멀미로 고생을 했다.

"우리가 오라고는 안 했지만 오늘 같은 날 멀미하고 그러면 괜히 우리가 미안하고, 그거이 있드라고요."

멀미의 책임이 자신에게 있는 것처럼 식당 안주인이 미안해한다. 오래전부터 가거도 근해는 참조기 어장으로 유명하다. 1960년대 말 연평도나 칠산 어장의 조기가 멸종된 후에도 가거도를 비롯한 흑산도 바다에서는 조기가 잡혔다. 또한 그 시절 가거도는 파시로 성황을 이루었는데, 여름철이면 멸치와 조기 등을 잡으러 전국에서 몰려온 수천 척의 배들이 가거도와 흑산도 일대 바다를 뒤덮었다. 가거도에 어선들이 들어오면 가거도 여인들은 양동이에 물을 이고 어선에 물을 팔러 다니기도 했다.

근래에는 멸치가 잘 나지 않는 대신 불볼락(열기)이 많이 잡힌다. 불볼락은 배를 따서 냉동한 뒤 목포의 상회로 보내진다. 하지만 어민이 받는 가격은 보잘것없다. 이익은 늘 중간상의 몫이다.

항리마을로 향하는 길, 독실산 허리를 끼고 곧게 뻗어 있는 해안도로

싸우지 않는 저 소들처럼

대리마을 비탈진 언덕을 넘어 항리마을까지 걷는다. 해안도로는 신안군에서 가장 높은 독실산(639미터) 허리를 휘감고 비교적 곧게 뻗어 있다. 7월의 한낮, 대기권을 뚫고 쏟아져 내리는 직사광선을 견딜 수 있게 해준 것은 황망하게 큰 바다의 청옥처럼 푸른 물빛과 나무들이다. 길 중간중간 지칠 만하면 어김없이 나타나 그늘을 드리워 주는 구실잣밤나무 고목들과 독실산 계곡에서 흘러내려 온 감로수는 여행객들의 오아시스다.

항리마을의 집들은 비탈에 서 있다. 길이 가팔라서 갯것을 해오는 주민들

가거도는 섬 전체가 가파른 산이다

이 힘에 겨워 몇 번이고 주저앉는다. 보찰을 따서 광주리에 담아 오던 노인도 길가에서 잠시 쉬어 간다. 거북손, 도깨비 발톱이라고도 하는 보찰은 게살보다도 부드럽고 달다.

"2구는 바람이 시원해. 1구는 뜨거서 못 살아요."

노인은 유독 자기 마을에 대한 자부심이 크다. 가거도 2구 항리마을. 마을 끝에서 길게 뻗어 나간 섬등반도는 영화 '극락도 살인 사건'의 배경이 됐던 곳이다. 방목 중인 소 떼가 더위 피할 곳을 찾다가 바람 잘 통하는 해안가 절벽에 몰려 앉아 쉬고 있다. 햇살은 따가워도 바람이 워낙 시원하니 녀석들도 견딜 만할 것이다. 열한 마리의 어미 소와 송아지들 모두 엎어져 잠이 들거나 꾸벅꾸벅 졸고 있다. 저 덩치 큰 소들이 오로지 초식만으로 살아간다. 초식의 식습관이 저들의 성격을 온순하게 만들었으리라. 싸우지 않는 저 소들처럼 사람들도 핏물 뚝뚝 떨어지는 육식 습관을 버리고 초식의 삶을 살게 된다면 지구가 좀 더 평화로워지지 않을까.

"저렇게 쫄막쫄막한 데다 감재 하나씩 심어서 삶아 묵고."

가거도 1구 대리마을 뒷길, 노인이 그늘에 앉아 말린 톳을 다듬고 있다. 앞길은 상가 건물들로 도회지 같고, 뒷길에는 오래된 골목과 옛집들이 온전하게 남아 있다. 거기 눌러사는 이들은 다들 노인이다.

"여서 태어나 갖고 옛날에 나가도 못하고 주저앉아 사요. 도망갈 맘이 꿀

떡 같아도 여서 걸려 논게 나가도 못하고 이렇게 사요."

가거도는 섬 전체가 가파른 산이다. 마을은 모두 옹색한 산비탈에 자리 잡고 있으며, 농지는 매우 귀하다.

"어디 밭이 있어야지. 저렇게 쫄막쫄막한 데다 감재 하나씩 심어서 삶아 묵고 그랬어요. 지금은 좋아졌소."

노인은 젊어서 남편을 잃었다. 고기잡이 나갔다가 변을 당한 것이다.

"애들 아부지는 여기 다 와서 빠져 죽었어요. 젊은 사람들은 헤엄쳐서 살았는데."

노인은 어려서부터 잠수질을 하며 살다가 사십대에 그만뒀다. 그리고 가거도 방파제 공사가 시작되면서부터 노인은 쭉 공사장 인부로 살았다. 가거도 방파제 공사는 30년 만에야 끝났다.

"독 틈에다 감재 심어서 캐 갖고 낮에 묵고 저녁에 묵고 배고파 못 살았소. 보리가 없으께. 언제 쌀밥 한 그릇 묵어 보까 했는데 인제 쌀밥 묵고 죽겠소."

논은 전무하고 섬에 밭도 거의 없으니 보리 농사도 쉽지 않았다. 가장 많은 보리 농사가 열 가마를 넘지 못했다. 대부분은 고작 두세 가마. 한 가마나 닷 말 농사가 전부인 집도 흔했다.

"할마이들은 살기가 힘들어요. 도시모냥 청소부 같은 것도 못하고. 일거리가 있어야제."

지금도 노인들의 삶은 팍팍하다. 해초 조금 뜯어다 말려 내는 것밖에는 달리 소득이 없다. 배를 부리거나 관광업으로 돈을 버는 것은 일부 젊은 사람

논은 전무하고 밭도 거의 없어 가거도의 노인들은 집 앞 작은 마당도 일구며 살아간다

들뿐이다.

가거도에서는 오래전부터 밭에다 곡식 대신 후박나무를 심었다. 후박나무 껍질이 한약재로 팔리면서 소득이 좋았기 때문이다. 하지만 요즈음은 중국산의 유입으로 그마저 힘들다. 노인도 후박나무 껍질을 말려 놓았지만 판로가 없어 걱정이다.

"왜 그란지 모르겄소. 농협에서 싸나 비싸나 폴아 주면 좋은디. 어째 요새는 안 폴아 주요. 말께나 하고 똑똑한 젊은 사람들은 잘도 포는디, 우리 같은 할마이들한데는 안 사가요. 옛날이 살기는 더 좋았소. 단체심도 있고. 젊은 사람들 즈그만 살라고 눈에 삐란 불 쓰제. 이런 할마이는 안 도와주요."

섬이든 뭍이든 농어촌은 젊은층과 노인들 간의 빈부 격차가 가장 큰 문제다.

이즈음은 여름 휴가철이라 고향을 찾아온 사람들이 제법 많았다.

"자식들이 보고 싶어도 못 가고. 돈 없으께."

노인은 여름 휴가철이 되어도 오지 못하는 자녀들이 몹시 그립지만 쉽게 섬을 벗어날 수가 없다. 어쩌면 살아 있는 동안은 내내 그러할 것이다.

"놈의 자식들이 와도 그냥 맘이 설레요."

올 수 없는 자식들 때문에 마음이 짠한 노인은 남의 자식도 내 자식처럼 반갑다.

"길을 건너왔는데 물 한잔 하란 말도 못하고 미안하요. 깜빡깜빡 잊고 그라께 할마이제. 젊어서는 놈더러 뭘 묵으란 말도 잘하고 그랬는디 인자는 늘 잊어부러요."

무안군 흑산멘 오돈멘 아니냐

억울타 가거도 뚝 떨어졌다

가게산 무너져 펀질이나 되어라

내야 발로 걸어서 육지 한번 가보자

사람살이가 고단해 '멸치잡이 노래' 등 유난히 노동요가 많이 전해 내려오는 섬. 노인은 톳을 손질하며 어렵던 시절에 부르던 노래를 흥얼거린다. '가거도 산들이 무너져 바다를 메우고 평평한 길이 나면 발로 걸어 육지에 한번 가보자.' 배를 타고 목포에 가려면 꼬박 이틀씩 걸리던 시절이었다. 신안군 흑산면 가거도인데 무안군 흑산면 운운하는 것은 가거도가 1968년까지는 무안군에 속했었기 때문이다.

"아직 서울을 당 안 가봤소. 그래도 관광은 예닐곱 번 다녔어라. 어디어디 갔등가, 글씨를 모릉께 잘 모르겠고. 대전도 가고 제주도 가고, 부곡 온천도 가고."

뭍으로 여행을 가면 노인은 무엇이 좋을까.

"좋은 것은 뭐가 젤로 좋냐면 남이 해준 밥 묵고 놀고 그랑께 젤로 좋습디다. 맨날 천날 일만 하다가."

노인에게는 경치 구경보다 평생 처음 남이 해준 밥을 먹고 일을 쉬고 놀 수 있는 것이 여행의 가장 큰 즐거움이었다. 이제 노인에게 그런 휴가가 몇 번이나 더 남았을까.

외딴섬에 숨어들어
한세상 살다 가는
사내처럼 – 신안 만재도

주민들은 섬이 크게 개발되는 것을 원하지 않는다.
도시 사람들이 고향처럼 찾아와 쉬었다가 갈 수 있는 섬을 꿈꾼다.

전라남도

목포

만재도

희락이

폐교는 콘도가 되었다. 텐트까지 쳐진 학교에 만재도(晩才島) 아이들은 없다. 폐교된 뒤 아이들은 모두 뭍으로 유학을 떠났다. 콘도는 뭍의 교회에서 수련회를 온 아이들의 숙소다. 폐교를 구입해 마을에 준 것은 신안군이다. 주민들은 폐교를 수리해 일부는 노인정과 마을회관으로 쓰고, 일부는 관광객들에게 숙소로 제공하고 있다. 이 콘도는 부녀회에서 운영한다. 방학이라 목포에서 공부하는 만재도 아이들도 집을 찾았다. 섬마을이 모처럼 아이들 웃음소리로 활기가 넘친다.

마을을 돌아보고 민박집에 들어서자 아이가 묻는다.

"아저씨 누구세요?"

"너는 누군데?"

"여기 살아요."

"나도 여기서 하루 살기로 한 사람이야."

"언제 왔어요?"

"낮에 배로 왔지. 너는 어디서 학교 다녀?"

"목포서요."

만재도 해안의 모습

세월이 흘러도 고스란히 남아 있는 만재도의 오래된 돌담길

"그럼 여기 사는 거 아니네."

"우리 엄마 집이에요."

"몇 학년?"

"3학년이요."

"목포서는 누구랑 살아?"

"할머니랑요."

"너 때문에 할머니가 목포에 나가 사시는구나."

"네."

"이름은 뭔데?"

"희락이요, 최희락."

"목포보다 여기가 좋니?"

"네."

"어째서?"

"엄마가 있으니까요."

   학교가 폐교된 뒤 아이는 여섯 살 때부터 부모와 떨어져 목포에서 학교를 다니고 있다. 아이는 만재도가 좋다. 돌아와 부모 곁에서 살고 싶지만 폐교된 학교는 다시 열리지 않는다. 학교가 문을 닫은 뒤 만재도 아이들은 모두 부모 곁을 떠나 뭍으로 나갔다. 두 집 살림을 해야 하는 부모도 힘들고 엄마 품이 그리운 아이들도 힘들다.

만재도의 당산. 더 이상 당제를 모시지 않지만 숲은 여전히 신선한 공간이다.

바닷가 민박집

신안군 흑산면 만재도는 목포에서 뱃길로 가장 먼 섬이다. 여객선이 이 나라 최서남단 가거도까지 정박하고서야 마지막으로 들르기 때문이다. 행정구역 개편으로 흑산면에 속하기 전까지 만재도는 본래 진도군 조도면에 속해 있었다. 그래서 노인들은 아직도 진도로 내왕하던 시절에 대한 추억담이 많다. 먼 데 섬이라 해서, 혹은 재물을 가득 실은 섬이라 해서, 또 혹은 해가 지고 나면 고기가 많이 잡힌다 해서 만재도라는 이름을 얻었다지만 내력을 확인해 줄 사람은 없다.

폐교된 학교 건물 옆에 있는 숲이 만재도의 당산이다. 사람이 드나든 지 오래된 숲은 길조차 없다. 더 이상 당제를 모시지 않지만 숲은 여전히 신성한 공간이다. 요즈음은 어느 섬을 가나 숲이 살아 있다. 만재도 역시 산에 상록수림이 울창하다. 하지만 이처럼 섬의 숲이 살아난 것은 그리 오래된 일이 아니다. 불과 이십 년 전까지만 해도 당산 숲을 제외한 만재도 섬 전체가 벌거숭이였다. 가스가 공급되면서 땔감으로 벌채되던 숲이 다시 살아난 것이다.

만재도에 저녁이 온다. 무인도로 갯바위 낚시를 나갔던 낚싯배들이 돌아오고 낚시꾼들은 아이스박스 가득 농어와 우럭, 삼치 같은 전리품을 담아 온다. 주민들은 해변에서 톳과 미역을 따 가져오고, 할머니 한 분이 마을에 있는 샘에서 빨래를 해 머리에 이고 집으로 돌아간다.

"대리도 아프고 힘드요. 그래도 수돗물은 애껴 써야지라우."

지하수 관정을 파서 수도가 공급되지만 몸에 밴 습관은 샘까지 가는 수고를 마다하지 않는다. 섬 전체에 수도가 놓여 있으나 물탱크가 없는 집은 물동이와 항아리마다 물을 비축해 두었다가 사용한다. 전기가 끊기면 모터로 뽑아 올려 수도관으로 공급되는 관정 물은 무용지물이 되고 만다.

만재도에도 농토가 귀해 주민들은 모두 바다에 의지해 산다. 물고기를 잡고, 낚시꾼을 치고, 톳과 미역을 따고, 할머니 해녀들은 잠수를 해 전복과 성게를 잡는다. 샘에서 빨래를 해온 노인도 요즈음 미역을 딴다.

"옛날 할머니 때부터 잠수를 했어요. 다들 그러고 산 동네요 여그가. 가거도, 하태도 그런 데서 여그로 시집오고 그리로 시집가고 그랬어요. 다들 잠수했지."

옛날에는 여자들이 잠수해서 해산물을 채취하고, 남자들은 잠수해서 작살로 물고기를 잡았다. 제주도 해녀가 본래 '잠수'였던 것처럼 만재도 사람들도 해녀라는 말을 쓰지 않는다.

"전복 따고 해삼 잡고, 소라는 좀 귀해요, 여가. 여름에는 미역하고."

할아버지는 일찍 세상을 떴다.

"살기 싫응께 갔데요, 일찍."

만재도 주민들은 요즈음 관광에 대한 기대가 크다. 방송에 섬이 소개되면서 찾는 사람들이 늘었다. 하지만 주민들은 섬이 크게 개발되는 것을 원하지 않는다. 도시 사람들이 고향처럼 찾아와 쉬었다가 갈 수 있는 섬을 꿈꾼다. 집도 많이 고치지 않고 돌담도 보존하고, 노래방이나 술집도 없다. 그들은 고향의 모습을 그대로 지키고 있다 보면 조용히 쉬기 위해 찾아오는 관광객들도 늘어날 것으로 기대한다. 목포에서 빨라야 다섯 시간, 파도라도 치면 여섯 시간이 훌쩍 넘는 머나먼 뱃길. 내내 이틀에 한 번씩 다니던 쾌속선이 2007년부터 하루 한 번씩 다닌다. 하지만 목포에서 출발하는 배가 가까운 만재도를 두고 더 먼 가거도에 먼저 들렀다가 오기 때문에 운항 시간이 많이 걸린다. 만재도 주민들은 여객선이 번갈아가며 가거도와 만재도에 먼저 들러 주기를 희망하지만 그 작은 꿈이 이루어질 수 있을지는 의문이다.

만재도 사람들은 관광에 대한 기대는 크지만 개발되는 것은 원하지 않는다. 고향처럼 편안한 섬을 꿈꾼다

바닷가 민박집. 밤새 바람이 불고 파도 소리가 끊이지 않았다. 파도가 밀려와 짝지 밭을 때릴 때마다 쫘르르르 쫘르르르 갯돌 구르는 소리가 요란하다. 냉장고 돌아가는 작은 소음에도 뒤척이며 잠 못 드는 청각이 파도 소리에는 무감하다. 기계음과 자연음의 차이리라. 자연의 소리는 아무리 커도 소란스럽지 않다. 밤새 철썩이는 파도 소리에도 편한 잠에 깊이 빠진 것은 그 때문이다.

사내

사내는 수숫대처럼 깡말랐다. 마을 앞 정자에 나온 노인들이 밥은 안 먹고 술만 마신다고 걱정하던 그 사내다. 사내는 물고기 잡는 그물을 고정시킬 돌을 로프로 감고 있다. 돌 닻. 사내의 고향은 강원도 고성, 집은 삼천포다. 사내는 주낙배를 타러 만재도까지 흘러들어 왔다. 가거도의 선주도 오라 하지만 의리 때문에 만재도로 왔다고 사내는 자랑이다. 젊었을 적 사내는 통발배를 타고 대마도까지도 갔었다.

"육지 가면 술만 퍼 묵어요. 여도 술은 있지만. 그래서 잘 안 나가요. 육지는 골이 아퍼요. 그냥 수양 삼아 섬으로만 다녀요."

사내는 배를 타지 않는 어한기에도 섬을 떠나지 않는다.

"사연 없는 사람이 어디 있겄어요."

사내는 좀처럼 지난 일을 이야기하지 않는다.

"내가 육지 나가면 조선 팔도를 다 돌아다닙니다."

사내는 고향 고성 화진포를 떠나 부산에서 초등학교를 마쳤다.

"여는 밤만 되면 적막강산입니다."

사내는 마시다 남긴 됫병 소주를 담장 밑에 숨기고 허위허위 마을길로 사라진다. 섬에서 나서 섬 밖으로 한 번도 나가 보지 못한 사람도 뭍의 사람들이 겪는 일을 다 겪으며 살아 간다. 온갖 세상 풍파에 떠밀려 다니던 저 사내도 끝내 섬이 되지 않았는가. 섬에 있어도, 섬을 떠나도 사람은 삶에서 터럭만큼도 벗어날 수 없다. 그래서 삶이란 것이 오늘은 외딴섬으로 숨어들어 한 세상 살다 가는 사내처럼 외롭다.

구경 삼아
싸득싸득 걷는 길 – 신안 도초도, 비금도

한때는 영원히 정박을 모를 것처럼 떠다녔을 목선.
저 목선처럼 정착을 모르고 떠도는 나그네도
마침내는 어느 때 어느 해변에서 낡아 가게 될 것이다.

섬의 시간이 끝나 간다

　신안에는 신안 군청이 없다. 신안 군청은 목포에 있다. 목포 땅에 신안군의 조차지가 있는 셈이다. 신안 섬사람들은 병원도, 시장도, 예식장도 모두 목포나 광주로 간다. 목포는 뭍과 신안의 섬들을 이어 주는 통로다. 신안군과 목포시의 분리는 행정 편의와 정치적 이해에 따른 임의적 구분이다. 정치인이나 관료들에게만 목포와 신안의 구별이 중요하지, 섬사람들에게 그 구별은 무용하고 무의미하다. 신안의 섬사람들은 거의 목포항으로 모여들고 목포항에서 흩어진다.

신안은 섬 왕국이다. 전국의 시, 군 중에서 섬이 가장 많다. 유인도 72개, 무인도 932개. 모두 1004개로, 이 나라 섬의 30퍼센트 가량이 신안에 모여 있는 셈이다. 신안의 섬들은 본래 대부분이 산지였지만 지금은 간척으로 평지가 더 많아졌다. 그 간척지에서 쌀과 시금치, 대파, 고구마 등의 농작물이 나고 염전에서는 천일염이 생산된다.

목포항에서 출항한 배가 압해, 외달, 팔금, 안좌, 노대, 사치 등의 섬 사이 해로를 통과해 도초도에 기항한다. 여객들을 내려 주고 쾌속의 여객선은 최종 목적지인 홍도를 향해 떠난다. 여객선은 서남문대교로 연결된 도초와 비

비금도와 도초도를 이어주는 서남문대교

금 선착장을 오전과 오후에 한 차례씩 번갈아 가며 들른다. 도초, 비금은 목포에서 40여 킬로미터나 떨어진 먼 바다의 섬이지만 수만 년 이어져 온 섬의 시간도 이제 곧 끝이 날 듯하다.

안좌와 팔금, 자은과 암태, 비금과 도초는 각각의 두 섬이 연도가 되었다. 압해도는 목포와 연륙되었고, 서로 떨어진 섬들 사이에도 머지않아 다리가 놓일 예정이다. 언젠가 섬들이 모두 목포로 연결되고 나면 국도 1호선의 시작은 도초도가 될 것이다. 황해 바다에 물이 들기 전에는 이곳 또한 육지였으니 섬이 뭍으로 이어지는 것은 원래의 자리로 되돌아가는 셈인가. 그래도 섬의 시간이 끝나는 것은 아쉬운 일이다.

도초도 양조장은 문을 닫고

도초도는 선착장 부근에 횟집과 식당이 몰려 있다. 어디든지 선창가는 들고 나는 사람들로 인해 상업 활동이 활발하다. 그러나 도초 선착장의 활력은 횟집들에서 멈춘다. 교통이 편리해지면서 섬의 경제가 육지에 종속된 결과다. 중앙 사진관 주인은 택시 영업도 병행한다. 사진관만으로는 가계를 꾸려나가기가 어렵기 때문이다. 골목에도 상점들이 여럿 있지만 주인들은 모두 출타 중이다. 미성 전자, 평화 선구 철물점에도 주인이 없다. 선박용품을 판매하는 선구점 유리문에는 청거시, 홍거시, 그린새우 판매 안내 글씨가 새겨져 있다. 청거시, 홍거시는 갯지렁이의 종류다. 그런데 그린새우는 또 뭔가.

낚시 미끼로 쓰는 크릴새우를 그린새우로 잘못 표기한 것일까.

광명 이발관은 불이 켜져 있다. 이발소 안에 손님이 한 명쯤 있나 보다. 두런거리는 말소리가 새어 나온다. 광명 양행에서는 신발, 내의, 가방 등 만물을 취급하지만 이 집도 주인은 출타 중이다. 도초 양조장도 문을 닫았다. 폐업한 지 여러 해 되어 보이는 양조장. 무엇보다 나그네는 술을 만드는 지역의 양조장이 사라져 가는 게 아쉽다. 일본에 갔을 때 부러웠던 것 중 하나가 시골은 물론이고 도시에도 소규모의 전통 양조장들이 그대로 남아 있는 것이었다. 마을마다 전통술이 살아 있었다. 가증스럽게도 자기 나라의 전통은 그대로 보존하면서 식민지 조선의 오래된 전통, 전통술 제조법 같은 것을 말살해 버린 것이 일본 제국주의가 아니었던가. 하지만 해방 후에도 우리는 일제의 잘못된 정책을 그대로 따랐다. 그나마 남아 있던 우리의 전통을 아주 말살해 버린 것은 권력을 잡은 친일파의 후손들이었다.

종합 화장품 가게도 문이 잠겨 있다. 광명당 시계점에도 주인은 없다. 광명 방앗간에서는 참기름 짜는 냄새가 고소하다. 가을이라 고춧가루를 빻으러 나온 노인 몇이 차례를 기다린다. 땅거미가 지더니 선창가 평화 약방에 불이 켜지고 서남문대교 가로등에도 불이 들어온다. 도초도에 밤이 찾아온 것이다.

인간이 먹을 수 있는 유일한 돌

갯벌 간척으로 형성된 도초와 비금의 들은 넓고 찰지다. 비금도 해안에는 호남에서 처음으로 천일염이 생산된 염전이 있고, 도초도에는 신안군에서 가장 넓은 들 고란평야가 있다. 신안의 섬들에는 거듭된 간척으로 넓은 땅이 많다. 도초항에서 도남염전 길을 걷는다. 염전에서는 소금을 쓸어 모으는 써레질이 한창이다. 소금 창고에는 갓 거둬들인 소금이 산처럼 쌓여 있다. 7~8월에 생산된 소금이 최고의 품질을 유지한다. 염도가 너무 높으면 쓴맛이 나서 소금의 질이 떨어진다. 전 세계 바다의 평균 염분 농도는 35퍼밀이다. 1퍼밀은 바닷물 1000그램 속에 1그램의 염분이 들어 있다는 것을 의미한다. 염분 농도 27~28퍼밀 정도가 될 때 소금은 쓰지 않은 최적의 짠맛을 낸다.

도초와 비금의 들은 넓고 찰지다

7~8월 소금의 품질이 좋은 것은 우기 직후라 염분의 농도가 너무 높지 않고 적당하기 때문이다.

소금은 인간이 먹을 수 있는 유일한 돌이다. 소금의 과다 섭취가 고혈압 등 여러 질병의 원인으로 지목되기도 하지만, 물과 함께 소금은 세포 기능의 필수적인 요소이다. 소금과 물이 부족하면 세포는 영양실조와 탈수로 죽고 말 것이다. 또 소금의 성분들이 위액인 '위염산'을 만들기 때문에 소금이 부족하면 위액이 만들어지지 않아 소화 기능이 마비된다. 우리 혈액 속의 적혈구는 영양분과 산소를 세포에 운반하고 노폐물을 몸 밖으로 몰아내는 역할을 한다. 그래서 적혈구의 활동력이 약해지거나 수가 줄면 세포들에게 영양분과 산소를 공급하지 못해 노폐물이 배출되지 못하고 쌓이게 된다. 적혈구의 주성분은 철분이다. 그 철분을 소화시키는 것이 소금으로 만든 위염산이다. 소금의 부족이 우리 몸을 질병과 죽음에 이르게 하는 것은 그 때문이다.

바다의 소금은 양이온과 음이온의 결합으로 생겨난다. 바닷물 속의 양이온인 나트륨이나 칼슘, 칼륨 등은 땅에서 흘러들어 온 것이지만 염소나 황산 같은 음이온들은 바다에서 솟아난 화산 연기에서 첨가되었다. 금속원소인 나트륨이 치명적인 독, 염소와 반응하면 염화나트륨이 생성되는데, 이처럼 생명을 죽이는 독이 생명을 살리는 약으로 돌변하는 걸 보면 자연은 참으로 신비하다.

소금을 먹는 것은 바다와 육지가 빚어낸 생명의 결정체를 먹는 것이다. 소금 알갱이 안에 농축된 수억 년 세월을 먹는 것이다. 바다는 소금의 저장고

이다. 그러나 소금을 주는 바닷물이 태초부터 짰던 것은 아니다. 수억 년 세월 동안 땅속이나 바위에 섞여 있던 화학물질이 빗물과 함께 바다로 흘러들어 바다의 염분이 점차 늘어났고, 바다에서 생성된 화합물들과 섞여서 마침내 짠 소금물이 된 것이다.

로마제국 최초의 도로, 소금 길

고대 로마제국 최초의 도로는 살라리아 가도(Via Salaria)이다. 로마가 이탈리아 반도 내륙으로 소금을 나르기 위해 만든 길이었다. 로마 사람들은 사랑에 빠진 사람을 살락스(salax)라고 불렀다. 소금에 절여진 것처럼 흐물흐물

써레질이 한창인 버금도염전의 모습

한 사람들. 사랑에 빠지면 다들 그렇지 않은가. 월급을 일컫는 샐러리(salary)
도 소금에서 나왔다. 한때 로마 병사들에게 소금으로 급료를 지불했던 데서
유래된 것이다. 흔히 야채를 일컫는 샐러드(salad)는 본디 소금에 절인 야채
이다.

　중국의 사천 지방에서는 기원전 3000년부터 소금 생산이 시작됐다. 기원
전 1000년에 해염(海鹽), 바다 소금을 생산한 기록도 남아 있다. 또한 중국에
서는 서기 200년경부터 천연 가스를 이용해 소금을 굽기도 했다. 한반도에서
는 〈삼국지〉 '위지동이전(魏志東夷傳)' 고구려조에 소금을 해안 지방에서 운반
해 왔다는 기록이 있다. 아주 오랜 옛날부터 소금은 중요한 교역 물자였다.

　신안군은 천일염 생산의 중심지이다. 신안군에서 한국 천일염의 70퍼센트
이상이 생산된다. 천일염 생산의 중심에 도초, 비금, 증도 등의 섬이 있다. 해
마다 여름이면 고정적으로 도초나 비금을 찾는 피서객들이 있는데, 그들 중
일부는 서울 같은 도시에서 소금구이 고깃집을 하는 사람들이다. 섬에서 가
족들과 함께 해수욕도 즐기고 돌아갈 때는 타고 온 차에 싸고 질 좋은 천일염
을 가득 싣고 돌아간다.

목선은 낡아 가고

　연도교를 건너 비금도 해안 길을 걷는다. 비금면 수대리 송치, '남해 듸젤'
앞 해변에 폐선 한 척이 정박해 있다. 폐선은 목선이다. 한때는 영원히 정박

을 모를 것처럼 떠다녔을 목선. 외지 사람이 이곳에 폐선을 놔두고 갔다고 남해 디젤 집 여자가 일러준다. 가지러 오겠다던 배 주인은 끝내 돌아오지 않았다. 낡은 차를 폐차장에 보내지 않고 한적한 곳에 버리는 것처럼 목선도 그렇게 버려진 것이다. 저 목선처럼 정착을 모르고 떠도는 나그네도 마침내는 어느 때 어느 해변에서 낡아 가게 될 것이다.

도초와 비금 사이 해협에 두 척의 어선이 떠 있다. 한때 조기와 부서, 강다리, 꽃게 등이 넘치던 바다. 그 무렵 이곳 송치포구는 강다리 파시로 명성을 떨치던 곳이다. 강다리는 조기 새끼처럼 생겼으나 조기와는 다른 어종이다. 하지만 맛은 참조기에 버금간다. 일제시대 처음에는 비금도 북쪽 마을인 원평포구에 강다리 파시가 섰었다. 그러나 어느 해 폭풍으로 원평 앞바다에 정박 중이던 많은 어선들이 파손된 뒤 송치포구로 파시가 옮겨 왔다. 여름에 강다리 파시가 서면 가건물에 잡화상, 선구점, 색싯집 등이 들어서고 포구는 내내 흥청거렸다. 송치 앞바다에는 수백 척의 어선들이 몰려와 불을 밝혔다. 하지만 지나친 남획으로 강다리 어장도 씨가 마르고 이제 송치마을에서는 파시의 흔적을 찾아볼 수 없게 되었다.

강다리와 조기, 꽃게 어장이 사라진 뒤 이 바다에서 사람들을 먹여 살리는 것은 젓새우다. 하지만 오늘 떠 있는 두 척의 배는 새우잡이 배가 아니다. 멀리서도 배의 용도를 구분할 수 있는 것은 배에 실린 선구들 덕분이다. 저 배들의 선미에는 붉은 깃발이 꽂혀 있고 뱃머리에는 도르레가 장착되어 있다. 고기잡이배들은 그물을 내리고 저 깃대를 꽂아 위치를 표시한다. 새우잡이

배는 깃발을 사용하지 않는 대신 복수라고 하는 부표나 튜브를 싣고 다닌다.

남해 듸젤 집 여자는 35년 전에 선박 수리 기술자인 남편을 따라 비금도에 들어왔다.

"옛날에는 깡다리, 부서 그런 것이 많이 나왔지라. 인제 부서는 보자도 없어라우. 그래도 봄엔 깡다리랑 갑오징어가 쪼맨치 나긴 합디다만. 이 마을은 어장 배도 많고, 장사하는 사람들은 장사하고 그래라우. 어디나 다 똑같지라, 사람 사는 것이사."

쥐 한 마리가 폐선의 선체로 기어오른다. 폐선이 쥐들의 보금자리가 된 지 오래다. 폐선의 뱃머리는 완전히 파손되었고 배의 판자들을 이어 주던 걸쇠도 부식되어 가루가 날린다. 여자는 더러 육지에 나가기도 하지만 섬이 그리워 이내 돌아온다고 했다.

"나가면 심심해라우. 여그서는 넓은 바다도 보고 그란디 나가면 답답해라우."

송치마을 경로당 앞에는 건립 기념비가 서 있다. 기념비의 내용이 재미있다. 비석 기증자인 마을 노인회장이 손수 비문을 지었다.

"노인은 구구팔팔 이삼사 하고 중장년은 사업이 번창하여 마을 전체가 부귀할 것이며 청소년은 전국 각지로 풀려 장래에 나라의 기둥감이 되리로다."

구구팔팔하고 이삼사. 노인들 사이에 유행하는 숫자가 9988과 234라던가. 노인들은 건배를 할 때도 구구팔팔 이삼사를 외친다. 구십구 세까지 팔팔하게 살다가 이틀만 아프고 사흘째 죽게 해달라는 염원을 담은 숫자. 건강하게 오래 살 수만 있다면 죽음도 기꺼이 받아들이겠다는 노인들의 담백한 생각이 부럽다. 태어난 모든 것은 죽는다는 진리를 누가 부정할 수 있으랴. 그래도 나그네는 여전히 이 유한한 삶이, 존재의 사멸이 쉽게 납득이 가지 않는다.

문절이 낚는 노인

비금 들판의 수로는 송치마을 끝자락에서 바다와 합류한다. 민물과 바닷물이 합수되는 갯벌은 물고기들의 먹이가 풍부하다. 수문 다리에서 노인 한 분이 낚싯대를 드리우고 있다. 노인은 요즘 농어촌에서 유행인 사발이(사륜 오토바이)에 앉아 있다.

"할아버지, 뭘 낚으세요?"

"문절이나 잡지."

그러고 보니 이제 본격적인 문절이(망둥어) 낚시 철이다. 때 만난 숭어들도 수면으로 툭툭 튀어 오른다.

"숭어는 안 잡으세요?"

"숭어는 꽉 찼어. 숭어 낚아서 뭣에 쓰게. 바닥에 것도 안 묵는디, 숭어는 안 묵어."

"왜요?"

"해금내 나서 안 묵어, 비렁내도 나고."

"저 위쪽 지방에서는 숭어도 먹던데요?"

사발이에 앉아 문절이를 낚고 있는 노인

"그런 디는 알아준디, 이런 디는 안 묵어. 여그 사람들이 안 묵는다는 거제."

"여기 사람들은 숭어를 아주 안 먹나요?"

"다 똑같은디, 바닥에 것은 겨울에는 묵는디, 여름에는 안 묵어. 비렁내 나서, 해금내 나서 안 묵어."

얕은 갯벌에 사는 숭어나 여름 숭어는 흙냄새와 비린내가 심해 먹지 않는다. 하지만 깊은 바다에서 잡히는 겨울 숭어는 먹는다는 얘기다.

"바다에 나가서는 주로 무얼 낚으세요?"

"잡을 때도 있고 못 잡을 때도 있고 그라제."

"뭐가 많이 잡히는데요?"

"집이는 몰라. 그런 거 갈쳐 줘도."

"갯지렁이는 직접 파서 쓰세요?"

"갈가시?"

"네."

"그라제. 그란디 거세는 붕어 낚시에나 쓰제. 갱물에서는 갈가시를 쓰고."

여기 사람들은 지렁이를 거세라 한다. 거세는 뭍의 흙에 사는 지렁이, 갈가시는 청거시라고 하는 푸른 갯지렁이다.

"문절이는 어떻게 요리해 드시는데요?"

"인자 등 타가꼬 몰려서 해 묵제. 그냥은 못 묵어. 죽어부렀쓰께. 쌩으로 회해 묵어야 쓴디, 못해 묵으면 그냥 등 타가꼬 몰리제."

"탕으로는 안 끓여 드세요?"

"문절이는 여그서 끓여 노면 누가 묵도 안 해. 말려 노면 묵은디."

"맛없어서요?"

"그냥 안 묵어. 근디 머 하러 여그 왔능가? 누구 알음 있능가?"

"아뇨, 그냥 왔습니다."

"그런 돈 있으면 집이서 묵고 살어. 이런 데 섬 구겡해서 머한다고. 돈이 아깝제."

"할아버지는 비금이 고향이세요?"

"비금이 고향이여."

"어느 마을이신데요?"

"여그서 가까."

노인의 오토바이 뒤에는 낚싯대가 여러 개다.

"민물낚시도 하세요?"

"바닥에서도 할람 하고, 여그서도 하고. 민물에서는 안 해."

"여기 사람들은 민물고기는 안 먹나요?"

"붕어는 묵는디, 붕어는 묵지. 다른 거슨 안 묵어, 냄시 나서. 붕어도 비렁내 나. 그래도 존 거시게 묵어. 놀러 다니지 말고 괴기배 타등가 염전이나 대녀."

노인은 낚싯대를 드리우고, 나그네는 구경하면서 둘은 한참 동안 말이 없다. 노인이 불쑥 침묵을 깬다.

"염전에나 대니게. 염전 대니면 돈 벌제."

"염전에서 일하면 일당은 많이 줍니까?"

"소금 가마니로 얼마 묵제."

"……?"

"갯수로 묵는다, 이 말이여. 뭔 말을 알아묵도 못하고."

노인이 버럭 화를 내신다.

"어떻게요?"

"갯수로 나나 묵으께. 열 가마니 내면 염전 다닌 사람들끼리 여섯 개 가꼬 시니 나눠. 하나 앞에 두 가마니씩이나 되것제. 염전 임자는 니 개 묵고."

나그네는 노인의 말을 놓치지 않고 받아 적는다. 노인이 딴죽을 건다.

"그런 거 적지 마. 이녁 필요 없는 것 적어 갖고 대니면 형무소 가. 필요 없는 것 적지 마. 근디 여그 누구 형제간 있능갑제."

"아뇨."

노인은 아무 연고도 없이 섬마을을 찾아와 배회하는 나그네가 영 미심쩍다. 노인이 끝내 아픈 곳을 콕 찌른다.

"게을러 갖고 일 안 해 묵을라면 돈 쓰지 말고 집이서 가만 있어야 돼."

"집이 없거든요."

"그라면 괴기배 타등가 염전이나 대녀."

한동안 입질이 없다. 노인은 드리웠던 낚싯대를 거둬들인다.

"물도 안 하네, 물도 안 해. 에이 씨발, 도로 가야 쓰것다. 본 자리로."

노인은 사발이를 몰고 자리를 옮긴다. 수문 다리 중간쯤에 앉아 낚싯대를 던진다.

"점심은 어쨌능가?"

"아직 안 했습니다."

"그라먼 여그는 식당이 없어서 도초도까정 가야 할 턴디. 아님 쩌그 사거리까장 가야 헌디."

그러고 보니 시장기가 느껴진다.

"잠은 어디서 잤능가?"

"도초서요."

"그람 걸어왔능가?"

"네, 자녀분들이랑 같이 사세요?"

"농사도 없고 하께 나가서 살라고 해부렀어. 나가서 즈그들끼리 멋대로 살라고 하제."

노인이 갑자기 낚싯대를 잡아챈다.

"문절이 온다, 문절이."

비료를 싣고 가던 트럭 한 대가 노인 옆에 멈춘다.

"많이 나깟소?"

"잉."

"밥도 안 자시고 그라고 나끄요?"

"밥을 늦게 묵어놔서."

트럭은 농로를 따라 떠나고 노인은 다시 낚싯대를 던진다. 노인의 사륜 오토바이에 낡은 목발 두 개가 실려 있다.

"많이 잡으세요, 할아버지."

"조심해 가게잉."

비금도 겨울 시금치 '섬초'

비금 벌판의 논에는 이미 시금치 씨앗이 뿌려져 있다. '섬초'라고 불리는 비금도의 겨울 시금치는 명성이 자자하다. 한겨울에도 하우스가 아니라 노지에서 자라는 시금치는 달고 고소하다. 시금치는 염전과 함께 비금도의 가장 큰 소득원이다. 비금도에서 시금치 농사를 않는 논이 드문데, 수문 근처의 논에는 시금치를 심지 않았다. 사방이 매캐한 연기로 자욱하다. 할머니 한 분이 논을 불태우는 중이다. 병충해를 없애려는 것일까?

"할머니, 볏짚들을 거름으로 쓰시지 왜 태우세요?"

"거름 안 되게 할라고."

거름이 안 되게 하다니, 무슨 뜻일까.

"거름 되는 게 좋지 않은가요?"

"못써, 부글부글 끓어서. 나락 심어 노면 끓어갖고 벼가 다 죽어부러."

제대로 발효되지 않은 볏짚은 거름이 아니라 오히려 해를 끼친다는 말씀이다.

"논에 시금치는 안 심으세요?"

"안 심어."

"왜요?"

"못 해내께."

벼농사보다 몇 배 소득이 큰 것을 알지만 노인은 일손이 부족하고 힘에 부쳐서 시금치 농사를 못 짓는다.

"시금치는 손이 많이 가서. 겨울에 계속 캐내야 하니께 고생시럽기도 하고."

농수로를 따라 걷는다. 나락을 베던 초로의 내외가 점심을 먹으러 간다. 들일을 해도 들밥을 내올 사람이 없다. 내외는 나락 베던 낫을 내려놓고 승용차에 오른다. 집이 아니라 식당으로 가는 것처럼 보인다.

농수로는 넓고 물은 풍성하다. 이면 섬의 수로까지 서울 낚시꾼들이 붕어낚시를 오기도 한다. 스프링쿨러에서 뿜어져 나오는 물줄기가 비금 들판을 적신다. 시금치를 키우는 것은 절반이 물이다. 신안의 들은 겨울에도 죽지 않는다. 시금치가 자라는 들판은 겨우내 푸르다.

비금 벌판의 논에는 시금치 씨앗이 뿌려져 있다

작은 풀로 인해 들판은 생명력이 넘친다. 저토록 작고 사소한 것들의 은덕
으로 사람의 삶이 이어진다. 발가락 하나만 아파도 나그네는 이 가을 들판을
걸을 수 없을 것이다. 내 몸의 하찮고 쓸모없어 보이는 것들도 어느 하나 소

중하지 않은 것이 없다. 빠르게 자라는 손톱과 느리게 자라는 발톱, 흰 머리 카락과 고질적인 기침, 똥, 오줌까지도 살아 있음의 증거가 아닌 것은 없다.

섬이란 무엇일까. 1996년 서남문대교의 완공으로 비금, 도초는 하나의 생활권이 됐다. 다리로 연결된 후부터 두 섬은 더 이상 두 개의 섬이 아니다. 비금, 도초는 하나의 섬이다. 섬사람들은 더 이상 도초 사람, 비금 사람을 구분하지 않는다. 두 섬을 구분 지어야 할 까닭이 없기 때문이다. 섬을 가르고 분열시키는 자들은 특정 시기에만 나타난다. 선거철이다. 지방의원, 단체장, 농, 수협 조합장 따위의 선거 때면 후보자들은 사욕을 위해 안간힘을 다해 주민들을 갈라 놓는다. 그로 인해 상처를 받는 것은 주민들이고 이익을 얻는 것은 정치꾼들이다. 논둑길을 걸어오던 사내 하나가 불쑥 말을 건다.

"아저씨, 김일성이가 죽었다 하요."

"네?"

"내가 김일성이 아들이요."

"아, 네!"

사내는 취한 듯 안 취한 듯 도시 알 수가 없다.

"근디 말이요, 북쪽에 내 형들하고 누나가 있단 말이요. 정일이 형이랑, 평일이 형이랑."

"그러세요."

사내는 진지한 얼굴로 횡설수설한다.

"광주 5 · 18을 폭도라고들 안했소. 지금은 민주화라 해 갖고 공동묘지도 쓰고 허지만."

사내는 우물우물 혼잣말처럼 한동안 말을 쏟아내더니 자기 논으로 돌아간다. 사내에게는 또 어떤 상처가 있는 것일까.

"구경 삼아 가씨오, 싸득싸득"

비금도 마을들은 들판의 끝 산자락을 따라 형성되어 있다. 난개발의 침입을 덜 받은 집들은 단정하고, 농로는 포장되지 않은 흙길이라 걷기에 편하다. 수로 옆으로 난 들길, 해변 길, 염전 길, 마을 안길, 고갯길, 실로 다양한 삶의 길들이 혈관처럼 섬 곳곳으로 퍼져 있다. 해변을 따라 송치, 외포, 내포, 월포마을이 있고, 선왕산 밑으로는 죽치, 임리, 외촌, 내촌마을이 터를 잡고 있다. 월포마을 수로변에서 아주머니 한 분이 콩을 타작 중이다. 검은콩의 작황이 썩 좋아 보이지 않는다.

"오매 여그까장 걸어왔소."

"네, 들판이 아주 넓던데요."

"그래라우. 서울 사람들은 여그가 바단 줄 알고 왔다가 놀래라우. 육지라고."

"콩 농사를 많이 지으셨어요?"

"비가 많이 와서 다 썩어 불고 남은 게 벨로 없어라우."

"속상하시겠어요, 아주머니."

"더 걸어가실라우?"

"네."

"구경 삼아 가씨오, 싸득싸득."

나그네는 싸득싸득 들길을 걷는다. '싸득싸득' 그 말이 참 정겹다.

'공공 근로사업 기념비'에 새겨진 군수의 이름

서남문대교에서 가까운 비금도 초입 삼거리에는 웅장한 기념탑이 서 있다. 탑 꼭대기에는 독수리상이 조각되어 있다. 무슨 탑일까. 독립운동 기념탑처럼 위풍당당하다. 하지만 대단한 위세의 탑은 '공공 근로사업 기념비'다. 대체 무슨 생각으로 저런 기념탑을 세운 것일까?

"우리 군은 1998.5.1-2001.12.31까지 73억 8천 3백만 원의 사업비로 26만 6천 8백여 명을 참여시켜 14개 읍면에 안길 포장, 농로 보수…… 공공 근로사업으로 성공리에 추진한 보람을 오래도록 기억하기 위하여 2001년 전라남도에서 수상한 우수군상 사업비로 기념비를 세우다."

2001.12.31 신안군수 최00

공공 근로사업은 IMF 사태로 일자리를 잃은 사람들에게 일자리를 마련해 주기 위해 시행한 한시적 사업으로, 실업자와 빈민 구제를 위한 사업이었다. 사업의 효율성 여부를 떠나 어려운 사람들에게 임시방편이나마 도움을 주었던 사업임을 부인할 수는 없다. 하지만 그 사업이 저토록 웅장한 기념탑을 세울 만한 일은 아니지 싶다. 더구나 우수군 사업비가 나왔다면 그 돈으로 공공 근로사업을 조금이라도 더 연장하여 생활 형편이 어려운 주민들에게 혜택이 돌아가도록 하는 것이 옳지 않았을까. 그 편이 더 공공 근로사업의 참뜻을 기리는 일이 아니었을까. 그러나 군수는 자신의 이름을 남기는 쪽을 택했다. 비석은 주민의 공덕보다는 군수의 공덕을 치하하는 듯하다. 저 공덕비는 봉건 왕조시대 탐관오리들이 세우던 억지 공덕비와 흡사해 보인다.

하루 종일 비금도 들길 30킬로미터를 걸었다. 한낮의 햇살은 여전히 뜨겁지만 저녁 해는 많이 짧아졌다. 오른쪽 무릎이 시큰거린다. 숙소가 있는 도초항까지는 아직도 5킬로미터가 남았다. 해 떨어지기 전에 도착할 수 있을까. 무릎 아픈 것을 핑계로 차를 얻어 탈 생각을 했다. 네 대째, 지나가는 차에 손을 들었지만 아무도 세워 주지 않는다. 여러 번 거절당할수록 자꾸 자동차 앞에서 비굴해진다. '무릎 좀 아프다고 이러면 쓰나.' 퍼뜩 정신이 되돌아온다. 그래 천천히 쉬엄쉬엄 가자. 급히 가야 할 이유도 없지 않은가. 차 얻어 탈 생각을 버리니 나그네는 다시 길의 주인이 된다. 풍경의 주인이 된다. 밤길인들 어쩌랴. '나그네는 길에서도 쉬지 않는다.'

지독하게
고독한 섬 – 진도 독거도

오로지 바다밖에 의지할 곳 없는 섬.
처음 저 섬에 정착한 이들의 마음은 어떠했을까.

전라남도

독거도

진도군

말로 못 하고 생살에 새긴 '추억'

지척에 있는 섬들 간의 거리가 때로는 머나먼 육지보다 멀다. 독거열도의
작은 섬들 또한 그러하다. 섬들 간의 교통이 원활하지 않기 때문이다. 오후 3
시, 조도에서 여객선을 탄다. 섬사랑 9호는 하루 한 차례 진도 서망항에서 조
도 어류포항 사이를 왕복한다. 독거도, 탄항도, 슬도, 혈도, 죽항도, 섬등도 등
의 작은 섬들이 이 항로에 있다. 내릴 사람이 없을 때는 탈 사람이 있다는 연
락을 받아야만 섬에 들른다. 기름 값을 아끼기 위한 고육책이지만 몇 가구
살지 않는 작은 섬은 그래서 더욱 외롭다.

선장실, 선장 대신 잠시 운전대를 잡은 늙은 선원의 팔뚝에 '추억'이라는 문신이 선명하다. 생살을 파내서라도 간직하고 싶은 추억이란 대체 어떤 추억일까. 달아나 버릴까 두려워 입으로는 말하지 못하고 살 위에 새긴 추억. 독거도로 가는 뱃길, 선원의 눈빛이 고독하고 쓸쓸하다. 독거도(獨巨島)는 본디 독고도(獨孤島)였다. 섬의 본질을 그대로 담고 있는 이름. 얼마나 지독하게 외로운 섬이었으면 이름마저 홀로 외로운 섬이었을까.

　바로 옆의 작은 섬 탄항도와는 썰물 때면 잠깐 하나로 연결되지만 들물이면 이내 섬은 다시 혼자가 된다. 구도, 납태기도, 초도, 화단도, 제주도, 소제주도 등의 섬들이 곁에 있으나 사람 하나 살지 않는 이들 무인도 또한 제각기 외롭다. 뜬금없이 제주도라니! 이름은 같아도 한라산이 있는 그 제주도가 아니다. 제주도, 소제주도 등은 제주도로 가는 방향을 알려주는 지표로 붙여진 이름일 것이다. 섬의 산이나 무인도, 여 등은 종종 방향을 가리키는 지표가 되기도 한다. 사량도의 지리산이나 굴업도의 연평도산 등이 그 같은 경우다.

"전두환이 며느리 멕인다고 독거도 미역 진상하라 했지."

독거도, 아침에 들어왔던 화물차 한 대가 미역을 가득 싣고 배에 오른다. 나그네는 섬에 들고 여객선은 진도를 향해 뱃머리를 돌린다. 독거도 발전소 앞 묵정밭은 돌미역을 말리는 건조장이다. 건조장에서는 섬 주민들과 뭍에서 들어온 일꾼들이 함께 작업 중이다. 독거도에는 15가구 열아홉 명의 주민이 산다. 주민들은 각자의 미역밭에서 자란 미역을 따 말린다. 여름 한철 미역 농사로 일 년을 먹고 산다. 어느 건조장이나 독거도 미역이 대한민국에서 최고라는 자랑이 대단하다. 가격도 배 이상 비싸다.

"다른 데 미역은 그냥 줘도 안 먹어. 국 끓여 놓으면 다 풀어져 버리고."

독거각, 돌각, 산모각. 독거도 미역을 부르는 다양한 이름들이다. 독거도 미역은 자연산 돌미역이지만 거저 얻어지는 것은 아니다. 미역을 얻기까지의 과정은 양식만큼이나 품과 노력이 많이 든다. 오래 끓이면 퍼져 버리는 양식 미역들과는 달리 오래 끓일수록 뽀얀 국물이 우러나면서도 퍼지지 않는다.

몇 가구 살지 않는 작은 섬을 다니는 여객선은
내릴 사람이 없을 때는 탈 사람이 있다는 연락을 받아야만 섬에 들른다

그래서 옛날부터 독거도 미역은 산후 조리에 좋은 것으로 전국적인 명성을 얻었다. 독거도의 여성 이장인 여성자 이장님은 독거도 미역의 유명세 때문에 곤경을 치렀던 경험이 있다. 전두환 군사정권 때다.

"전두환이 며느리가 애를 낳았는데 며느리 멕일라고 독거도 미역을 찾았답디다. 도지사한테 독거도 미역을 구해 보내라고 명령을 내렸다 하요. 도지사는 진도 군수한테 명령하고, 군수는 나한테다 미역을 보내라 하고. 그때 여기는 미역을 다 팔고 없었지라. 하는 수 없이 애들 아부지가 광주까지 올라가서 다시 독거도 미역을 사 왔어라. 그 미역을 다시 청와대로 올려 보냈소."

지금도 독거도 미역은 양이 많지 않아 서울까지 못 올라가고 대부분 광주 전남 지역에서 소비된다.

"오늘은 미역이 더러갖고."

사각 틀에다 미역 가닥을 올리던 일꾼 한 사람이 혀를 찬다. 보기에는 매끈하고 깨끗한데 무엇이 더럽다는 것일까. 센 파도 때문에 미역 잎사귀가 부서지고 떨어져 나가 상태가 좋지 않다는 말이다. 평지가 거의 없는 산악 지형인 섬에는 논이 전혀 없고 작은 텃밭만 조금 있다. 곡식은 미역을 팔아 번 돈으로 뭍에서 사다 먹는다.

"빈방은 없고 우리 아들이랑 같이 자시오."

이즈음 독거도는 섬 전체가 미역 건조장이다. 밥 먹을 시간도 없이 바쁜

독거도 주민들이 일 년 생계를 책임질 미역을 손질하고 있다

철에 섬을 찾아온 것은 나그네의 실수였을까. 하지만 이때가 아니면 어찌 독거도 사람들의 치열한 생존 모습을 엿볼 수 있겠는가. 섬에는 민박을 하는 집이 전혀 없다. 예전에는 노인회관을 개방해서 외지인을 더러 재워 주기도 했지만 주민들 사이에 합의되지 않는 문제가 있어서 지금은 개방하지 않는다. 밥이야 굶을 수 있지만 잠자리가 문제다. 마을 정자에서 노숙을 할 수도 있겠지만 독한 바다 모기떼에 물어뜯길 생각을 하니 엄두가 안 난다. 휴대용 모기장이라도 가지고 다녀야 할까 보다. 마을을 다 돌고도 달리 방도를 찾지 못해 결국 이장님 건조장을 다시 찾았다.

"빈방은 없고 우리 아들이랑 같이 자시오."

이장님이 흔쾌히 허락하셨다. 고맙고 또 고마운 일이다. 마을에는 문을 잠가 둔 채 주인이 뭍으로 나가고 없는 빈집도 여럿이다. 그런 집 마당에도 식기도구와 빨래 등이 어지럽게 널려 있다. 미역 건조장에 품팔이를 온 일꾼들이 잠시 마당과 마루만 빌려 쓰는 것이다.

미역철인 지금은 그래도 섬에 활기가 돈다. 젊은 사람들이 들어와 있기 때문이다. 방학이라 뭍에서 학교에 다니는 아이들도 집으로 돌아와 일을 거든다. 하지만 미역철이 끝나면 섬은 다시 적막강산. 노인들만 남아 기나긴 날들을 보내게 될 것이다. 해가 다 진 저녁, 미역 건조장 품팔이를 마치고 언덕을 넘어오는 할머니 한 분. 걷기도 힘겨워 느릿느릿 어둠에 떠밀려 온다. 죽음이 데려가기 전까지는 끊임없이 먹이를 구해야 살아남을 수 있는 목숨들. 일이 노인을 붙들고 놓아 주지 않는 걸까, 노인이 일을 붙들고 사는 걸까.

조상이 물려준 미역밭

뭍의 농토처럼 섬 주민들에게는 모두 조상 대대로 물려받은 미역밭이 있다. 그러나 섬에 채취선은 다섯 척뿐. 자기 배가 없는 사람들은 남의 배를 얻어 타고 미역을 따 온다. 미역밭은 섬을 둘러서 있고, 그래서 조금 때처럼 물이 적게 빠지는 물때에는 사람들이 반쯤 물에 잠겨서 벼를 베듯이 낫으로 미역을 벤다.

섬에는 방파제가 없어서 배를 숨길 곳도 마땅치 않다. 어느 해인가 태풍 때는 배 다섯 척이 다 파손된 적도 있다. 더러 뭍으로 올려놓기도 했지만 그 또한 태풍이 몰고 온 큰 파도가 싹 쓸어가 버렸다. 그 후부터는 태풍이 온다 는 소식이 들리면 진도로 배를 피신시킨다. 독거도 사람들은 굴포리로 들어 가고, 슬도 사람들은 주로 서망항으로 간다. 어떤 때는 파도가 너무 세서 죽 음을 무릅써야 할 경우도 있다. 섬 뒤안의 방파제를 부셔 버린 것도 태풍이 다. 포구 가까이에 바람과 파도로부터 섬을 보호해 줄 보호막이 없어 섬은 그토록 고독했던 것일까.

섬에는 두 개의 우물이 있었다. 오래도록 섬사람들의 식수원이 되어 준 고 마운 우물. 지금은 사람이 몇 살지 않아 모터를 달아서 뽑아 올려 써도 크게 부족함이 없지만 예전에 사람들이 많이 살았을 때는 늘 물이 부족했다. 그래 서 새벽이면 종을 쳐서 물 길어 갈 시간을 알렸다. 그때는 물을 길어 올려 모 두 똑같이 양동이에 나누어 주었다. 두레박 달가닥거리는 소리에 잠을 못 잘 정도였다. 두 개의 우물 중 바위샘 우물 하나는 아이가 빠져 죽은 뒤 메워 버 렸고, 지금은 마을에 우물이 하나만 남아 있다. 정자 옆 우물가 고목에는 아 직도 그때 울리던 종이 매달려 있다.

조선시대부터 이어져 온 갯닦기

밤 10시가 넘도록 독거도는 환하다. 팔순의 노인까지도 쉬지 못하고 미역 건조장 일을 거든다. 직사각의 틀에 미역 가닥을 올리는 노인의 손길이 힘겹다. 제 한 몸 가누기 힘든 노인마저 야간 작업을 하게 만드는 돈의 위력이 놀랍다. 독거도 미역은 바위에서 자라는 자연산 돌미역이지만 양식장 못지않게 많은 손길을 필요로 한다. 미역 포자가 하나라도 더 많이 바위에 붙도록 하기 위해 겨울이면 '갯닦기' 작업을 해야 한다. 갯바위를 깨끗이 청소하는 일이 '갯닦기'다. 겨울 칼바람을 맞으며 바닷물에 들어가서 하는 갯닦기는 미역 건조만큼이나 고역이다. 갯바위에 포자가 붙어야 미역이 튼튼하게 자랄 수 있다. 포자는 미역귀라 부르는 머리 부분에서 나와 바위에 붙는다.

독거도의 '갯닦기'는 조선시대부터 이어져 온 오래된 전통 노동이다. 하지만 그것으로 끝이 아니다. 포자가 갯바위에 부착되어 자라기 시작하는 음력 4월경부터는 매일 물을 끼얹어 주어야 한다. 그렇지 않으면 작은 미역 순이 햇빛에 말라 죽는 일이 많기 때문이다. 다 자란 미역은 7월 중순경부터 8월 15일 사이에 낫을 들고 가 베어 온다. 그때가 가장 '약이 찰 때'다. 빳빳하니 품질이 좋다는 뜻이다. 그 물미역을 종일 틀에 넣어 말린다. 자연산 미역이라고 해서 그저 바위에 붙은 미역을 뜯어다 말리면 끝이 아닌 것이다. 들이는 공력에 비하면 미역 값이 비싸다고 할 수 없다. 지금이야 묵정밭이 많아져서 밭에다 미역 건조장을 만들었지만 예전에는 바닷가 바윗돌에다 말려야 했으니 품이 더 들었다. 그 다음에는 김처럼 대나무로 만든 발장을 써서 말렸는데 곰팡이가 많이 퍼서 매번 세척하느라 고생이 심했다. 지금은 그물로 만든 발장을 미역 건조대로 쓰니 많이 편해진 셈이다.

돌미역은 생긴 모양에 따라 부르는 이름도 각각이고 가격 차이도 크다. 잎이 넓적한 떡각, 줄기가 거의 없이 잎만 댓잎처럼 늘어진 댓잎 미역, 잎은 적고 거의 줄기로만 이루어진 쫄쫄이. 오돌오돌하고 쫄깃쫄깃한 쫄쫄이를 최상품 미역으로 친다. 떡각은 나오는 양이 많아 값이 싼 편이다. 독거도 미역은 두 가닥을 한 구찌로 셈하는데 열 구찌가 한 뭇이다. 최상품은 20가닥 한 뭇에 백만 원을 호가한다. 일반 미역의 다섯 배다. 그래서 거의 산모 선물용으로만 팔린다. 한창 잘나갈 때는 미역 한 뭇 팔아서 송아지 한 마리를 샀던 적도 있다. 그러나 독거도 미역도 점차 산출양이 줄어드는 추세다. 예전에는 보통 한 집에서 100~150뭇씩 했지만 지금은 잘해야 50뭇이다. 미역은 자연 상태에서 말린 것이 최고다. 선선한 바람과 강렬한 햇빛을 받아 말린 미역은 파란색이 나온다. 하지만 건조기에서 말린 미역은 색이 까맣다.

구렁이 한 마리 백만 원

미역 건조 일이 끝난 밤 10시. 이장님 집 툇마루에 동네 청년 몇이 모여 소주잔을 기울인다. 새벽부터 시작된 고된 노동 끝에 뒤풀이가 빠질 수 없다. 도시에 살다가 여름 미역 일을 도우러 온 이들. 다들 어린 시절부터 미역 일에는 이력이 났다. 고생담과 무용담이 난무한다. 옛날에는 미역을 베다 헤엄쳐 가는 구렁이도 자주 잡았다. 큰 놈은 2미터가 넘었다. 그런 구렁이 한 마리면 백만 원도 더 받았다. 지금은 구렁이는 고사하고 독사나 살모사도 구경

대숲 터널을 빠져나가면 망망대해가 펼쳐진다

하기 힘들다. 그래서 요새는 구렁이 값이 금값이다.

"지금은 구렁이 한 마리 잡으면 천만 원이요."

아무리 귀해도 그렇지 구렁이가 산삼도 아니고 웬 천만 원? 다들 멀뚱거리는데, 이장님 막내아드님 말씀.

"벌금이 천만 원이요, 천만 원."

그렇게 독거도의 밤이 깊어 간다.

여름이면 다른 섬에는 놀러 오는 사람들이 많지만 독거도는 예외다. 친척이나 친구들도 여름에는 못 오게 한다. 그렇다고 쉬러 온 사람들 일을 시킬 수는 없고, 미역 건조장 일이 바빠 도무지 신경을 써줄 수가 없으니 못 오게 하는 것이다. 그 사람들 또한 노인들 일하는데 노는 것이 미안해서 아예 오지 않는다. 이 섬에는 미역 일이 끝나는 가을에 가야 환영 받는다.

절해고도 탄항도

아침 일찍 산길을 오른다. 사람이 다니지 않은 지 꽤 오래된 산길은 밀림이 되었다. 물이 빠진 사이 탄항도에 건너갔다 올 참이다. 뱀이라도 나오지 않을까 걱정스러워 나무 지팡이 하나 만들어 숲길을 헤치며 간다. 칡넝쿨과 온갖 가시나무들이 길을 가로막는다. 길이 좋다면 20분이면 족할 거리를 한 시간 동안 사투를 벌이며 걸었다. 50미터 남짓한 좁은 해협. 썰물 때면 독거도와 하나가 되는 탄항도. 마침내 독거도 끝자락 해협에 도착했다. 그 사이 물이 들어오고 있었다. 너무 늦게 길을 나선 것이다.

탄항도 산비탈에 자리잡은 집은 네 채. 하지만 상주하는 가구는 한 집뿐이다. 나머지는 미역철에만 들어와 작업하고 나간다. 탄항도 해변에도 미역 건조 작업이 한창이다. 곡식 심을 밭 한 뙈기 없는 그야말로 절해고도다. 오로지 바다밖에 의지할 곳 없는 섬. 처음 저 섬에 정착한 이들의 마음은 어떠했을까. 고독을 견디고 살아온 자들의 후손들. 조상들이 외로움과 고통을 견디며 섬을 지켰던 보람을 이제는 후손들이 얻는다. 한 달 벌어 일 년을 살 수 있으니 이 얼마나 큰 음덕인가.

Chapter 2

/바람이 분다, 떠나야겠다/

5

군산 선유도, 무녀도

새만금 공사 이후 빈약해진 서해 바다에서는 어종 수가 눈에 띄게 줄어든 것이다. 전에 비해 많이 잡히는 것은 문어뿐이다. 선유도라고 다르지 않다. 횟집마다 산 문어가 가득하고 널어 말리는 문어는 더 많다. 문어가 많이 잡히는 것이 어민들에게는 결코 달가운 일이 아니다. 포식자 문어의 대량 출현으로 전복, 소라, 해삼 등 고급 해산물의 수확이 급감했다. 문어가 특히 좋아하는 돌게는 거의 잡히지 않는다.

6

군산 명도, 방축도, 말도

새만금 갯벌을 죽인 뒤 갯벌에 쌓여야 할 펄들이 밀려와 섬의 바위에 쌓인다. 해초가 자라지 못하니 전복이나 해삼 등 바다 생물들의 살길이 막막해졌다. 명도 섬사람들 또한 그렇다. 20여 가구가 사는 명도에는 어선이 10여 척. 오로지 어로만이 생계 수단이다. 새만금 갯벌이 사라지자 바다를 찾는 물고기들도 반 이상 줄었다.

7

당진 대난지도, 소난지도

대난지도(大蘭芝島)는 충청남도에 있는 섬이지만 서해의 많은 섬들처럼 오랜 세월 인천 생활권이었다. 인천은 육로 교통이 나빴던 과거, 이 근방 섬사람들이 서울로 가는 통로이기도 했다. 육로 교통이 좋아진 요즘에는 해로를 통한 교류가 드물다. 난지도 초입 덕금마을 선착장 앞 갯벌 끝에 망부석이 하나 서 있다. 고기잡이 나간 남편을 기다리다 그대로 굳어져 돌이 돼 버린 아내. 사람이 돌이 되었을 리야 만무하지만 생사 모르는 남편을 기다리는 어부 아내의 마음은 돌덩이가 되고도 남았으리라.

8

안산 풍도

풍도는 야생화의 천국으로 알려져 있다. 봄이면 탐방객과 사진가들로 붐빈다. 산에 약초도 많다. 마을의 한 민박집 마당에 산초와 더덕 씨앗이 말라 간다. 향신료인 산초는 제피와 비슷하지만 잎이 크고 잎의 배열이 마주보기며, 제피는 잎이 작고 잎의 배열이 어긋나기다. 가시는 제피나무가 더 많다. 향도 제피가 더 진하다. 향이 짙을수록 가시가 많은 것이 사람이라고 다를까. 산초나 제피 씨앗이 민물고기 요리나 참게장 담그는 데 많이 쓰이는 것은 단지 향신료이기 때문만 아니라 디스토마균을 죽이기 위해서라고 민박집 주인 노인이 알려준다. 약초꾼, 노인은 예전에 약초만 캐다 팔아 생활했었다.

옛날
군산에 갔다 – 군산 선유도, 무녀도

이 시대에는 두 세대가 공존한다.
고향을 가진 세대와 고향을 상실한 세대.
급격한 도시화로 많은 사람들이 고향을 잃었다.
태어난 땅은 있어도 더 이상 고향은 없는 시대.
도시화 시대의 실향민들에게 섬은 잃어버린 고향의 원형이다.

전라북도

군산

선유도
무녀도

사라진 섬들

섬들이 사라지고 있다. 지나간 백 년 동안 군산 연안에서만 모두 열두 개의 섬이 사라졌다. 1880년대 71개였던 군산 연안의 섬이 현재는 59개에 불과하다. 섬을 없애 버린 것은 사람들의 탐욕이다. 1890년대 초반 선혜청 당상관 이완용에 의해 만경강 인근 바다에서 간척이 시작된 이래 지금까지 군산 앞바다에서만 다섯 차례의 대규모 간척이 있었다. 간척의 시작이 외세를 등에 업은 매국노의 손에서 시작됐다는 사실은 매우 의미심장하다. 오식도, 내초도, 입이도, 무의인도, 가내도, 조도, 비응도, 장산도 등 앞선 네 번의 간

군산으로 향하는 배 위에서 바라본 바다

척으로 사라진 섬들은 대부분 섬의 존재를 증거할 만한 사진 한 장 남아 있
지 않다. 최근의 새만금 간척으로 사라진 섬은 야미도와 신시도, 북가력도와
남가력도 등이다.

　이 시대에는 두 세대가 공존한다. 고향을 가진 세대와 고향을 상실한 세대.

급격한 도시화로 많은 사람들이 고향을 잃었다. 태어난 땅은 있어도 더 이상 고향은 없는 시대. 도시화 시대의 실향민들에게 섬은 잃어버린 고향의 원형이다. 사람들이 노스탤지어를 품고 섬으로 향하는 것은 그것이 존재의 시원을 찾아가는 여정이기 때문이다. 그러나 이제 섬들의 시대도 점점 저물어 간다. 마침내 섬들이 모두 사라지고 나면 사람들은 어디에서 고향을 찾을 수 있을까.

선유도, 신선들은 떠나고

12년 만의 선유도행. 그 사이 장미동 군산 여객선 터미널은 폐쇄되었다. 금강 하구언 둑을 막으면서 토사가 쌓여 수심이 얕아져 장미동의 구여객선 터미널 일대 바다는 썰물 때면 갯벌이 드러나 더 이상 배가 다닐 수 없게 된 것이다. 소룡동에 새 여객선 터미널이 들어섰다. 허허벌판 위의 항구, 터미널 건물만 달랑 서 있어 외로워 보인다. 터미널 부근에는 인가나 식당 건물 하나 보이지 않고 온통 공장들뿐이다. 이토록 황망한 항구가 세상에 또 있을까.

12년 전 하루 두 번뿐이던 여객선이 이제는 수시로 다닌다. 두 시간 넘던 항해 시간은 쾌속선이 출항하면서 절반으로 줄었고, 고군산 군도를 운항하는 유람선도 수시로 뜬다. 유명 관광지로 변신한 선유도에는 중노년의 단체 관광객들이 줄을 잇는다.

선유도 선착장도 전형적인 단체 관광지의 모습으로 바뀌었다. 배에서 내리자 사발이(사륜 오토바이)가 손님을 기다리고, 골프카와 민박집 승합차들이 그 뒤를 이어 대기 중이다. 횟집들도 줄지어 늘어섰다. 선유 1번지마트 횟집, 선유 횟집, 터미널 횟집, 선유팔경 횟집, 평사낙안 횟집 등등. 횟집들은 수족관 외에도 큰 고무 대야에 물고기와 해산물들을 가득 담아 놓고 호객에 열심이다. 낙지, 문어, 소라, 해삼, 도다리, 광어, 우럭, 놀래미, 숭어, 굴, 전복, 홍합, 멍게 등이 웅크린 채 손님들의 처분을 기다리고 있다.

대야에 전시된 물고기들은 새만금 공사 이후 빈약해진 서해 바다 어족의 모습을 그대로 보여 준다. 어종 수가 눈에 띄게 줄어든 것이다. 전에 비해 많이 잡히는 것은 문어뿐이다. 선유도라고 다르지 않다. 횟집마다 산 문어가 가득하고 널어 말리는 문어는 더 많다. 문어가 많이 잡히는 것이 어민들에게는 결코 달가운 일이 아니다. 포식자 문어의 대량 출현으로 전복, 소라, 해삼 등 고급 해산물의 수확이 급감했다. 문어가 특히 좋아하는 돌게는 거의 잡히지 않는다.

물고기와 해산물의 씨가 말라 가도 선유도 횟집들은 호황을 누린다. 몰려드는 관광객들 덕분에 작은 횟집도 주말이면 하루 수백 만 원의 매출을 쉽게 올린다. 마른 멸치와 멸치액젓, 까나리액젓, 조개젓 등이 특산물로 육지 손님들에게 팔려 나간다.

이곳도 한동안 바가지 요금이 극성이었나 보다. 마을 공지판에 마을 주민들이 정한 〈선유도 해수욕장 협정 가격 안내〉 현수막이 큼직하게 붙어 있다.

썰물에 갇혀 뻘밭에서 오도 가도 못하는 어선들

사라져 가는 선유팔경

선유도의 행정 중심은 선유 2구다. 선유 2구에는 전에 없던 해안도로가 생겼고 새로 갯벌을 매립한 땅에는 파출소와 보건소, 우체국 등이 들어섰다. 갯벌을 가로질러 해안도로가 직선으로 생기면서 선유 2구 해안의 풍광도 바뀌었다. 포크레인과 덤프트럭이 오가며 새 해안도로 안쪽에 남은 갯벌을 매립하느라 소음이 심하다. 전에는 중앙민박이나 선유초등학교 교문 앞까지 바닷물이 들어왔었다. 이제 호수같이 평온한 풍경은 다시 볼 수 없게 됐다. 바로 건너 새만금 바다에서 간척 공사로 4만 헥타르나 되는 광대한 갯벌이 사라져 버린 마당에 저 작은 갯벌 하나쯤 사라지는 것이 무슨 이야깃거리가 되겠는가. 그래도 옛 선유포구의 비경을 기억하는 나그네는 그저 아쉽고 안타깝다.

그래서일까. 나그네는 평사낙안을 찾지 못해 한참을 헤맸다. 새로 생긴 관공서 건물에 가려 보이지 않았던 것이다. 어렵게 다시 찾은 평사낙안도 더 이상 예전의 평사낙안이 아니다. 망주봉 아래 바닷가에 형성된 모래톱이 망주봉에서 보면 모래사장으로 날아드는 한 마리 기러기 모습과 같다 해서 평사낙안이라 했다. 해안도로를 만들며 섬을 둘러친 시멘트 옹벽 덕분에 평사낙안은 이제 그저 평범한 모래톱으로 전락하고 말았다. 선유팔경 중 또 하나의 경치가 사라져 버린 것이다. 조기 떼가 떠나가면서 옆 섬 장자도 밤바다를 밝히던 '장자어화'가 사라졌으니 먹을 것 없는 바다에서 기러기가 떠나는 것도 당연한 일인가. 어째서 이 나라는 '자연 유산'을 망치는 데 한 치의 주저함도 없는 것일까. 어째서 조형미 넘치는 자연의 정원이 사람 손으로 만든 인공 정원이나 건축물보다 못한 취급을 받는 것일까. 만인의 것은 내 것이 아니기 때문일까.

장삿배가 구름처럼 안개처럼 몰려들던 군산도

선유도 주변의 섬들이 고군산 군도로 이름 지어진 것은 선유도의 옛 이름이 군산도였기 때문이다. 조선 태조 때 군산도에 수군진이 설치되었다. 세종 때 지금의 군산 땅, 옥구군 북면 진포로 진을 옮기면서 진포가 군산포진이 되었고 군산도는 고(故)군산도가 되었다. 본래 군산이란 이름은 바다 한가운데 산이 무리지어 있다 해서 얻어진 이름이다. 〈택리지〉는 군산도가 옛적부터 산이 많고 부유한 섬이었다고 소개한다.

"군산도는 전라도 만경 바다 복판에 있으며 역시 첨사가 통할하는 진영이 설치되어 있다. 온통 돌산이고 뭇 봉우리가 뒤를 막았으며 좌우를 빙 둘러 앉았다. 그 복판은 두 갈래진 항구로 되어 있어 배를 감출 만하고, 앞은 어장이어서 매년 봄, 여름에 고기잡이 철이 되면 각 고을 장삿배가 구름처럼 안개처럼 몰려들어 바다 위에서 사고판다. 주민은 이것으로 부유하게 되어 집과 의식을 다투어 꾸미는데 그 사치한 것이 육지 백성보다 심하다."(이중환, 〈택리지〉)

백사장 길을 지나 선유 3구로 간다. 과거 선유 3구는 선유도의 영적 중심이었다. 이곳에는 선유도의 주산인 망주봉과 신당인 오룡묘가 있다. 선유 2구와 선유 3구를 이어 주는 모래톱을 사람들은 명사십리 해변이라 부른다. 백사장 길이는 5리도 못 되는 1.5킬로미터에 불과하니 지명은 비유적이다. 아마도 옛날에는 선유 2구와 3구가 서로 다른 섬이었을 것이나, 오랜 세월 모래가 쌓이면서 두 섬이 하나로 이어졌을 것이다.

이 모래톱 위에도 전에 없던 해안도로가 생겼다. 그 길로 자동차와 사발이와 오토바이와 전동카트가 쌩쌩 달린다. 하지만 찻길의 편리함을 얻은 대신

사랑의 손길을 덜 탄 곳일수록 섬은 선경이다

명사십리 해변은 '명사'를 잃었다. 모래사장은 바닥을 드러내 군데군데 자갈밭이 되었다. 해안도로를 내면서 만든 시멘트 옹벽 탓에 더 이상 모래가 쌓이지 않고 유출되는 것이다. 사람 사는 곳에 도로를 만드는 일은 당연하다. 그러나 관광 수입으로 먹고사는 해수욕장에 도로를 낸 것은 치명적 실수였다. 여름 피서철에는 인천 등지에서 모래를 사다가 뿌리는 일이 해마다 반복된다. 그래야 해수욕장이 유지된다. 그나마 남아 있는 모래밭도 갯벌화가 진행 중이니 모래를 보충하지 않으면 명사십리 해변은 머지않아 흔적도 없이 사라지고 말 것이다.

어장에서 떨어져 나온 통발 하나가 파도에 휩쓸려 백사장에 나뒹군다. 통발 안에는 불가사리와 꽃게, 돌게 시체들이 가득하다. 해안도로를 따라 청춘 남녀들이 전동카트를 타고 달리며 괴성을 지른다. 청춘들은 멀고 먼 작은 섬에 와서도 바다와 나무와 햇빛을 느끼고 해변을 산책하기보다는 오락을 즐기느라 여념이 없다. 섬은 놀이공원이다. 머리보다 몸이 앞서는 세대. 누가 생각이 적음을 탓하랴. 생각 없이 사는 것도 고통스런 한세상 건너는 지혜일 수 있는 것을.

오룡묘, 가여운 토착신들

선유 3구 남악마을 가는 길가에 새 한 마리가 처참한 모습으로 죽어 있다. 오토바이나 골프카 앞 유리에 부딪히고 깔려 죽은 것이다. 통유리가 사람에

마지막 무당이 죽고, 오룡묘 당집은 나날이 낡아간다

게는 아름다운 전망을 선사하지만 새들에게는 무덤이다. 유리를 분간할 수 없는 새들이 수도 없이 날아가다 부딪혀 죽는다. 인간에게 이로운 것이 간혹 인간 아닌 것들에게는 해롭다. 물이 빠진 선유 3구 갯벌에서도 아낙네들은 바지락을 캐고 남정네들은 낙지를 잡는다.

선유 3구 밭 너머 마을 부두에 철부선이 들어온다. 차량을 실은 철부선은 선유 2구가 아니라 선유 3구가 종점이다. 밭 너머 마을에서 망주봉을 돌아가면 새터마을이다. 이 마을 망주봉 중턱에 오룡묘가 있다. 예전에는 길이 있었겠지만 지금은 숲이 울창해져 길이 사라지고 없다. 바위에 매달린 밧줄을 잡고 암벽 등반을 한 뒤에야 간신히 오룡묘에 이를 수 있다. 오룡묘는 1990년, 마지막 무당이 죽은 뒤로 오랫동안 돌보지 않고 방치되어 있다.

진정한 백성의 나라를 기다리는 민중의 열망이 담긴 망주봉

오룡묘 당집을 비롯한 선유도의 전통 신앙은 이 섬에 유입된 기독교의 탄압으로 소멸되고 말았다. 오룡묘에는 아직도 두 채의 당집 건물이 남아 있다. 하지만 아랫당에 봉안되었던 오구유왕, 명두 아가씨, 최씨 부인, 수문장, 성주 등 다섯 토착신의 화상은 도난당하고 없다. 당에는 근자에도 공을 드리고 간 흔적이 남아 있다. 규모가 작은 윗당은 임씨 할머니 당이다. 윗당에 모시던 산신과, 칠성님, 임씨 할머니 세 분의 화상도 도난당한 지 오래다. 윗당

은 천장에 구멍이 뚫리고 마루는 뜯겨져 폐허가 되고 말았다. 허물어져 가는 당집은 노거수 그늘에 파묻혀 소멸의 시간을 기다린다. 가여운 신들.

섬의 역사가 시작된 이래 섬사람들의 수호신으로 살아온 토착신들. 당집은 오랜 세월 섬사람들의 안전을 지켜주고 풍어를 이루도록 도와준 신들을 모시던 신전이다. 지금 당집에 살던 신들은 외래 신을 섬기는 자들에게 쫓겨 사라지고 말았지만 그 신들이야말로 섬사람들의 현세 삶에 이로움을 주던 신들이 아닌가. 이미 간 곳 모를 신들을 다시 모셔 오는 것은 난망한 일이다. 그러나 신들이 살던 집을 신들의 공덕을 기리는 기념관으로 만드는 일은 그리 어려운 일도 아닐 것이다. 하지만 왜래 신에 현혹된 사람들은 더 이상 조상신들에게는 눈길조차 주지 않는다.

망주봉

주인을 기다리는 봉우리, 선유도의 주산 망주봉의 이름과 관련해서는 두 가지 전설이 내려온다. 그중 하나는 충신과 관련해서 내려오는 이야기이다. 선유도에 유배된 관리가 매일 산봉우리에 올라 북쪽의 한양에 있는 왕을 사모하였다 해서 망주봉이란 이름이 붙여졌다는 것이다. 또 다른 하나는 정감록에 젖줄을 대고 있다. 정감록은 이씨 조선이 멸망한 뒤 정도령이 계룡산에 도읍하여 몇 백 년을 다스리고 그 후 조씨의 가야산 도읍 몇 백 년이 계속된 뒤 범씨의 완산 도읍이 시작된다고 예언하고 있다.

선유도 망주봉은 범씨 완산 도읍 천년왕국의 섬나라 판이다. 그 천년왕국의 주인 범씨 왕을 기다리는 산이 망주봉이다. 망주봉의 유래는 아무래도 첫 번째 이야기에 가까울 것 같다. 하지만 두 번째 정감록에 관한 이야기야말로 사실에 더 가까울 것이라고 나그네는 믿는다. 과거에 섬은 착취와 수탈이 없는 이상향으로 자주 꿈꾸곤 했다. 한양에 사는 양반들의 임금이 아니라, 진정한 백성의 나라를 기다리는 민중의 열망이 망주봉의 전설을 만들어 낸 것은 아니었을까.

"먹고사는 것이 무서워요."

선유초등학교와 중학교 운동장을 가로질러 고갯길을 넘는다. 초등학교는 모두 열한 명, 중학교는 1학년 세 명, 2학년 네 명, 3학년이 한 명, 모두 여덟 명이다. 중학교는 교사도 여덟 명이니 학생 1인당 교사가 한 명, 그야말로 1대1 가정교사다.

선유 2구에서 1구로 넘어가는 고갯마루에서 아이들 셋이 줄넘기를 하고 있다. 체육 시간이다. 바다가 내려다보이는 고갯마루에서 아이들이 체육 시간을 보내고 있다. 육지에서였다면 저런 소규모 학교는 진즉에 폐교됐을 테지만, 섬의 학교는 교통 문제 때문에 비용의 논리로 무조건 폐교시킬 수 없다. 이곳이 섬인 게 아이들에게는 행운이다.

선유 1구 마을은 전형적인 어촌이다. 마을에 상업 시설이 거의 없다. 여름 피서철에나 조금 북적거릴 뿐이다. 마을 골목길로 들어선다. 폐가인가 싶을 정도로 쇠락한 어느 집 마당을 기웃거리는데 부엌에서 할머니 한 분이 나오신다. 할머니는 타작이 끝난 들깨 단을 창고에 들이고 계셨다. 겨울 난방을 위해 땔감을 비축하는 것이다.

"먹고사는 게 무서워요. 먹을 것도 못 먹지, 허리는 아프지, 돈은 없지, 영감도 없지."

자식들은 모두 뭍에 나가 살지만 어미를 돌볼 여력이 없다. "아이구 허리야, 아이구 허리야." 노인은 연신 고통에 찬 신음을 뱉어 내면서 땔감을 옮긴다. 이 섬에서도 혼자 사는 노인들의 삶이 가장 고단하다. 독거 노인들은 경제적 궁핍과 고질적인 병마에 시달리는 섬의 극빈층이다. 관광 수입도 이들에게는 먼 나라 이야기다. 섬에서도 정부의 정책은 대부분 힘 있는 사람들을 위해 시행되고 있는 것이다.

"다리 놔지면 섬사람들 인자 못 살아요."

선유도와 무녀도는 사람과 이륜차만 다닐 수 있는 철교로 연도되어 있다. 선유도와 장자도 또한 같은 형태의 다리로 이어져 있고, 장자도와 대장도 사이에도 다리가 놓여 있다. 고군산 군도 네 개의 섬은 하나의 생활권으로 이루어진 하나의 섬이다.

무녀도와 연결된 선유대교에는 낚시꾼들이 사철 끊이지 않는다. 낚시꾼들은 낚아 올린 물고기를 횟집에 팔기도 한다. 머지않아 새만금 간척으로 이미 육지가 되어 버린 이웃 섬 신시도와 무녀도 사이에도 연륙교가 놓일 예정이다. 고군산 군도의 섬들이 육지와 연결되고 나면 이제 섬은 더 이상 섬이 아니다. 그때는 몰려드는 자동차로 도로는 지금처럼 걷기에 안전한 길이 되지 못할 것이다. 나그네는 어쩌면 이 섬들을 평화롭게 걷는 마지막 세대일지도 모른다.

"저기 막으면서 암 것도 안 잽혀요. 기(게)나 잡아요. 딴 고기는 하나도 없어요. 고기가 씨가 말랐어. 그 전에는 광어 같은 것도 들었는디. 사람이 살 수가 있어야지, 바다가 육지가 되니."

무녀 2구 해변가에서 아주머니 한 분이 그물을 손질하고 있다. 꽃게잡이 그물. 예전에는 한 번 쓴 그물은 버렸다. 하지만 이제는 한 푼이 아쉬워 몇 번이고 손질해서 쓴다. 서해안 다른 지역에는 올해 꽃게가 풍년이라는데 이곳에서는 꽃게도 잘 들지 않는다. 날마다 문어만 잡힌다. 새만금 방조제 공사를 하면서 고기가 씨가 말랐다는 것은 빈말이 아니다. 어류의 산란장이던 갯벌이 사라지고 육지에서 내려오던 영양분이 사라지자 물고기들이 모두 떠난 것이다. 아주머니는 육지와 다리가 생기는 것도 반갑지 않다.

"다리 놔지면 섬사람들 인자 못 살아요. 지금이사 대문도 없이 사는디. 여그는 내 것 아니면 안 가져가요. 이 앞에 쌀을 내 놔도 안 가져가요. 근디 인제 외지 사람들 차 들어오고 그러면 다 가져갈 거 아녀요. 맨당 머 잃어 묵으까 걱정하느라 일도 지대로 못하겠지. 다리 놔지면 존 점도 있고 나쁜 점도

선유도 아이들은 바다가 보이는 고갯마루에서 체육 시간을 보낸다

있겠지만 사람 피곤하기만 할 것이요. 골치 아퍼 죽겠어요. 동네 사람들끼리
살어야 쓴디."

　육지에서 오는 관광객들도 일부 횟집이나 민박집에만 도움이 될 뿐 대부
분의 어민들에게는 보탬이 안 된다.

　"관광객 온다 해도 소용없어요. 즈그들 먹을 거 다 싣고 와요."

고기마저 잡히지 않는 바다에서의 김 양식

그물을 손질하는 아주머니 옆에서 옆집 식구들은 김 양식 준비에 바쁘다. 어린 김을 이식할 밧줄을 손질하고 있다. 간단해 보이지만 김 양식은 생각보다 손이 많이 간다. 먼저 조개나 굴 껍질 등에 김 포자액을 뿌린 뒤 김 양식장 그물에 매달아 놓는다. 보름 정도 지나면 거기서 나온 김 싹이 그물에 붙는다. 다시 열흘이 지나면 그물 전체로 김이 퍼져 나간다. 그렇게 어느 정도 자란 어린 김을 떼어내서 밧줄에 하나씩 옮겨 붙인 뒤 바닷속에서 키운다. 벼를 파종하여 모내기하는 것과 같다.

모내기 뒤 보름에서 20일이 지나면 첫 수확이 가능하다. 맨 처음으로 수확한 김은 너무 물러서 질이 떨어지고, 서너 번째 수확한 김의 품질이 그중 좋다. 겨울에 평균 여섯 번 정도 수확한다. 새만금 방조제를 세우고 난 뒤에는 김 양식에도 피해가 크다. 김은 차가운 물에서 잘 자라는 한대성 해초다. 수온이 지나치게 높으면 아예 녹아 없어져 버리기도 한다. 그런데 새만금 방조제가 생기면서 조수의 흐름이 멈추자 수온이 높아져 김의 수확이 많이 줄었다. 그래도 김 양식을 그만둘 수 없는 것은 고기마저 잡히지 않는 바다에서 먹고살 길이 막막하기 때문이다.

고군산 군도 마지막 초분을 찾아서

간척지 들판을 지나 무녀 1구로 간다. 둑을 막기 전에는 여기도 갯벌이었을 것이다. 간척된 땅은 논이나 밭으로 경작되지 않고 온통 갈대밭이다. 일부는 염전으로 쓰였으나 지금은 염전도 문을 닫았다. 갈대밭이 끝나는 지점에 몽돌 해변이 있고 숲길을 따라 오르니 저수지다. 고군산 섬사람들의 상수원. 정수장 인근에는 민가 한 채 없으니 물의 오염원은 없다. 인기척에 놀란 오리떼가 저수지 물을 차고 날아오른다.

정수장 샛길을 따라가니 무녀봉 오르는 길목이다. 이쯤 어디에 있다고 들었다. 무녀도에 마지막 남은 초분이. 바람에 죽은 육신을 맡겨 육탈의 날을 기다리는 풍장. 길은 두 갈래 길. 고군산 일대의 초분 풍습이 다 사라진 뒤에도 마지막 초분이 한 기 남은 것은 그 집안의 끊이지 않는 우환 때문이었다. 40여 년 전에 매장을 했으나 잇달아 일어나는 집안의 우환이 매장에서 비롯된 것이라 여겨 다시 시신을 수습해 초분을 쓴 것이다.

무녀봉 오르는 길은 아닐 것이다. 왼쪽 샛길 어디쯤에 초분이 있을 것이다. 묘를 썼다면 산 중턱까지라도 올라갔을 테지만 초분은 멀리 가지 않고 마을 언저리나 산기슭에 있기 마련이다. 샛길 끝에도 초분이 없다. 길목에 새로 쓴 듯한 묘만 하나 있고, 빈 터에는 녹색 플라스틱 통 수백 개가 쌓여 있다. 겉면에는 과산화수소라 표기되어 있지만 저것은 분명 염산 통이다. 단속을 피해 숲 속에 숨겨 두고 필요할 때면 가져다 쓸 것이다. 염산은 김 양식에 금지된 농약이다.

산길을 나와 근처 가게 주인에게 물으니 올 봄, 초분이 있던 자리에 묘를 썼단다. 아까 본 새 묘가 그 초분의 주인을 매장한 것이었다. 무녀도의 마지

무녀 1구로 가는 길의 간척지 들판. 둑을 막기 전에는 여기도 갯벌이었을 것이다

막 초분마저 사라져 버렸다. 집안의 액운이 모두 물러간 것일까. 모든 일에는 시작이 있으면 끝이 있다. 이제 초분에서 매장으로 이어지는 고군산 군도의 2중 장례 풍습도 소멸되고 말았다.

　무녀도를 한 바퀴 돌고 다시 선유대교 아래로 나오니 죽었던 어선들이 다시 살아나 있다. 썰물 때 저 어선들은 마른 해삼처럼 뻘밭에 처박혀 오도 가

도 못했다. 들물이 되자 어선들이 물 먹은 해삼처럼 다시 살아나 바다를 유
영한다.

바람이 분다, 떠나야겠다

바람이 분다. 또 며칠 배가 다니지 못할 것이다. 아침 첫 배, 옥도페리호가
오늘 군산행 마지막 배다. 선유도에 들어오는 관광객은 몇 되지 않는다. 떠나
는 관광객들 속에 육지 나들이 가는 섬 주민들도 섞여 있다.

"저번 날보단 덜 부네."

"나가 봐야 알지."

"뒤로 가?"

"뒤가 나서."

파도가 심하게 치는 날에는 배의 앞쪽 선실보다 뒤쪽 선실이 편안하다. 무
거운 기관실이 배 후미에 있어 그곳이 덜 흔들리기 때문이다. 멀미가 두려운
승객들은 넓은 앞쪽 선실을 두고 다들 비좁은 뒤쪽 선실로 몰려든다. 배가
출발하기도 전에 각자 자리를 잡고 눕는다. 고단한 뱃길을 예감한 것일까. 삶
이란 때로 도무지 알 수 없는 안개 속처럼 혼미하다. 하지만 그보다 더 자주
예측 가능한 삶의 연속이기도 하다.

초월은
없다 – 군산 명도, 방축도, 말도

영속되는 삶은 어디에도 없다.
영원처럼 느껴지는 삶도 그 끝은 언제나 순간이다.
언제 폭탄이 떨어질지 모르는 섬에 살면서도 사람들은 위험을 감지하지 못한다.

전라북도

군산

방축도

삶의 대가

삶은 온통 모순 덩어리이다. 생명을 유지시켜 주는 산소가 생명을 파괴하는 노화의 원인이 되고, 삶을 사는 일이 삶을 소진하는 일이 되기도 한다. 삶의 대가로 끝내는 목숨을 지불해야 하는 삶. 모순에서 벗어나기 위해 사람들은 태초부터 초월을 꿈꾸었다. 초월의 공간, 유토피아는 대개 깊은 산속이나 머나먼 바다 어디쯤에 있다고 믿었다. 하지만 과학기술의 발달과 함께 세계의 비밀이 한 꺼풀씩 벗겨지면서 유토피아의 꿈은 점점 더 멀어져 간다.

지상을 벗어나 하늘에 있다고 믿어 온 천국은 또 어떤가. 유감스럽게도 우

섬에는 남대문 바위란 이름이 많다. 여기는 방추도 남대문 바위

주선 같은 기계의 도움이 없다면 사람은 지구를 떠나 한순간도 살아갈 수 없을 것이다. 머릿속은 수만 리 창공을 날아다니는 우주적 상상력으로 가득하지만 하늘은 결코 사람을 반기지 않는다. 창공에서 사람을 기다리는 것은 천국이 아니다. 하늘에 계신 아버지를 수만 번 불러도 소용없다. 맨몸으로 하늘에 오른다면 대기권을 벗어나는 순간 사람은 얼어 죽거나 불태워져 흔적도

없이 사라지고 말 것이다. 하늘은 결코 사람의 편이 아니다. 사람을 기다리는 것은 천사들이 아니라 적천사(敵天使)들이다.

명도, 섬살이의 즐거움도 고통도 술이다

심산유곡과 함께 유토피아의 한 원천이었던 섬. 하지만 이제 더 이상 섬은 우리가 꿈꾸던 섬이 아니다. 개발의 탐욕으로 섬은 상처를 입고 섬의 정체성을 상실한 채 육지 사람들의 위락시설로 바뀌어 가고 있다. 섬을 잃는 것은 이상향을 잃는 일이다. 고군산(古群山) 군도(群島)의 많은 섬들도 지금 고난에 직면해 있다.

새만금 갯벌을 죽인 뒤 갯벌에 쌓여야 할 뻘들이 밀려와 섬의 바위에 쌓인다. 해초가 자라지 못하니 전복이나 해삼 등 바다 생물들의 살길이 막막해졌다. 명도 섬사람들 또한 그렇다. 20여 가구가 사는 명도에는 어선이 10여 척. 오로지 어로만이 생계 수단이다. 새만금 갯벌이 사라지자 바다를 찾는 물고기들도 반 이상 줄었다. 사람이 먹는 해산물의 3분의 2 이상이 갯벌이나 염습지에서 생의 일부를 보낸다. 갯벌이 사라졌으니 어장이 사라지는 것은 당연하다. 농경지에 비해 백 배 이상 생산성이 높은 갯벌을 없애고 농지를 만든 어리석음의 결과다.

이 섬사람들도 반 살이를 한다. 어로가 없는 겨울철이면 군산으로 나가 살다가 봄이 되면 섬으로 돌아온다. 섬사람들은 전복 가두리 양식 따위를 시도

해 봤지만 번번이 실패했다. 겨울철 수온이 찬 탓이기도 하고 양식에 쓸 다시마나 미역 등의 해초를 충분히 확보할 수 없기 때문이기도 하다. 해녀들이 해삼이나 소라 등을 잡지만 오늘 같은 사리 때는 물살이 세서 물질을 못한다. 사내 둘이 어로에 쓸 정치망을 손질하고 있다. 한 사람은 선주, 또 한 사람은 선원이다.

"공기는 좋은데 술을 너무 마셔서 탈이지. 고기가 안 잡히면 짜증나서 먹고, 잡히면 기분 좋아서 먹고. 핑곗거리가 좋아요, 안주도 좋고. 술 못 먹는 사람도 섬에 일 년만 살면 술이 서너 배는 늘어요."

섬살이의 즐거움도 술이고 고통도 술이다. 사내는 유명 관광지로 금싸라기 땅이 된 이웃 섬 선유도가 부럽기도 하고 못마땅하기도 하다.

"선유도는 자리싸움 같은 걸 많이 해요. 인심도 사나워졌고. 모든 게 돈 때문이에요. 전에는 더러 놀러 가면 밥이라도 한 끼 먹고 가라고 붙잡고들 그랬는데, 이제는 그런 것도 없어졌어요."

부두에서 젊은 내외가 홍합을 손질하고 있다. 홍합은 배를 타고 나가 사리 때 물이 많이 빠지는 섬 주변 바위에 붙은 것을 따 온다. 끌을 가지고 바위에 붙은 홍합을 떼어내는 것이다. 작업은 하루 서너 시간 정도. 바람만 불지 않으면 한 사리에 7~8일 따는 때도 있지만 보통은 한 달에 열흘 남짓 딸 수 있다. 개홍합이라고도 하는 잔 홍합은 물이 많이 빠지지 않아도 바위마다 가득하다. 하지만 개홍합은 아무도 따지 않는다. 종자 자체가 워낙 작고 속에 알맹이도 없기 때문이다. 사람 손길이 가기 쉬운 해안 바닷가에 개홍합이 번성하는 것은 생존의 위협을 받지 않기 때문일 것이다. 몸의 기름기를 빼고 사는 것도 삶을 누리는 한 방편인가.

　부부는 알이 없는 홍합을 골라내고 크고 작은 것을 분류한다. 크기에 따라 가격 차도 크다. 하지만 부부는 홍합의 주인이 아니다. 어촌계에서 주민 한 사람에게 섬의 홍합 채취권을 팔았다. 부부는 고용되어 일하는 것이다. 어민들은 가격이 낮기 때문에 수협 위판을 기피한다. 일반 수집상이 가격을 더 높이 쳐 준다. 또 부산 지역이 홍합을 더 귀하게 치기 때문에 군산보다는 부

홍합을 손질하고 있는 부부

산 쪽 상인들이 더 높은 값에 사 간다. 나그네에게 이것저것 설명을 잘해 주던 부부는 홍합 주인이 나타나자 입을 다문다. 같은 섬사람들끼리도 고용주와 노동자 사이는 어렵기만 하다.

방축도, 부활의 목격담

명도에서 어선을 대절해 방축도로 건너왔다. 여기도 홍합 작업이 한창이다. 거의 올해 막바지 작업이다. 명도와는 달리 이 섬은 권리를 팔지 않아 주민들 모두에게 채취권이 있다. 홍합은 20킬로그램 한 포대가 2만 원 정도에 수집상에게 넘겨진다. 많이 따는 사람은 하루 일곱 포대까지 따기도 하지만 보통은 서너 포대 정도 딴다.

명도, 말도, 방축도는 세 섬이 다 행정구역상 군산시 옥도면 말도리다. 같은 옥도면에 속한 선유도와는 달리 고군산 군도 관광산업의 혜택을 거의 못 누리고 산다. 해상 유람선에서 구경하고 가는 장자할아버지바위나 거북바위, 시루떡바위, 남대문바위, 책바위, 쇠코바위 등의 절경이 모두 이 섬들에 속해 있다. 하지만 매정하게도 유람선은 선유도에만 정박했다가 돌아간다. 관광객이 뿌리고 가는 돈이 이들 섬까지 날아오지 않는 것이 주민들은 못내 섭섭하다. 그래서 섬사람들은 방축도, 말도, 명도 세 섬이 다리로 연결되기를 소망하지만 기대는 난망하다.

방축도 북쪽 해안에는 지난 겨울 태안에서 흘러온 기름의 흔적이 남아 있다. 태안 앞바다 기름 유출 사고로 고군산 섬사람들도 오랫동안 방제작업을 했다. 지금은 대부분 원상회복됐지만 해변에는 얇은 기름막이 간간히 떠다닌다.

해변 절벽에는 전망대로 만든 정자가 하나 있다. 정자 옆길을 따라 산에 오르니 10여 분 만에 정상이 나온다. 섬의 가장 높은 자리는 통신사의 기지국 차지다. 'SK 텔레콤 방축도 기지국', 옛날 이 산의 정상은 나무와 바위들 자리였다. 무선국 철탑이 그 자리를 대신한 것은 이 섬의 수호자가 바뀐 것을 알려주는 징표다. 섬의 수호자는 더 이상 용왕이나 산신령이나 나무와 바위의 정령이 아니다. 전화다. 과거 섬에서는 생사에 위급한 일이 생기면 신이나 정령들에게 기도했다. 그들은 섬의 절대자였다. 하지만 이제 그들은 무력하다. 섬사람들은 죽음 앞에서도 더 이상 그들을 찾지 않는다. 신 대신 찾는 것이 전화기다. 신들은 응답이 없지만 전화기는 바로 응답을 준다. 오늘날 이 섬의 진정한 신은 전화기다. 산정의 기지국은 전화신을 모시는 신전이다.

산을 내려가는 길은 가파르다. 산길에는 등반을 돕기 위한 밧줄이 놓여 있다. 한손으로 밧줄을 잡고 가다 문득 놀라운 광경을 목격했다. 잘려 나간 죽은 나무 밑동에서 새순이 돋아나고 있지 않은가. 눈을 의심하며 가까이 다가가 보니 환시였다. 새순은 죽은 나무에서 나는 것이 아니라 다른 나무 가지가 죽은 나무 밑동에 붙어서 자라고 있는 것이었다. 부활의 목격담도 이런 것일까. 가까이 다가가 자세히 관찰하지 않았다면 저 죽은 나무는 부활의 나무가 됐을 것이다. 끊임없이 의심하고 파고들면 벗겨지지 않는 신비의 껍질

방축도 해안 절벽에는 전망대로 만든 정자가 하나 있다

이란 어디에도 없다.

　하지만 신비함에 이끌려 사는 것을 우매하거나 그릇된 삶이라고 질책할
수 있을까. 실체도 없는 신비의 본질은 믿음이다. 실상은 신비가 아니지만 사
람은 신비를 믿으면 죽음의 목전에서 살아 돌아오기도 한다. 신비란 허망한
것이지만 그 허망함을 믿는 힘이 사람을 살리기도 하고 죽이기도 하는 이 우주
의 역설을 어찌할 것인가. 궁극으로 가는 길은 멀기만 하다.

말도, 폭탄을 머리에 이고 사는 섬

말도는 벌써 홍합철이 끝났다. 이제는 바지락을 캐서 뭍으로 보낸다. 부둣가에서는 '개똥이네' 명패가 붙은 바지락 자루들이 여객선으로 옮겨진다. 군산의 어패류 도매상 주인이 개똥이일까, 주인 아들 이름이 개똥이일까.

여객선은 마을 입구 선착장에 닿지만 어선들이 정박하는 포구는 마을과 떨어져 있다. 섬은 느리게 걸어도 30분이면 일주할 정도로 작다. 마을의 서쪽 고개 너머에 말도 등대가 있고 그 아래 포구가 있다. 옛 고갯길로는 더 이상 사람이 다니지 않는다. 해안도로를 따라 걷는다. 겨울에 섬을 떠나 있던 선원들이 돌아와 그물을 손질하며 출어를 기다린다. 무인도 '큰 모가지'와 '작은 모가지'는 방파제 공사로 말도와 이어져 경관이 훼손됐다. 하지만 섬사람들에게는 풍경보다 대피항이 생존을 위해 더 소중한 것을 어쩌랴. 그래도 포구는 호수처럼 아늑하고 아름답다. 둑 길을 따라 걷는데 인기척에 놀란 숭어 떼 한 무리가 후다닥 물속으로 도망친다. 숭어들은 떼 지어 몰려다니며 수면의 먹이까지 탐한다. 포구 수면에는 늘 유출된 기름이 둥둥 떠다니기 마련이다. 숭어가 그 기름까지 먹어서 그런지 어떤 숭어회에서는 더러 기름내가 나기도 한다.

오늘 말도의 하늘과 바다는 평화롭다. 하지만 이 평화가 참 평화일까 거짓 평화일까. 말도에서 22킬로미터 거리에 공군 사격장 직도와 소직도가 있다. 1971년 사격장이 들어서면서 섬에다 끊임없이 폭탄을 쏟아 부었다. 해발 66미터 높이의 섬이 지금은 25미터 정도로 낮아졌다. 사격장이 되기 전까지 말도, 방축도, 명도 주민들에게 직도 바다는 황금어장이었다. 1971년 이후 직도 반경 18킬로미터 이내의 해역에서 모든 조업이 금지됐다. 삶의 터전을 잃은 주민들은 40여 년 가까이 머리에 폭탄을 이고 살았다. 전투기 소음과 폭격의 진동으로 고통당했고, 항상 오폭의 위험에 노출되어 있었다.

근자에는 매향리 미군 사격장이 폐쇄되면서 미 공군 사격장까지 옮겨 왔다. 군산시는 정부 지원금 3천억 원에 직도와 섬 주민들의 생명을 담보 잡혔다. 자동 채점 장치(WISS)가 설치된 직도에는 연습탄이 투하되지만 바로 옆 소직도에는 여전히 살상용 폭탄이 투하된다. 직도 사격장은 명목상 한국 공군 사격장이지만 실상은 4개월마다 순환 배치되는 미 공군의 국제 사격장이다. 이탈리아의 아비노 미군 기지와 미 동부의 쇼오 공군 제8 전투비행단, 알래스카 비행단 등이 4개월간 폭격 연습을 하다 돌아갔거나 폭격 연습 중이다. 아파치 헬기도 이 섬에서 폭격 연습을 하고 간다.

자주 잊고 살지만 영속되는 삶은 어디에도 없다. 영원처럼 느껴지는 삶도 그 끝은 언제나 순간이다. 언제 폭탄이 떨어질지 모르는 섬에 살면서도 사람들은 위험을 감지하지 못한다. 만성 질환처럼 굳어져 버린 위험. 습관이란 무서운 것이다. 공포도 습관이 되면 더 이상 공포가 아니다. 더 큰 공포가 오기 전까지 사람들은 불안에 떨지 않는다. 사람들은 머리 위에서 폭탄이 터지는 순간에야 비로소 공포를 실감하게 될 것이다.

"바지락 긁고,
굴 찍어 묵고 살아" – 당진 대난지도 소난지도

무인도로 둘러싸여 피항하기 좋은 소난지도에는
바람이 불 때면 온갖 배들이 몰려와 배를 댔다.
더 오랜 옛날에도 섬은 세곡선의 피난처이기도 했다.

충청남도

대난지도
소난지도

당진군

망부석이 된 여자

　인천 연안부두에서 여객선을 타고 대난지도까지 왔다. 대난지도(大蘭芝島)
는 충청남도에 있는 섬이지만 서해의 많은 섬들처럼 오랜 세월 인천 생활권
이었다. 인천은 육로 교통이 나빴던 과거, 이 근방 섬사람들이 서울로 가는
통로이기도 했다. 육로 교통이 좋아진 요즘에는 해로를 통한 교류가 드물다.
하지만 인천에서 학교를 다니거나 정착해 사는 자녀들 집에 갈 때면 대난지
도 사람들은 여전히 해로를 이용한다. 지금은 대난지도가 당진 생활권이다.
대난지도 부두가에는 당진행 카페리호가 서 있다. 대난지도는 섬이 많지 않

난지도 초입 덕금마을 선착장 앞 갯벌 끝에 있는 망부석

은 당진에서 가장 큰 섬이고 난지도라고도 불리며 면적 5.08평방킬로미터에 인구는 2백여 명에 불과하다. 이 섬도 오랜 세월 갯벌과 어로, 농경에 의지해 살았지만 요새는 난지도 해수욕장의 유명세에 힘입어 관광객들이 제법 많이 찾는 섬이 되었다. 지금도 해수욕장 부근을 관광단지로 개발하기 위한 공사가 한창이다.

난지도 초입 덕금마을 선착장 앞 갯벌은 바지락 밭이다. 그 갯벌 끝에 망부석이 하나 서 있다. 안내판에는 본래 선바위라 했으나 근래에 선녀바위로 이름이 바뀌었다고 기록되어 있다. 고기잡이 나간 남편을 기다리다 그대로 굳어져 돌이 돼 버린 아내. 사람이 돌이 되었을 리야 만무하지만 생사 모르는 남편을 기다리는 어부 아내의 마음은 돌덩이가 되고도 남았으리라. 그리고 그 생의 무게를 감당하지 못하고 마침내 그녀는 바다에 가라앉았을 것이다. 아니 가라앉지도 못하고 저처럼 목 빼고 서 있었을 것이다. 수백, 수천 년 동안.

한때는 이 섬에서도 김 양식을 많이 했다. 갯벌에는 아직도 양식장에서 채취해 온 김을 씻던 물통이 남아 있다. 물이 빠진 갯벌이지만 직사각형 시멘트 수조에는 여전히 바닷물이 가득 차 있다. 이제는 그 물에서 바지락을 씻는다. 갯벌을 막아 만들었던 소금밭은 폐염전이 된 지 오래고, 염전 자리에 들어섰던 대하 양식장의 수차도 더 이상 돌아가지 않는다. 덕금마을 선착장 반대편은 난지도 해수욕장이다. 마을은 그 중간에 자리 잡고 있다. 섬의 동서는 3킬로미터이고, 남북으로도 길지 않아 마을에서는 섬의 어느 끝이라도 30분이면 걸어서 당도할 수 있다.

"바지락 긁고, 굴 찍어 먹고 살아"

마을 끝자락 해수욕장 넘어가는 길가에 삼봉초등학교 난지분교가 있다. 선생님 셋, 아이들 아홉의 아담한 초등학교. 새로 지은 학교 건물이 펜션처럼 산뜻하다. 사택 옆집에는 노부부가 산다. 부부는 바지락 캐러 갈 준비가 한창이다.

"논이 없으니까 바지락 긁어서 먹고, 굴 찍고 그렇게 사는 거죠. 밥만 먹으면 돼요."

인근 섬들처럼 이 섬도 5월부터 9월까지는 바지락을 캐고 10월부터 이듬해 4월까지는 굴을 깬다. 자식들은 대개 인천에 산다. 바지락은 여객선 왕경호를 통해 인천으로 보내면 값을 조금 더 받을 수 있다. 바지락 10킬로그램이 이 섬에서는 2만 원, 당진은 2만 5천 원, 인천으로 가면 3만 원까지 오른다. 바지락 수확량은 물때에 따라 다르다. 물이 조금밖에 안 빠지는 조금 때는 두 노인이 합해서 30킬로그램 정도를 캐지만, 물이 최대로 많이 빠지는 사리 때는 둘이 70킬로그램까지 캐기도 한다. 종패를 뿌리는 등 어촌계에서

난지 분교. 새로 지은 학교 건물이 펜션처럼 산뜻하다

양식장을 체계적으로 관리하기 때문에 수확량이 많은 편이다.

"조금 때는 많이 못 캐도 다른 일거리가 없으니까 해야 해요. 먹고 살자면 그렇죠."

당진 화력 발전소가 들어선 뒤 난지도의 갯벌도 서서히 죽어 가고 있다. 특히 굴 밭의 피해가 심하다. 노인들은 화력 발전소에 견학까지 다녀왔다. 한전에서는 발전소의 안전성을 홍보하기 위해 섬사람들을 견학시켰지만, 노인은 오히려 굴이 죽어 가는 원인을 더욱 뚜렷이 알고 왔다.

"거기 가 보면 뜨거운 물이 무지하게 바다로 나오는데, 그러니까 굴 같은 것 다 죽는 거죠. 물발이 이렇게 뿜어 나와요, 난지도 쪽으로. 난지도 피해가 심해요. 굴뚝에서 나오는 연기도 나쁘고."

매일같이 다섯 개의 거대한 관에서 뿜어져 나오는 뜨거운 물 때문에 바다의 수온이 높아져 찬물에서 잘 되는 김 양식도 어려워졌고 굴 생산량도 많이 줄었다. 뿐만 아니라 굴뚝에서 나오는 석탄가루 때문에 갯벌도 죽어 간다. 노인의 탄식이 이어진다.

"김은 끝났어요, 아주. 저기 때문에 김이 돼야 말이죠. 땅속이 검정처럼 굳은 데가 많아요. 그런 데는 바지락도 없고. 오염 안 된 데가 바지락도 많죠."

소문은 무성하지만 아직 어떠한 보상도 없다고 노인은 말한다.

"맨날 나온다는데 안 나와요. 울어야 젖 주죠. 여기서는 누가 당당하게 따지고 그럴 사람이 있나요."

갯벌이 죽어 가면서 낙지잡이도 사양길이다.

"뻘이 좋아야 낙지가 집을 지으려고 하지. 집을 짓나요, 어디."

예전에는 뻘에 들어가면 한 번에 낙지를 2백 마리씩 잡는 것도 예사였다. 그런데 요즈음은 잘해야 15~20마리 정도다. 김 양식을 하던 사람들 중 일부는 보상을 받았지만 아무런 보상도 못 받고 그만둔 사람도 있다.

"피해가 있으면 다 같이 줘야 하는데 안 주니까 어떡해. 줄 것 같지도 않고. 그냥 철거했죠. 딴 거라도 해야 먹고 사니까."

갯벌도 죽고 주민들은 관광 혜택도 못 보고

바다와 갯벌이 죽어 가면서 난지도는 관광 산업에 큰 기대를 걸고 있다. 난지도 해수욕장 관광지 개발공사는 그런 바람의 반영일 것이다. 하지만 노인은 관광업으로부터도 섬 주민 대부분은 소외되고 있다고 느낀다. 외부 관광객이 들어오던 초기에는 주민들이 하는 민박에도 손님이 들어 주민들의 기대가 컸다. 하지만 난지도 해수욕장 근처에 외지 자본이 대형 펜션을 지으면서 주민들의 민박집에는 손님이 뜸해졌다. 주민들 중 일부는 새 건물을 짓고 손님을 유치하고 있지만 극소수다. 해수욕장 부근에서 민박집을 하던 주민들도 대부분 외지인들에게 땅을 팔고 다시 본업인 바다에 복귀했다.

"옛날에는 해수욕장 있는 데 본동 사람도 몇이 있었어. 그런데 외지 사람들이 집도 근사하게 짓고 그러니까 동네 사람들은 하지 못하는 거야. 난지도 사람들은 막사도 시원찮게 짓고. 그래서 갯밭으로만 다녀. 민박 같은 거 하다가 도로 갯벌으로 나가는 거지."

노인은 해수욕장 관광지 조성사업이 끝나더라도 주민들에게 도움이 될지 어떨지 확신할 수 없다.

"앞으로 어쩌려는지 모르겠어요. 이제 뜯었으니까 난지 사람들한테도 조금씩 떼어 주려는지."

바다가 죽어 가는 것이 화력 발전소 때문만은 아니다. 서산 쪽의 공장들도 원인이 된다. 난지도 바다에도 수시로 기름띠가 떠다닌다. 기름 유출 사고들이 더러 있지만 원인 규명은 쉽지 않다.

"공장에서 기름을 버리고 가는 놈들도 있다 해요. 그래도 잡지 못해요. 기름이 뜨고 그래서 갔다 보여 줘도 그 기름이 아니라 하면 소용이 없어요."

발전소와 공장들이 이익을 올리는 동안 난지도 사람들은 삶의 터전을 잃어 가고 있지만 어디 하소연할 데도 보상을 받을 길도 막막하다. 그래도 노인들은 이런 섬에 사는 것을 행운으로 여긴다.

"그래도 이런 데서는 노력만 하면 살아요. 바지락으로 먹고 살고, 애들 다 키우고 가르치고 결혼까지 시켰으니."

해수욕장 주변은 개발공사가 한창이다. 솔밭을 통째로 잘라 버리고 그 자리에 건물 지을 땅을 다지고 있다. 해수욕장 입구에는 외지 자본이 지은 대형 펜션이 떡 버티고 서 있다. 개발사업이 끝나고 해수욕장이 재개장되어 관광객들이 더 많이 몰려오면 아마도 저런 대형 펜션들이 가장 큰 혜택을 입게 될 것이다. 섬이든 육지든 개발로 원주민들이 이득을 본 사례는 거의 없다.

국민의 세금인 정부 예산으로 개발사업이 이루어져도 이득은 늘 소수의 부유한 투자자들에게만 돌아간다. 난지 해수욕장 앞바다에 잿빛 물결이 일렁인다.

마을로 돌아오는 길목, 고추밭에서 허리 보호대를 찬 할머니 한 분이 고춧대를 뽑고 있다. 허리 수술을 한 것 같아 보인다. 저렇게 무리하면 안 될 텐데, 걱정스럽다.

"아퍼서 약을 안 쳤더니 탄저병에 걸려 버렸어요."

허리 수술을 한 지 3개월밖에 안 됐지만 일을 보고 놀 수가 없다. 의사가 힘든 일 하지 말라고 신신당부했지만 애초부터 혼자 사는 노인이 지키기는 어려운 당부였다. 마늘을 심기 위해서는 고춧대를 안 뽑을 수가 없어서 무리를 하고 있는 것이다. 섬에 함께 간 후배 한솔이와 할머니의 일을 거들었다. 장정 둘이 하니 30분 만에 고춧대가 모두 뽑혔다. 두 나그네는 또다시 길을 간다. 할머니가 손을 흔든다.

"내 혼자 하면 저물어야 해요. 고마워요."

소난지도, 섬은 늙어 간다

코앞에 두고도 섬들 사이의 소통은 쉽지 않다. 난지도에서 소난지도 가는 길도 그렇다. 소난지도는 당진 도비도와 난지도 사이의 중간 항로에 있지만 오가는 길에 모두 들르지 않는다. 난지도로 오는 뱃길에만 들르기 때문에 난지도에서 소난지도로 바로 건너갈 수가 없다. 그래서 난지도에서 소난지도에 가려면 도비도로 나갔다가 들어오는 배를 타는 불편을 감수해야 한다. 도비도행 여객선에 오른 뒤 선원에게 사정을 한다. 끝내 거절하지 못한 선원이 선장에게 부탁해서 소난지도 선착장에 내릴 수 있게 해준다. 고마운 일이다.

소난지도는 아주 작은 섬인데도 대형 펜션과 콘도가 여러 채다. 해안가에 또 몇 채의 펜션이 들어서려는지 공사가 한창 진행 중이다. 마을은 고요하다. 모두 갯벌에 나갔다. 할머니들은 바지락을 캐러 갔고 할아버지들은 낙지를 잡으러 갔다. 어촌계에서 관리하는 섬의 공동 양식장은 한 해 바지락 채취가 끝나고 종패들이 뿌려졌다. 내년 봄까지 어린 바지락들은 몸집을 키울 것이다. 주민들은 부두 건너 무인도인 우무도 갯벌에서 작업 중이다.

여름 한철에는 이 섬도 피서객들로 넘쳤겠지. 민박집도 여러 채다. 민박집 담장에는 '통바지락, 깐바지락 얼린 것, 바지락 젓갈 판매'라는 안내문이 붙어 있다. 이 섬에도 한때는 아이들만 30명이 넘었던 적도 있지만 이제 섬은 퇴락했다. 30여 가구에 40명 남짓한 노인들만 산다. 마을에 남은 노인 한 분을 만났다. 노인은 건너 우무도의 점토 광산에 품을 팔러 왔다가 소난지도 여자와 만나 결혼하고 눌러앉았다. 벌써 40년 전이다. 광산 일이 끝난 뒤에는 배를 탔다. 섬은 한때 실치잡이로도 유명했다.

"옛날에는 여기 살 매 놓고 고기잡이했어."

갯벌에 어살을 설치해 실치뿐만 아니라 조기도 잡고 멸치도 잡았다.

"당산에 시루 쪄 놓고 제를 올렸지."

바다가 살아 있던 시절, 당제에 뱃고사에 섣달과 정월이면 온 섬이 부산했다.

"옛날부터 여가 배썩이 좋아. 오만 배들이 다 들어왔어."

배썩은 배를 대기 좋다는 뜻이다. 무인도로 둘러싸여 피항하기 좋은 소난지도에는 바람이 불 때면 온갖 배들이 몰려와 배를 댔다. 더 오랜 옛날에도 섬은 세곡선의 피난처이기도 했다.

"풍선들이 전라도 큰 들 만경 그런 데서 세곡을 싣고 가다 바람을 만나면 꼭 여기 들렀다고 그래. 암만 바람이 불어도 여가 배썩 하나는 최고였거든."

다 옛날 이야기다. 이 바다도 물고기들이 떠난 지 오래되었고, 더 이상 피항선도 찾지 않는다. 섬이 여름철 피서지로 각광을 받기 시작하던 초기에는 대난지도처럼 소난지도 사람들도 기대가 컸다. 많은 주민들이 민박을 쳐서 생계에 큰 보탬이 됐다. 하지만 그마저도 외지인들이 들어와 대형 펜션을 짓고 영업을 하면서 힘들어졌다.

"우리같이 나이 먹은 사람들이나 어쩌다 자고 가지 젊은 사람들은 다 시설 좋은 데로 가. 원래 살던 사람들은 다 틀렸어. 조개나 캐고 굴이나 따 먹지."

옛날 섬들은 육지의 권력에 억압당하고 왜구나 해적들의 노략질에 시달리기 일쑤였다. 그래도 떠날 수 없었다. 해안을 따라 늘어선 대형 펜션들. 이제 섬사람들의 터전은 외지 자본에 의해 잠식당하고 있다. 외지 자본이든 토착 자본이든 해안 풍경을 가리는 높은 건물을 세우는 것은 섬이 가진 경관과 전망을 해치고 해변을 사유화하는 일이다. 섬마을 공동의 재산을 독점하는 행

대난지도 앞바다, 저물어 가는 섬

위다. 그들은 땅의 일부를 산 것이지 마을의 경관 가치를 산 것은 아니다. 지금은 그 어느 때보다 경관의 가치가 높아졌지만 이에 대한 문제의식은 적다. 그렇다면 저 대형 펜션들이 마을의 공동 재산인 경관을 이용해 해변에서 벌어들인 이익의 일부를 마을 공동체에 기여하는 것이 옳다.

선착장 뒷산 전망 좋은 해변에도 터가 닦여 있다. 아마 여기에도 펜션이 들어설 모양이다. 숲의 초입은 싸리나무 군락이다. 싸리나무들 틈에서 반가운 열매가 눈에 띈다. 보리수나무 열매가 주홍빛으로 익었다. 한웅큼 따서 입에 털어 넣는다. 새콤달콤하고 약간 떫기도 한 과즙이 입 안 가득 고인다.

낙지잡이 사내

우무도에서 낙지잡이를 하고 온 사내는 소난지도에 들어와 산 지 6년 남짓 됐다. 사내는 오랜 세월 밖으로 떠돌았다. 사우디 등 중동 지방을 13년 동안이나 오가며 돈을 벌었다. 그때 모은 돈으로 자동차 정비공장을 세웠다. 그렇게 한세월이 가는가 싶었는데 IMF를 만났다. 한 3년을 버티다 끝내 접었다. 식당을 열었지만 그것도 오래가지 못했다.

"식당이란 게 오늘 문을 열면 내일 간판 내리는 거여. 그래서 흔히 하는 말로 프리랜서라고, 개인적으로 다니면서 버는 게 제일 편해. 사람 상대 안 하고 편해."

그래서 섬으로 들어와 정착했다. 지금은 마음이 편하다. 아내는 바지락을

캐고 사내는 낙지를 잡으며 산다.

"바지락 파면 하루 5만 원 벌이는 하거든. 낙지 물대 나가면 못 잡아도 2, 30마리는 잡아."

사내는 낙지를 잡아다 도비도의 식당이나 횟집에 넘긴다. 마리당 3, 4천 원씩 하니 상당한 소득이다.

"5만 원이 많아서가 아니라 육지 안 나가면 돈 쓸 일이 없으니 안 써서 남는 거지. 여기서는 그냥 몸만 건강하면 직장은 계속 있어. 물 쓰면 바다에 나가 벌어 오고 그렇게 사는 거지."

사내는 지금의 삶이 더 없이 만족스럽다. 세상의 온갖 풍상을 다 겪고 떠돌다 정착한 섬이니 더욱 그러할 것이다.

"풍도가 2번
고향이에요" – 안산 풍도

풍도는 야생화의 천국으로 알려져 있다.
봄이면 탐방객과 사진가들로 붐빈다. 산에 약초도 많다.
마을의 한 민박집 마당에 산초와 더덕 씨앗이 말라 간다.

인천광역시

인천항

풍도

청일전쟁의 발화지 풍도

인천항에서 여객선을 타고 풍도로 왔다. 풍도의 행정구역은 경기도 안산
시지만 섬사람들은 오랜 세월 인천을 연고로 생활해 왔다. 자녀들도 대부분
인천에서 학교를 다니고 인천에 정착해 산다. 작은 섬 풍도는 근대 동아시아
역사에서 가장 중요한 사건 중 하나였던 풍도해전이 발발한 곳이다. 구한말
일본이 청나라에 선전포고를 하고 대륙 침략의 첫 총성을 울린 곳이 바로 풍
도 앞바다였다. 1894년 7월, 이 바다에서 일본의 포격으로 청나라 함선들이
침몰했고 천백 명의 청나라 병사들이 수장됐다. 청일전쟁의 발화지 풍도. 전

단풍나무 섬, 풍도

쟁에서 승리한 일본은 곧이어 조선을 침략해 식민지로 만들었다. 그 비극적
전쟁의 무대였던 풍도 앞바다가 오늘은 비할 데 없이 평화롭다.

풍도의 주택들은 산지를 따라 층층이 들어앉았다. 삶의 비탈이 그대로 드
러나는 풍경이다. 여객선이 입항하자 방파제에 터를 잡고 사는 갈매기들이
일제히 비상한다. 선착장이 소란스럽다. 직업소개소의 소개로 어선을 타러

온 선원 한 사람이 달아나다 붙잡힌 것이다. 선주는 소개비를 50만 원이나 주고 데려왔으니 그냥 보내줄 수 없다며 선원을 데려간다. 그가 선급금을 받았는지는 알 길이 없다. 받았다면 그의 도주는 불법이지만 그렇지 않다면 그가 떠나는 것을 막은 선주가 불법이다. 이 섬에서도 몇몇 젊은 사람들은 꽃게잡이를 한다. 하지만 섬사람 대부분이 노인들이다 보니 배를 탈 선원을 구할 수 없어서 뭍에서 데려온다. 그래서 간혹 이런 일도 생기는 것이다. 아마도 선원은 경험이 없는 사람이었을 테고, 막상 섬에 와 보니 두려웠을 것이

선착장은 섬을 들고 나는 유일한 통로이다

다. 그래서 밥을 굶어 가며 빈집에 숨어 있다가 여객선을 타고 달아나려 했을 것이다. 그러나 섬에서 들고나는 유일한 통로인 부두를 피해 그가 여객선에 오를 방법은 없다.

백 년 가꿔 온 바지락 밭을 잃다

조선왕조실록 〈세종실록〉에는 풍도(豊島)의 옛 이름이 풍도(楓島)로 기록되어 있다. 섬에 단풍(丹楓)나무가 많았던 모양이다. 섬에는 여전히 단풍나무과의 고로쇠나무 군락이 남아 있다. 현재는 단풍나무 섬이 아니라 풍요의 섬이다. 하지만 풍도는 이름과는 달리 풍요롭지 못하다. 섬은 가파른 비탈과 산지가 대부분이라 농사지을 땅도 변변치 않고 갯벌이 없어서 갯것도 풍성하지 않다. 척박한 섬의 환경이 풍요와는 거리가 먼데도 이름이 풍요의 섬으로 바뀐 것은 왜였을까. 풍요를 꿈꾸는 섬사람들의 열망 때문이 아니었을까. 오래전 풍도 사람들은 풍요로운 삶을 위해 멀리 떨어진 무인도를 개척해 바다농장으로 삼았다. 그 섬이 도리도다. 풍도 사람들은 백여 년 동안이나 겨울이면 무인도인 화성군 서신면 도리도로 이주해 바지락을 캐고 굴을 깨며 살다가 이듬해 봄이면 돌아오기를 반복했다. 섬사람들은 이주할 때 살림살이는 물론 가축들까지 데려갔다. 옮겨 가는 학교를 따라 선생님과 아이들, 지서의 경찰들도 따라갔다. 도리도는 한국 최대의 자연산 바지락 밭이었다. 작은 무인도지만 썰물 때가 되면 갯벌은 끝이 보이지 않을 정도로 드넓고, 갯벌에는

풍도 사람들은 풍요를 꿈꾸지만
그 꿈은 수평선 만큼이나 아득해 보인다

바지락과 굴 등이 지천으로 널렸다. 풍도 사람들은 그 바지락 밭을 일구며 한 세기를 살아왔다.

부둣가에서 만난 할머니는 8.15 해방 직후 황해도 옹진 소강이란 곳에서 이 섬으로 시집왔고, 할아버지는 6년 전 이승을 떴다. 할머니는 시집와서부터 50년 넘게 해마다 음력 9월이면 도리도로 건너가 살았다.

"음력 9월이면 굴 주우러 살림을 몽땅 다 갖고 갔어. 여기는 한두 사람만 남고, 동네 전체가 다 이사했어. 강아지 새끼, 꿩이 새끼까지 따라다녔지. 배 몇 채에 잘름잘름하게 실었는데 물, 나무 다 싣고 가야 하니 힘들었어."

도리도에는 흙과 돌을 섞어 허술한 죽담집을 지었다. 식구가 많든 적든 방 하나에 부엌 하나 딸린 비좁은 죽담집에서 살았다.

"식구가 열이라도 거기서 다 살았어."

음력 9월에 도리도로 건너가 굴을 따던 풍도 사람들은 섣달그믐이 되면 다시 풍도로 돌아왔다. 한겨울 두 달 정도 풍도에 살던 사람들은 양력 2월이 되면 다시 도리도로 건너가 굴을 따고 바지락을 캐며 6월까지 살았다. 일 년의 반도 넘는 시간을 도리도에서 산 것이다.

"그때 가서 일 년 먹을 것을 벌어 왔어."

1980년대 중반에 와서야 정부는 도리도에 집도 지어 주고 선착장도 만들어 주었다. 그러나 이제 더 이상 풍도 사람들은 도리도에 갈 수 없다. 도리도 갯벌을 영영 잃고 말았다. 지방자치제가 되면서 삶의 터전을 빼앗기고 만 것이다. 풍도는 옹진군에 속했다가 안산시로 편입되었지만 도리도는 여전히 화성군에 속한 무인도라는 것이 문제였다. 지방자치단체의 권한이 강화되자 화성군 사람들은 백 년 동안이나 계속된 풍도 사람들의 도리도 출입을 막아버렸다. 책상머리에 앉은 행정관료들은 실정도 모른 채 섬들의 행정구역을 편의대로 나누고 붙였다. 풍도가 화성군이 아니라 안산시에 편입된 것은 풍도 사람들의 의지와는 무관하지만, 그로 인한 피해는 순전히 풍도 사람들의 몫이 되었다. 백여 년 동안이나 풍요를 일구던 갯벌을 잃었으니 풍도는 이제 다시 풍요와 먼 섬이 되고 말았다. 젊은 사람들은 그래도 꽃게잡이 등으로 살아가지만 백 년 넘게 가꾸어 온 바지락 밭을 잃은 풍도 노인들은 삶의 기운마저 잃어버렸다.

"그걸 뺏기고 억지로 사는 거예요. 일 년 동안 들어앉아 있어도 돈 한 푼 구경 못 하고 살아요. 여기서 안 사 먹고 안 쓰고 사니까 살지, 도시라면 못 살지. 쌀 두어 가마니면 일 년을 사니까. 반찬거리는 심어서 먹고."

섬이 더 좋아진 도시 소녀 다예

부둣가에서 만난 여자아이 다예는 대남초등학교 풍도분교 1학년이다. 학교에서는 두 분의 선생님이 세 명의 학생을 가르친다. 3,4학년 언니들은 다예의 좋은 친구들이다. 언니 둘은 2층에서 공부하고 다예는 1층에서 공부한다. 마을의 여섯 살짜리 꼬마 현민이가 누나들 공부하는 교실에 놀러와 함께 공부하기도 한다. 다예는 언니, 동생들이랑 에버랜드 놀이도 하고 달리기도 하고 자전거 시합도 하고, 갯벌에서 게도 잡고 물고기도 잡고, 조개껍질도 줍고 논다. 또 얼음땡도 하고 '무궁화 꽃이 피었습니다'도 하고 엄마놀이도 한다. 다예는 안산에서 태어나 경찰공무원인 아빠를 따라 섬으로 온 지 3년째다. 처음에는 섬에 오기 싫다고 울고불고 난리쳤지만 이제는 안산보다 섬이 더 좋다.

"풍도가 제2번 고향이에요."

다예는 풍도가 마냥 좋기만 하다.

"맑은 공기도 마실 수 있고, 꽃게 잡을 때면 언제든지 잡을 수 있어요. 봄이면 꽃들이 많이 피어요. 가을에는 달래도 많이 따 먹어요. 컸을 때도 여기서 살았으면 좋겠어요."

어른이 되어도 섬에서 살고 싶다며 수줍게 웃는 다예

하지만 다예의 소망이 이루어지기는 어려워 보인다.

"학생이 한두 명만 남으면 학교가 없어진대요."

다예는 고구마순을 벗기는 엄마 곁에 앉아 저도 껍질을 벗긴다.

"애가 풍도를 너무 좋아해요. 커서도 여기 살겠대요. 그래서 여기 살려면 여기 사람하고 결혼해야 한다고 했더니 발전소 사람하고 결혼해서 살겠대요, 글쎄."

섬에 전기를 공급하는 발전소에는 젊은 사람들이 근무한다. 그것을 눈치챈 것이다. 그런데 다예가 클 때쯤이면 발전소 사람들도 다들 나이가 들어 늙을 텐데, 걱정이군. 어쩌지!

지금도 다예는 방학 때 친구가 다녀가면 서럽게 운다. 친구가 많은 육지 학교에 다니면 좋지 않겠느냐 했더니 친구가 한두 명은 좋은데 많은 건 싫단다. 이제 언니들이 졸업하거나 전학을 가 버리면 학교는 폐교되고 말 것이다. 한번 사라진 학교가 다시 생기기는 어렵다. 섬 아이들은 대개 4학년쯤이면 인천으로 나간다. 언니들도 내년이면 육지로 전학을 갈 것이다. 그러면 다예도 사랑하는 섬을 떠나야 한다. 한둘 남은 아이들마저 자꾸 떠나고 섬은 나날이 저물어 간다.

해안 길을 따라 섬의 뒤안으로 간다. 길가에는 고로쇠나무들이 줄지어 서 있다. 섬 앞쪽에서는 눈치조차 챌 수 없지만 섬 뒤편으로 오니 산 하나가 절반쯤 잘려 나가고 없다. 지금도 여전히 산은 깎이고 있는 중이다. 풍도의 토석은 인천 송도 매립지로 실려 간다. 토석을 실은 대형 덤프트럭이 바지선에 오른다. 멀쩡한 섬을 반 토막 내고 없애 가면서 새 땅을 만드는 심사는 대체 무엇일까. 육지의 개발업자들은 풍도 부근 무인도인 중육도를 뭉텅이로 잘라 가고, 풀등의 모래를 쓸어 담아 가고, 풍도의 산을 깎아 간다. 그들은 할 수만 있다면 섬을 다 없애서라도 인천 앞바다를 전부 메워 빌딩을 올리고 아파트를 짓고 싶을 것이다.

약초섬

풍도는 야생화의 천국으로 알려져 있다. 봄이면 탐방객과 사진가들로 붐빈다. 산에 약초도 많다. 마을의 한 민박집 마당에 산초와 더덕 씨앗이 말라 간다. 향신료인 산초는 제피와 비슷하지만 잎이 크고 잎의 배열이 마주보기며, 제피는 잎이 작고 잎의 배열이 어긋나기다. 가시는 제피나무가 더 많고, 향도 제피가 더 진하다. 향이 짙을수록 가시가 많은 것이 사람이라고 다를까. 산초나 제피 씨앗이 민물고기 요리나 참게장 담그는 데 많이 쓰이는 것은 단지 향신료이기 때문만 아니라 디스토마균을 죽이기 위해서라고 민박집 주인 노인이 알려준다. 약초꾼, 노인은 예전에 약초를 캐다 팔아 생활했었다.

"풍도에는 눈 속에 피는 꽃들도 많지만, 전호가 젤로 많아. 오가피, 헛개나무, 느릅나무, 다른 데 없는 게 많아요. 전에는 창출, 백

고로쇠 나무들이 줄지어 선 해안

출, 시호도 많았는데 나무를 하지 않으면서 다 죽었어."

떨감 나무를 베어내지 않게 되면서 숲이 빽빽해졌다. 햇빛을 받지 못하니 자연히 약초도 사라지고 말았다. 노인은 원주에서 한약방을 하던 큰 고모부

섬의 가장 큰 어른인 은행나무

의 일을 도우면서 약재에 대한 지식을 어깨 너머로 배웠다. 노인은 당귀, 천궁 등의 씨앗을 사다 심어 키우지만, 이제는 중국산에 밀려 약재 수입도 예전만 못하다. 그저 소일거리로 약재를 말리고 있다.

은행나무 부처님

산길을 오른다. 마을은 산자락을 따라 동향하여 앉아 있다. 산자락의 중간까지 집들이 들어섰고 산의 윗부분은 산등성이까지 밭이다. 밭은 요즘 한창 고구마 수확 철이다. 밭에는 고추와 콩과 녹두, 호박과 쪽파와 김장 배추와 무를 빼곡하게 심었다. 어느 한 자락 놀리는 땅이 없다. 고구마 밭을 기웃거리자 할머니들이 드시던 으름을 나눠 주신다. 바나나처럼 길쭉한 으름. 과즙은 달지만 씨앗은 쓰고 떫다. 할머니 한 분은 걷는 것도 힘겨운데 밭일을 그만둘 수 없다고 한다.

"소처럼 일하던 사람인데 신경통이 생겨 수술하고는 잘 걷지를 못해. 여그는 암 것도 없고 늙은이만 살아요. 도리도 댕겨서 병신 되고. 여그는 아주 막막하고 죽을 일만 있어요."

섬에는 보건 진료소도 없다. 큰병이면 육지로 가겠지만 고질병은 아파도 기댈 곳이 없다. 병원선이 한 달에 한 번씩 들어오면 그때 배에서 약을 타오는 게 전부다. 산자락 끝 즈음에 은행나무 고목 한 분이 서 계시다. 당산나무는 아니지만 물경 5백 년 동안 마을을 굽어보고 살아왔다. 섬의 흥망성쇠를 은행나무는 놓치지 않고 나이테에 새겼을 것이다. 나무는 할아버지의 할아버지의 할아버지보다 더 오랜 세월 저편에서 온 시간의 전령이자 섬의 장로다. 나무는 타임머신의 증거다.

시간의 결을 타고 5백 년 전 과거로부터 날아온 나무. 하지만 나무는 과거의 나무인 동시에 현재의 나무이며 미래의 나무이기도 하다. 삼세를 아우르는 우주목. 은행나무는 삼세의 법음을 전하는 삼세불. 하지만 저 삼세불 부처님도 생사의 문제는 어찌할 도리가 없다. 산에 오르던 길에 묶여 있는 염소를 봤다. 육지로 보내려나 했다. 내려오는 길에 보니 염소가 없다. 대신 담벼락에는 배를 갈라 내장이 텅 빈 염소의 시체가 걸려 있다. 인천에서 주문이 들어오면 염소를 기르는 주민들이 잡아서 여객선에 실어 보낸다. 저 염소는 내일이면 인천 어느 집 식탁에 오를 것이다.

"뼈는 푹 고아 먹고, 살은 삶아 먹고. 산에 약초가 많아 여기 염소가 약이 되요."

동네 노인이 주석을 달아 주신다. 30분 전에는 산목숨이더니 지금은 고깃 덩어리로 남은 염소. 허망하구나, 목숨이여!

Chapter 3

/삶에 기적은 없다/

9

통영 한산도

무능하고 물정 모르는 임금은 그저 '급히 적들이 돌아갈 길목으로 나가서 물길을 끊고 도망치는 적을 몰살하라' '부산으로 가서 돌아가는 적들을 무찌르라'는 뜬구름 같은 교서만 내릴 뿐 군사나 무기를 보내 주지 않는다. 제 한 목숨 보전에도 급급한 왕에게 전장에 보낼 지원군이나 무기 따위가 있을 리 만무했다. 전쟁 시작 20일도 못 되어 도성을 왜적에게 빼앗기고 도주한 무능한 조정. 전쟁의 와중에도 부패한 관리들의 욕망에는 브레이크가 없었다.

10

강화 교동도

교동도는 북한의 황해도 연백과 강화도를 사이에 두고 있다. 연백과는 불과 5킬로미터 거리. 〈택리지〉에서 "깊고 넓으며 한없이 크다"고 한 곳이 바로 교동과 강화 일대이다.

"교동도와 강화도 두 개의 큰 섬이 바다 가운데 일자로 가로 뻗어 남쪽으로는 바다를 막았고, 북쪽으로는 한강 하류를 담아, 은연중에 앞산 너머를 둘러싸서 깊고 넓으며 한없이 크다. 동월(董越)이 '평양과 비교하여 더욱 짜임새 있다'고 한 곳이 바로 여기다."(〈택리지〉 산수')

11

옹진 대청도, 소청도

대청도는 면적 12.63평방킬로미터, 해안선 24.7킬로미터. 인천에서 북서쪽으로 202킬로미터 먼 거리에 있지만 북의 황해도 장산곶과는 19킬로미터 거리에 불과하다. 백령도, 연평도 등과 함께 군사 분계선 상에 위치해 분단을 몸으로 느끼며 살아왔다. 대청면 소재지가 있는 선진포구에서 동내동 방향으로 길을 잡았다. 포구에도 몇 군데 민박집이 있지만 오늘은 배낭을 풀지 않고 걷기로 했다.

완도 당사도

당사도 등대. 등대치고 주변 경관
이 아름답지 않은 곳이 없을 테지
만 당사도 등대는 그중에서도 경관
이 빼어나기로 첫 번째 꼽히는 곳
이다. 깎아지른 낭떠러지 위에 자
리잡고 있으나 위태롭기보다는 청
량한 느낌이 더 큰 것도 다 수려한
경관 덕분이다. 남서쪽으로는 멀
리 여서도와 장수도, 추자도, 제주
도 등의 섬들이 안개에 쌓여 가물
거리고 북쪽으로는 소안도와 노화
도, 보길도, 그 너머 해남반도, 완
도 본섬까지 손에 잡힐 듯 가깝다.

강화 백령도

오늘 황해 바다는 잔물결 하나 없
이 평온하다. 섬으로 가는 통로인
동시에 단절이기도 한 바다. 내일
뱃길을 끊어 놓을지도 모르는 바
다가 오늘은 섬으로 가는 통로가
되어 준다. 백령도로 가는 여객선
승객의 반은 군인과 군속들이다.
백령도에 거주하는 인구의 절반이
군인이다.

한산도에서
난중일기를 읽다 – 통영 한산도

백성들이 의병에 가담해 왜적과 맞서 싸운 것 또한
왕조와 나라를 지키기 위함이 아니었다. 자신을 지키기 위함이었다.
왜적의 만행이 너무도 가혹해서였다. 나라는, 임금은, 조정은, 양반 세력은
전쟁 중에도, 전쟁이 끝난 후에도 결코 그런 백성의 뜻을 알지 못했다.

경상남도

통영

한산도

가차 없는 탈영병 처형

이순신은 도망치다 잡혀 온 수군들을 처형한다. 군율을 엄하게 하는 것은 병사들을 전장에 붙들어 두기 위한 고육책이다. 병사들을 전장에 머물게 하는 것은 애국심이 아니다. 공포다. 적에 대한 공포, 죽음에 대한 공포. 난중일기에 적의 수급만큼이나 탈영병의 목을 베었다는 언급이 많은 것은 그 때문이다. 전장의 안과 밖 어디에도 안전한 곳은 없다.

무능하고 물정 모르는 임금은 그저 '급히 적들이 돌아갈 길목으로 나가서 물길을 끊고 도망치는 적을 몰살하라' '부산으로 가서 돌아가는 적들을 무찌

르라'는 뜬구름 같은 교서만 내릴 뿐 군사나 무기를 보내 주지 않는다. 제 한 목숨 보전에도 급급한 왕에게 전장에 보낼 지원군이나 무기 따위가 있을 리 만무했다. 전쟁 시작 20일도 못 되어 도성을 왜적에게 빼앗기고 도주한 무능한 조정. 전쟁의 와중에도 부패한 관리들의 욕망에는 브레이크가 없었다.

　'경상우수사 원균은 명나라 고관 송응창이 보낸 불화살 1530개를 나누지

한산섬 달 밝은 밤에 수루에 혼자 앉아

큰 칼 옆에 차고 깊은 시름 하는 차에

어디서 일성 호가는 남의 애를 끊나니

장군의 시름이 깊을수록 백성의 근심은 줄어갔다

않고 혼자 독차지하려 하고 남해부사 기효근은 배 안에 어린 색시를 싣고 다
니며 남이 알까 두려워한다.'고 이순신은 탄식한다.

　'나라가 위급한 일을 당해서도 예쁜 여인을 태우고 놀기까지 하니 그 사람
됨은 말할 수 없다. 참으로 통분하고 한심스런 지경이다.'

　이순신 혼자서 아무리 군율을 엄하게 한들 이탈해 가는 민심을 막을 도리
가 없다.

　'옥과의 향소에서 지난해부터 수군을 잡아서 보내는 일을 성실히 하지 않
아 도피자의 수가 거의 백여 명이다.'

　징집된 백성이 무능한 나라의 군대를 피해 달아나는 것은 살기 위함이다.

죽음을 무릅쓴 탈주. 죽음의 공포보다 강한 것이 생에 대한 애착이다. 전란이 일어나자 임금과 관리들은 제 살길을 찾아가고 백성들만 사지(死地)로 내모는 나라. 백성들이 그런 나라에 목숨을 내놓지 않으려고 한 것은 너무도 당연하다.

전쟁 중에는 탈영병뿐만 아니라 포로가 되어 왜군에게 협조한 백성들도 많았다. 백성이 본래 그런 것은 아니다. 나라가 백성의 보호자가 아니라 수탈자여서 그런 것이다. 나라가 목숨을 걸고 지켜야 할 고마운 대상이 아니어서 그런 것이다. 백성에게 나라는 왕과 양반의 나라였지 그들의 나라는 아니었다. 힘없는 백성들에게는 나라나 왜적이나 다 같은 약탈자였다.

백성들이 의병에 가담해 왜적과 맞서 싸운 것 또한 왕조와 나라를 지키기 위함이 아니었다. 자신을 지키기 위함이었다. 왜적의 만행이 너무도 가혹해서였다. 나라는, 임금은, 조정은, 양반 세력은 전쟁 중에도, 전쟁이 끝난 후에도 결코 그런 백성의 뜻을 알지 못했다. 전란 뒤 백성들은 더 이상 임금과, 조정과, 양반들을 두려워하지도 신뢰하지도 않게 되었다. 그러므로 후일 병자호란이 일어나 임금과 조정이 남한산성에 갇히게 됐을 때도 백성들이 의병을 일으키지 않고 수수방관한 것은 당연한 결과였다.

'백성들이 굶주려 서로 잡아먹기까지 한' 전쟁

1592년(선조 25년) 7월 7일, 전라우수사 이순신은 전라좌수사 이억기, 경상우수사 원균의 부대와 합류해 한산도 앞바다에서 왜군의 배 70여 척을 격파하고 불태우는 대승을 거둔다. 삼도수군통제사가 된 이순신은 1593년 수군의 본영을 여수에서 한산도로 옮긴다.

'가을 기운이 바다에 들어오니 나그네 생각이 어지럽다. 홀로 배 뜸 밑에 앉아 있노라니 마음이 몹시 산란하다. 달빛이 뱃전에 비치고 정신도 맑아져서 잠을 이루지 못하고 있는데 어느덧 닭이 울었다.'(1593.7.15)

'원 수사의 음흉하고 간흉함이 대단했다.'(1593.7.28)

1592년 4월 시작된 왜군의 침략으로 조선 반도는 7년 동안 고통이 극에 달했다. 지옥의 고통도 그보다 더하지는 않았을 것이다. 난중일기는 이순신이 전라좌수사로 부임한 1592년(선조 25년) 1월 1일부터 정유재란이 끝나가던 1598년 11월 17일까지 7년간의 기록이다. 마지막 일기를 쓰고 이틀 후에 이순신은 절명했다.

옥포해전, 당포해전, 당항포해전, 율포해전, 한산도해전. 해전에서는 연전연승을 거듭하던 이순신이었지만 육상에서 전해 온 패전 소식에는 속수무책이었다. 1593년 6월 29일 10만의 왜군이 진주성을 함락시켰다. 이른바 2차 진주성 싸움. 1592년 10월의 1차 진주성 싸움 때는 3800여 조선군과 성민들이 왜군 3만과 싸워서 승리했다. 하지만 2차 진주성 싸움의 결과는 참혹했다. 성이 무너지자 왜군들은 성 안에 남아 있던 6만여 명의 조선 백성들을 창고에 몰아넣고 불태워 죽였다.

전쟁이란 그토록 무참한 것이다. 평화의 시대에 태어났다는 것 하나만으로도 우리는 모두 시대의 행운아들이다. 그 고마움을 모르고 전쟁을 마치 아이들 공놀이나 되는 양 떠드는 자들이 이 나라에는 아직도 적지 않다. 전쟁이 나면 모든 것을 잃지만 전쟁이 나지 않으면 잃을 것이 없다. 그럼에도 전쟁을 부추기는 세력들, 악마가 존재한다면 그들은 틀림없이 악마다.

임진왜란은 칼에 베이고 창에 찔리고 총에 맞아 죽고, 불태워져 죽고, 굶어 죽고, 죽고, 죽고, '백성들이 굶주려 서로 잡아먹기까지 한' 전쟁이었다. 전쟁의 와중에 사람은 없다. 전쟁은 사람이 아니라 '병사'들이 하는 것이다. 전쟁에는 이쪽 사람도 저쪽 사람도 없다. 오로지 적군과 아군만 실재한다. 적을 이롭게 하면 아군도 적이 된다.

'훈도를 처형했다.'

'도망병을 처형했다.'

처형하고 또 처형해도 처형당할 자들은 넘쳤다. 전쟁터에 사람이 설 자리는 없다. 대체 사람과 사람 아닌 것의 경계란 무엇인가. 이순신 또한 사람과 사람 아닌 것의 경계에서 끊임없이 고뇌했다. 적과 탈영병을 가차 없이 처형하고는 어머니와 자식들 걱정에 날을 새고 병사들의 고통에 눈물 흘렸다. 전장은 죽음과 삶의 경계였다.

'미역 60동을 따 왔다. 군관 정사립이 왜인의 목을 베어 가지고 왔다.' (1594.3.23)

'송한련이 대구 열 마리를 잡아 왔다.'(1594.11.5)

'견내량이 군사 방어선을 넘어서 고기잡이를 한 어부 스물네 명을 잡아다

곤장을 때렸다.' (1594.11.12)

'이날 청어 132040두릅을 곡식과 바꾸어 사려고 이종호가 받아 갔다.'
(1595.11.21)

바다는 죽음의 바다인 동시에 삶의 바다이기도 했다. 둥둥 떠다니는 적군
과 아군의 시체가 물고기와 조개의 먹이가 되는 바다. 그 바다에서 병사들은
동료들의 살을 먹고 자란 조개와 전복을 따고 물고기를 잡아다 굽고 국을 끓
였다.

'머리는 가려웠고 심사는 외로웠다'

이순신은 불안한 자신의 앞날과 어지러운 심사를 점술에 기대기도 했다.

'장님 임춘경이 와서 내 운수에 대해 이야기를 했다.'(1597.5.11)

'선흥수가 와서 원균의 점을 쳤는데, 첫 괘가 수뢰(水雷) 둔(屯)인데 천풍
(天風) 구(姤)로 변했으니 본체를 이기는 것이라 크게 흉하다고 했다.'(1597.
5.12)

감지 못한 머리는 늘 가려웠다.

'다락에 기대어 저녁나절을 보냈는데 심회가 언짢았다. 머리를 꽤 오랫동
안 빗었다.'(1596.3.25)

'닭이 운 뒤 머리가 가려워 견딜 수가 없었다. 사람을 불러 긁게 했다.'
(1594.8.5)

한산섬 달 밝은 밤, 장군이 시름에 잠겨있던 수루

　　이순신은 경상우수사 원균과 부하 군관들에 대한 증오를 자주 토로하기도 하고 첩의 부정을 꿈에서 보기도 했다. 이순신에게는 정실부인 상주 방씨 외에도 해주 오씨와 부안댁 두 사람의 첩이 더 있었다.

　　이순신은 '초하루 한밤중에 꿈을 꾸었는데, 나의 첩(부안댁)이 아들을 낳았다. 달수로 따져 보니 낳을 달이 아니었다. 꿈이지만 내쫓아 버렸다.'고 했다.

현실의 불안이 꿈으로 나타난 것이다. 이순신 또한 사랑을 잃을까 봐 노심초사하고 질투심에 몸을 떠는 외로운 사내였다. '나라가 위급함에 처해 있는데 남해부사 기효근이 어린 색시를 싣고 다니며 논다'고 분노하던 이순신 또한 외로움을 견디지 못해 술을 마시고 시를 읊고 수시로 여인들을 품었다.

'이날 밤, 으스름 달빛이 다락을 비추는데 잠이 들지 못하고 시를 읊으며 밤을 지새웠다.'(1595.8.15)

'이날 달빛은 대낮 같고 바람 한 점 없는데 홀로 앉아 있으니 마음이 심란했다. 잠을 이루지 못해 신홍수를 불러 통소를 듣다가 밤 10시경에 잠들었다.'(1596.1.3)

'개(介)와 함께 잤다.'(1596.3.9)

'국화 떨기 속에 들어가서 술 두어 잔을 마셨다. 여진(女眞)과 잤다.'(1596.8.8)

'광주 목사의 별실에 들어가 종일 술에 취했다. 최철견의 딸 귀지(貴之)가 와서 잤다.'(1596.8.19)

기적은 없다

이순신은 누구보다 원칙에 충실한 관리였다. 훈련원 봉사로 재직할 당시 자신의 상관인 병조정랑 서익의 인사 청탁을 거절했다가 후일 서익의 보복을 받았다. 고흥의 발포 만호로 재직 중일 때 이순신은 서익의 모함으로 파면당했다. 먼 친척이었던 율곡이 한번 찾아오라는 제의도 거절했다. 1591년 2월 서애 유성룡의 천거로 전라좌수사에 부임한 뒤에도 원칙에 따라 모든 일을 처리했다.

이순신이 전투마다 승리를 거둔 것은 운이나 기적이 아니라 원칙의 승리였다. 왜군의 침략이 눈앞에 다가오고 있음을 눈치챌 수 있었으나 무능한 조정과 부패한 관리들은 자신의 임무에 태만했다. 하지만 이순신은 병사들에게 강도 높은 군사훈련을 시키고 총포 등 무기를 확충하고, 전함을 새로 만들거나 수리하고 거북선을 건조했다. 이러한 일들은 전쟁을 앞둔 군 지휘관이면 누구나 마땅히 해야 할 일들이었다.

이순신은 해야 할 일들을 마땅히 했으나 다른 관리와 지휘관들은 마땅히 해야 할 일을 하지 않았다. 그것이 전쟁에서의 승패를 갈랐다. 평상이든 전장이든 기적은 없다. 준비가 기적을 만든다. 하지만 전란을 겪고서도 조정과 관리들의 태도는 달라지지 않았다. 송사가 진행 중인데 술과 첩, 심지어 자신의 딸까지 상납해서 위기를 모면하려는 관리도 있었다. 그에 대해 이순신은 단호했다.

'이른 아침 조계종(趙繼宗)이 현풍수군 손풍련에게 소송을 당한 결과 마주 대면하고 공술하기 위해 이곳까지 왔다가 갔다.'(1596.2.20)

'날이 어두워질 무렵 영등 조계종이 소실을 데리고 술을 들고 와서 마시기를 권했다.'(1596.2.20)

'밤 9시가 지나서 영등 조계종이 자신의 딸을 데리고 술병을 들고 왔다고

하는데 만나지 않았다. 11시가 넘어서 돌아갔다.'(1596.3.23)

전란 중에도 조정은 여전히 부패한 자들의 잔치판이었다.

'안팎이 모두 바치는 물건의 다소에 따라 죄의 경중을 결정한다니 이러다 가는 결말이 장차 어떻게 될지 모르겠다. 이야말로 돈만 있으면 죽은 사람의 넋도 찾아온다는 것인가.'(1597.5.21)

제승당, 역사의 패러독스

조선은 멸망했고 조선 수군의 본영도 폐지된 지 오래지만 이순신 장군의 수군 사령부 제승당만은 여전히 한산도에 건재했다. 한때 제승당은 성지였다. 제승당을 성역화한 사람은 다름 아닌 이순신이 그토록 지키려 했던 조선을 멸망시킨 일본군 장교 출신 대통령이었다. 쿠데타로 정부를 전복시킨 독재자는 권력의 정당성을 확보하기 위해 이순신 장군을 적극 이용했다. 독재자는 장군을 성웅으로 추앙하며 자신을 장군과 동일시하도록 선전했고, 제승당을 체제 유지의 학습장으로 활용했다. 하지만 왜군 출신 독재자는 끝내 성웅이 될 수 없었다. 장군은 왜적의 총탄에 전사했으나 독재자는 부하의 총탄에 쓰러졌다.

군인들의 시대가 가고 더 이상 장군을 성인으로 우상화해야 할 이유도 사라졌다. 이제 사람들은 '구국의 영웅'인 장군 또한 우리와 다를 바 없이 사랑과 미움, 분노와 슬픔을 간직하고 표출한 진정한 인간이었음을 깨닫게 됐다.

오늘날 제승당은 성지가 아니라 한려수도의 관광 코스 중 하나가 되었다. 제승당을 찾아온 '관광객'들의 표정에도 비장함은 없다. 실상 장군이 온갖 모함과 좌절과 고통을 겪고 다시 일어선 인간이 아니라 타고난 성인이었다면 그가 살았던 삶이 대체 어떤 감동과 의미를 줄 수 있겠는가. 성인으로서는 너무도 당연한 삶을 산 것일 테니 말이다. 오늘도 고해(苦海)를 건너는 중생들에게 장군이 성인이 아니라는 사실은 얼마나 큰 위안이고 희망인가.

연산군과
왕족의 유배지 – 강화 교동도

불과 백 년을 살기 어려운 인간에게도 세월의 경륜이 쌓이면
지혜가 생기고 혜안이 열리는데 하물며 수천 년을 사는 나무들에게
어찌 신령이 깃들지 않겠는가.

교동도   강화군

인천광역시

왜구들이 한때 소작까지 하던 섬

강화도 창후리에서 교동도 월선포 사이 직선 항로는 느린 배로 건너도 20
분 거리다. 하지만 항해 시간은 물때에 따라 차이가 크다. 간조 물때는 평소
의 두 배가 넘는 50분이 걸린다. 오늘 오후 배는 간조 때에 걸렸다. 썰물은
두 섬 사이의 바다를 개울처럼 얕게 만들어 직선 항로를 끊어 놓는다. 바로
앞에 목적지를 두고도 여객선은 멀리 돌아간다. 강화 본섬 해안을 따라 남하
하던 여객선이 석모도 섬돌모루 부근에서 급히 뱃머리를 돌려 북진한다.

교동도는 민간인 출입 통제선(민통선) 안에 있는 섬이다. 휴전선을 기점으

교동도에 도착하여 본 갈매기 떼

로 남북이 각각 2킬로미터씩 뒤로 물러난 남방 한계선과 북방 한계선 안쪽 지역이 비무장 지대다. 민통선은 비무장 지대 남방 한계선에서 다시 남쪽으로 5~20킬로미터 사이에 있다. 민통선은 1954년 2월, 미 육군 8군 사령관이 직권으로 그어 놓은 선이다. 미국 군인이 한국 땅에 임의로 그어 놓은 선에 불과하지만 한국인들에게 민통선은 법보다 무서운 강제력을 가진다. 전쟁이 끝나지 않은 전장(戰場)에서 무력은 법보다 우위에 있다.

교동도는 북한의 황해도 연백과 강화도 사이에 있다. 연백과는 불과 5킬로미터 거리. 〈택리지〉에서 '깊고 넓으며 한없이 크다'고 한 곳이 바로 교동과 강화 일대이다.

"교동도와 강화도 두 개의 큰 섬이 바다 가운데 일자로 가로 뻗어 남쪽으로는 바다를 막았고, 북쪽으로는 한강 하류를 담아, 은연중에 앞 산 너머를

옛부터 끊임없이 침탈에 시달렸던 교동 앞바다에서

둘러싸서 깊고 넓으며 한없이 크다. 동월(董越)이 '평양과 비교하여 더욱 짜임새 있다'고 한 곳이 바로 여기다."(《택리지》 '산수')

지금은 면 단위 행정관청이 있는 한적한 섬이 되었지만 오랜 세월 동안 교동은 군사 요충지였다. 조선시대에는 교동에 경기, 황해, 충청의 수군을 관할하는 해군사령부, 삼도통어영까지 있었다. 교동과 강화는 고려의 도읍지인 송도와 조선의 수도인 한양의 관문 역할을 했다. 왕성의 관문이었던 교동은 강화와 함께 서남해의 어느 섬보다 왜구의 극심한 노략질에 시달려야 했다. 남부 지방에서 올라오는 상선과 세곡선의 길목이었기 때문이다.

1360년, 왜구는 강화에서 백성 3백여 명을 살해하고 쌀 4만여 석을 약탈해 갔다. 또한 1371년에는 고려의 병선 40여 척을 불태우는 등 끊임없이 약탈과 살육을 자행했다. 이런 왜구의 침략에도 기울어 가던 고려의 조정은 무능했다. 정규군이 맞섰지만 제대로 전투 한 번 치러 보지 못하고 전멸하거나 도주하기 일쑤였다. '교동군지'에 따르면 심지어 왜구는 교동도에 장기간 주둔하며 주민들의 토지를 강탈해 소작을 주고 소작료를 받기까지 했다. 고려 왕성을 코앞에 두고 왜구들이 섬을 직접 통치한 것이다.

연산군 그리고 왕족의 유배지

교동은 연산군의 유배지로 알려져 있지만 그가 아니더라도 유독 많은 왕족이 이곳에서 유배 생활을 하였다. 교동이 이렇듯 왕족의 유배지가 된 것은 늘 대규모 군대가 주둔해 있고, 왕도인 송도나 한양과 가까운 섬이었기 때문이다. 특급 유형수들을 감시하기에 교동만한 곳이 없었을 것이다.

1221년 고려 무신정권 하에서 21대 왕 희종이 최충헌을 제거하려다 발각되어 교동으로 유배되었다. 조선시대에는 세종의 아들이자 수양대군의 동생인 안평대군이 그의 아들 우직과 함께 교동으로 유배되었다가 살해됐다. 광해군의 형이었던 임해군 또한 진도로 유배되었다가 교동으로 이배된 뒤 죽임을 당했다.

광해군 7년에는 인조의 동생인 능창대군이 교동으로 유배된 뒤 불태워져 죽었다. 그 외에도 광해군의 왕비였던 유씨와 왕족이었던 은언군, 익평군, 영선군 등이 교동에서 유배 생활을 했다. 유배 온 조부 은언군을 따라왔던 철종도 어린 시절을 교동도에서 보냈다.

하지만 이 땅 여느 곳처럼 교동 또한 역사 유적을 찾아보기 힘들다. 과거 관청이 있었던 읍내리에 교동읍성 성문 한 곳의 홍예문만 간신히 남아 있다. 이 읍내리에 조선 10대 왕 연산군의 유배지가 있었지만 지금은 흔적조차 찾을 수 없다. 연산군이 교동으로 유배된 것은 중종반정 직후인 1506년 9월이었다. 연산군은 교동에서 불과 두 달 남짓 유배 생활을 하다 급사했다.

"주색에 빠지고 도리에 어긋나며, 포학한 정치를 극도로 하여, 대신(大臣)·대간(臺諫)·시종(侍從)을 거의 다 주살(誅殺)하되 불로 지지고 가슴을 쪼개고 마디마디 끊고 백골을 부수어 바람에 날리는 형벌까지 있었다. 드디어 폐위하고 교동(喬桐)에 옮기고 연산군으로 봉하였는데, 두어 달 살다가

병으로 죽으니, 나이 31세이며 재위 12년이었다."

(국사편찬위원회, 조선왕조실록 '연산군일기' 총서)

연산군을 폐위하고 왕위에 오른 중종의 〈실록〉은 연산군 폐위부터 유배, 사망까지의 일을 속보로 전한다. 반정의 순간까지 기미도 못 채고 주연에 빠져 있던 연산의 처신은 초라하기 그지없었다. 그는 왕위를 뺏기고도 목숨을 살려준 동생 중종의 성은에 그저 감읍할 뿐이었다. 온갖 호사와 권력을 다 누려 본 자라도 삶에 대한 미련은 쉽게 버릴 수가 없는 것인가.

"전왕을 교동(喬桐)에 안치(安置)하였다. 밤 2고(鼓)에 봉사(奉事) 안윤국 (安潤國)이 와서 아뢰기를, "폐주가 갓[笠]을 쓰고 분홍 옷에 띠를 띠지 않고 나와서 땅에 엎드려 가마에 타며 말하기를, '내가 큰 죄가 있는데 특별히 상의 덕을 입어 무사하게 간다' 했으며……."(중종 1년, 1506. 9. 2)

반정의 핵심 인물 박원종은 연산군의 큰어머니인 월산대군 부인 박씨의 동생이었다. 연산군은 큰어머니 박씨 부인을 겁탈했고 박씨 부인은 목을 매 자결했다. 박씨 부인의 동생 박원종이 이렇듯 집안에 치욕을 준 '왕'을 폐하는 데 주도적 역할을 한 것이다.

"박원종 등이 의논하여, 전왕을 봉하여 연산군으로 삼았다."(1506. 9. 3)

실록의 기사는 연산군이 교동에 유폐되는 순간과 유배지의 풍경을 스틸 사진처럼 자세히 전하고 있다. 유배지 교동에서도 연산은 살아 있는 것만으로도 눈물겨운지 연신 감격한다.

"폐왕이 말하기를, '나 때문에 멀리 오느라 수고하였다. 고맙고 고맙다'라

400살 우주목 물푸레나무는 오랜 세월
마을의 안녕과 사람의 안전을 보살피는 신목이었다

고 하였다.”(1506. 9. 7)

새 임금은 ‘패악’한 전왕에 대해 혈육의 정마저 끊기는 어려웠던가 보다. 물품을 보내고 가시 울타리를 3미터쯤 뒤로 물리게 하는 성은을 베풀었다. 하지만 중종 또한 머지않아 조카들을 죽인 패악한 왕이 될 터였다. 패악한 왕이 따로 있는 것이 아니라 전제권력의 속성이 패악한 것이다. 삼촌은 우환 거리를 없애기 위해 조카들을 몰살시킨다.

“폐세자 이황·창녕대군 이성(李誠)·양평군 이인(李仁) 및 이돈수(李敦壽) 등을 아울러 사사(賜死)하였다.”(1506. 9. 24)

연산군의 외가였던 고을과 왕후 신씨의 고향 마을은 반정의 피해를 입고 강등당하고, 연산군이 좋아하던 물품의 교역도 금지되었다. 연산군은 자신의 목숨을 그토록 귀히 여겼으나 유배지에서 목숨의 보전은 쉽지 않았다. 교동 유배 두어 달 만에 죽음을 맞이하자 왕은 왕자의 예로 장례를 치러 주었다.

면 소재지에서 작은 언덕을 넘어가면 고구리마을이다. 마을에는 교동의 너른 들에 물을 대는 저수지가 있다. 교동은 강화에서 논이 가장 많은 면으로, 가구당 평균 경작 면적이 2만여 평에 이른다.

400살 우주목 물푸레나무

고구리 저수지를 지나 마을 숲으로 들어선 것은 물푸레나무를 만나기 위해서다. 어디선가 천년목이라는 소문을 들었던 터였다. 확인해 보니 물푸레나무는 400년 수령의 보호수다. 천년목이 아니어도 물푸레나무는 신령스런 숲의 주인이다. 이 땅에서는 물푸레나무가 당산나무로 모셔지는 경우가 거의 없지만 북유럽 신화의 이그라드실 물푸레나무는 '하늘과 땅, 지구의 중심까지 삼계를 이어 주는 우주목'이다. 북유럽 신화에서는 주신인 오딘까지도 물푸레나무에게서 지혜를 얻어 가곤 한다.

불과 백 년을 살기 어려운 인간에게도 세월의 경륜이 쌓이면 지혜가 생기고 혜안이 열리는데 하물며 수천 년을 사는 나무들에게 어찌 신령이 깃들지 않겠는가. 유럽뿐만 아니라 세계 도처에 우주목 신화가 널려 있다. 중국의 〈산해경〉에도 우주목이 등장한다.

"건목(建木)이 있는데 태로가 하늘을 오르내렸고 황제가 가꾸고 지켰던 나무다."(《산해경》 '해내경')

오에 겐자부로는 그의 소설을 통해 어려서 들었던 '나의 나무' 이야기를 들려준다. 마을 숲에는 사람들마다 '나의 나무'가 있는데, 사람이 죽으면 그 혼이 뿌리를 통해 모두 '나의 나무'에게로 돌아간다. 사람은 세속에 있으나 나무는 신령한 세계에 속한다.

한국의 우주목 신앙은 여러 마을에 산재해 있었다. 지혜 깊은 이 땅의 당산나무는 오랜 세월 마을의 안녕과 사람의 안전을 보살피는 신목이었다. 하지만 유일신교의 유입 이후 당산신앙을 비롯한 토착신앙은 초토화되었다. 당집이 헐리고 당산나무가 베어진 것은 이 땅의 정신이 죽임을 당한 것이다. 우주목인 당산나무 등의 토착신앙은 결코 미신이 아니다. 그것을 미신이라고 배척한다면 세상에 배척당하지 않을 종교는 없다. 본디 미신이 아닌 종교는 없기 때문이다.

삼한시대 교동과 강화는 마한의 옛 땅이었다. 후일 백제에 점령되었다가 광개토대왕 때 고구려의 점령지가 되었다. 그리고 고구려 시절 처음으로 현(縣)이 설치되어 중앙 정부의 지배를 받았다. 그때의 이름이 고목근현(高木根縣)이었고, 고구려 멸망 후 신라에 점령된 뒤에는 교동현이 되었다. 조선조 말엽까지도 교동은 다섯 개의 면을 거느린 군이었다.

본래 교동도는 화개산, 수정산, 율두산을 중심으로 한 세 개의 각기 다른 섬이 간척공사 등을 통해 하나의 섬으로 연결된 것이다. 교동을 비롯한 인근의 강화도나 석모도 등에 유난히 '떠내려 온 섬'에 대한 전설이 많은 것은 그 때문일 것이다. 산기슭에서 발견되는 화석이나 조개껍질 등은 교동의 옛 지형을 말해 주는 증거이다. 조선 개국 초, 개성의 왕씨들을 다른 섬으로 이주시킨다고 속여 교동 앞바다에 수장시켰다는 이야기도 전해지는데, 그곳이 청지펄이다.

선정의 유일한 증거는 선정비 세우지 않는 것

읍내리 교동 향교로 가는 길목에 비석들이 군집해 있다. 조선시대에 교동을 다스리던 통치자들을 기리는 비석들이다. 안내판은 이 비석들을 '조선시대 선정을 펼친 교동 지역의 목민관인 수군절도사 겸 도호부사 방어사 등의

화개산 끝자락에 자리잡고 있는 교동 향교, 문이 굳게 잠겨 있다.

영세불망비, 선정비인데 교동 각지에 흩어져 있던 것을 한 자리에 모아 둔 것'이라고 설명하고 있다. 아직도 선정비가 선정을 베푼 자들을 기리는 비석이라고 믿는 사람들이 있다. 그런데 선정을 베푼 관리들이 저리도 많은데 어찌 백성들의 삶은 온통 고통뿐이었을까.

많은 비석들이 수령들이 떠나기도 전에 서둘러 세워졌다는 것은 잘 알려진 사실이다. 지금은 거의 소실되고 없지만 예전에는 교동 전 지역에 비석거리가 있었다고 한다. 가소롭게도 교동의 통치자들 대부분이 '자신의 손'으로 선정비나 영세불망비를 세운 것이다. 선정비는 실상 통치자들이 자신의 악정을 은폐하는 수단으로 이용한 경우가 많다. 선정비를 세우지 않은 것이

유일한 선정의 증거다. 하지만 안 좋은 전통이 현대에 와서 새롭게 부활하고 있다. 어느 마을을 가나 군수, 시장 이름 들어간 비석 하나 없는 곳이 없다.

　읍내리 비석군에서 직진하면 화개산 중턱에 화개사가 있고, 교동 향교는 그 오른쪽 끝자락 산기슭에 자리해 있다. 교동 향교는 이 땅에서 최초로 공자의 초상화가 봉안된 향교로 알려져 있다. 고려 충렬왕 12년(1286), 유학자 안향이 원나라에서 귀국하는 길에 교동 향교에 공자의 초상화를 봉안했다. 이제 문이 굳게 잠겨 있는 향교 안마당에는 태극기만 나부낀다. 향교 대성전 건물 서쪽에는 성전 약수터가 있는데, 약수든 샘물이든 땡볕에 바가지로 땀을 쏟은 나그네에게는 모두 감로수고 약수다. 약수터 앞에는 '위장병 환자가 마시면 단기간에 완쾌된다고 전해진다'는 안내판이 서 있다.

　학전(學田)이었을까. 향교 입구 논에서는 벼가 막 피기 시작했다. 향교 서쪽에는 논에 물을 대는 방죽이 있고, 그 방죽에서 논으로 고무 호스가 연결되어 있다. 예부터 향교에 딸린 논에 물을 대던 저수지였을 것이다. 양반 유생들이 공부하던 향교는 문화재로 지정되어 보호받고 있지만, 유생들을 공부시키기 위해 농민들이 농사짓던 논이나 저수지는 아무런 의미도 부여받지 못한다. 향교는 이미 죽은 교육 기관이지만 저수지와 논은 여전히 살아 있는 유물이다. 실상 저런 저수지나 논이야말로 농업 문화의 귀중한 유적이고 문화재가 아닌가. 저 논이 사라지면 저 작은 방죽도 순식간에 메워지고 말 것이다. 그렇게 가뭇없이 사라져 간 이 땅의 문화 유적이 얼마나 많은가.

원나라 황제의
유배지 – 옹진 대청도, 소청도

"공녀로 뽑히면 원통하여 우물에 몸을 던져 죽는 사람도 있고,
스스로 목을 매어 죽는 사람도 있고, 피눈물을 흘리며
눈이 멀어 버린 사람도 있습니다."

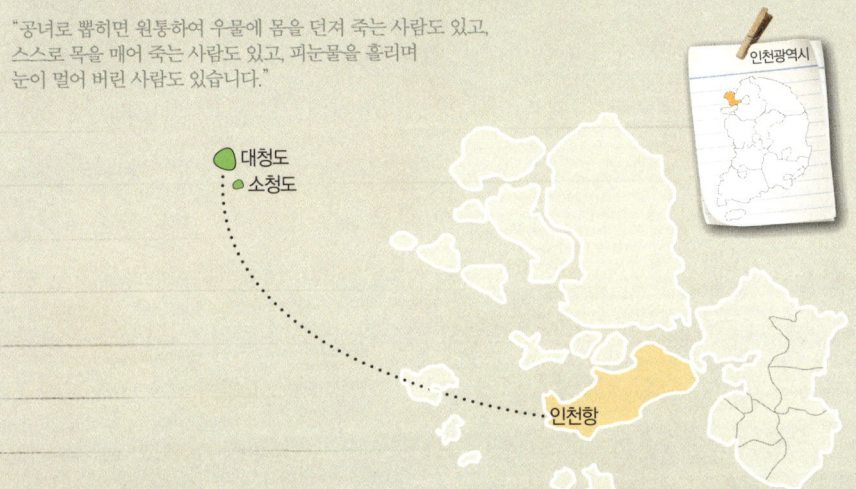

인천광역시

● 대청도
● 소청도

인천항

기황후의 남편, 순제가 유배 왔던 곳

　원나라에 공녀로 끌려가서 황후가 된 고려 여인이 있었다. 기황후. 대몽 항
쟁을 벌이던 고려가 원나라에 항복한 뒤 공녀와 환관에 대한 징발이 시작됐
다. 고려 고종 18년(1231년) 공녀 천여 명을 시작으로 100여 년 동안 고려
출신의 수많은 공녀와 환관들이 원나라로 끌려갔다. 귀족의 딸이라고 예외
는 아니었다. 공녀들은 출신 성분에 따라 왕족이나 고관들의 처첩이 되기도
하고, 유곽에서 몸을 파는 창기로 내몰리기도 했다. 목은 이색의 아버지이기
도 한 고려 말 유학자 가정 이곡(1298~1351)은 '공녀 반대 상소문'을 올렸다.

"공녀로 뽑히면 원통하여 우물에 몸을 던져 죽는 사람도 있고, 스스로 목을 매어 죽는 사람도 있고, 피눈물을 흘리며 눈이 멀어 버린 사람도 있습니다."

공녀로 끌려가는 여인들의 참혹상은 말로 형언하기 어려웠다. 일제가 정신대란 이름으로 조선의 처녀들을 납치해 간 것과 다르지 않았을 것이다. 어느 시대나 침략 전쟁의 가장 큰 희생양은 늘 여자들이었다. 고려 사람 기자오의 막내딸 기씨녀 또한 그렇게 공녀로 징발되었다. 공녀인 기씨녀가 원나라 황후가 된 데는 고려 출신 환관 고용보의 조력이 컸다. 고용보는 자신의 정치적 입지를 다지기 위해 기씨녀를 황제의 다과를 시중드는 궁녀로 만들었다. 고용보와 또 다른 고려 출신 환관 박불화 등의 협력으로 기씨녀는 왕실 권력 투쟁에서 승리해 순제의 제2 황후가 됐고, 나중에는 제1 황후 자리에까지 올랐다. 기황후는 1353년, 자신의 아들 아유시다라가 황태자로 책봉되자 원 왕실의 재정과 군사권까지 장악하고, 원나라 멸망 때까지 30여 년간 권력을 누렸다. 기황후는 고려에서 징발하는 공녀제도를 폐지시켰다. 원나라가 주원장에게 함락되면서 몽골 고원으로 쫓겨 간 이후 기황후의 생애는 알려진 바가 없다. 그녀의 아들 아유시다라는 몽골 내륙에 세워진 북원의 초대 황제 소종이 되었다.

대청도라는 한적한 섬마을에 와서 갑자기 기황후 이야기를 떠올린 것은 기황후와 대청도의 인연 때문이다. 기황후가 대청도에 살았던 것은 아니지만, 그녀의 남편 순제가 대청도에서 잠시 살았다는 기록이 있다.

"원나라 문종(文宗)이 순제(順帝)를 대청도로 귀양 보낸 일이 있었다. 순제는 집을 짓고 살면서 순금 부처 하나를 봉안하고 매일 해 뜨는 시간에 고국으로 돌아가게 되기를 기도하였는데, 얼마 후 돌아가서 등극하였다……. 순제가 심었던 뽕나무, 옻나무, 쑥, 꼭두서니 따위가 덤불 속에서 멋대로 자라다가 저절로 말라비틀어지고, 궁실의 섬돌과 주추 자리가 지금도 완연하다."
(이중환 〈택리지〉 팔도 총론)

1330년 원나라의 권신 엔터무르가 권력을 장악하기 위해 순제의 아버지 명종을 암살했다. 그때 명종의 태자였던 토곤 테무르(순제)는 대청도로 유배 보내졌다. 1년 5개월간 대청도에서 유배살이를 한 토곤 테무르는 원으로 돌아가 원나라 마지막 황제인 순제에 등극했다.

〈택리지〉의 기록을 뒷받침하는 전설이 대청도에도 전해진다. 대청도의 전설은 태자가 계모의 모함을 받아 쫓겨난 것으로 변주되었다. 전설은 지금의 대청초등학교 자리가 순제가 살던 집터였고, 대청도의 주산인 삼각산도 순제에서 비롯되었다고 전한다. 궁궐터였다는 곳에서는 기왓장도 발굴되었다. 원나라 침략기의 제주도처럼 대청도나 백령도 또한 원나라 지배 계급의 유배지였다는 기록들이 남아 있으니 충분히 있을 법한 일이다.

하지만 고려 말 조선 초 왜구 등쌀에 대청도를 비롯한 많은 섬들은 오랜 세월 무인도가 되어야 했다. 그 사이 섬의 역사와 사람살이의 내력은 끊겨버렸다. 서사가 사라진 섬. 저 섬들의 깊은 밭고랑 속에는 또 얼마나 많은 이야기들이 파묻혀 있는 것일까.

"돈 안 받을 테니까 빵 하나 먹고 가"

대청도는 면적 12.63평방킬로미터, 해안선 24.7킬로미터. 인천에서 북서쪽으로 202킬로미터 먼 거리에 있지만 북의 황해도 장산곶과는 19킬로미터 거리에 불과하다. 백령도, 연평도 등과 함께 군사 분계선 상에 위치해 분단을 몸으로 느끼며 살아왔다. 대청면 소재지가 있는 선진포구에서 동내동 방향으로 길을 잡았다. 포구에도 몇 군데 민박집이 있지만 오늘은 배낭을 풀지 않고 걷기로 했다. 숙소를 정하고 걷는 길은 짐이 없어서 가벼운 반면 길을 걷다 마음 가는 곳에 머물 수 없는 단점이 있다. 세상 일이 어디 늘 만족스럽기만 하겠는가.

삶이 그렇듯이 여행 또한 과정이다. 여행은 곧 길이다. 목적지에 이르는 것보다 목적지로 가는 길이야말로 여행의 진수다. 그런데도 우리는 얼마나 자주 여행의 과정을, 삶의 과정을 생략해 버리는가. 서둘러 목적지로 가기 위해 가속페달을 밟아 대는가. 우리들 대부분은 목적지에 이르지도 못하고 생을 마감하고 마는 것을. 여행길에는 서두르지 말고 천천히 걸어야 한다. 천천히 걷기보다 더 훌륭한 여행의 기술은 없다. 천천히 걸으면서 나그네는 스스로와 대면하고 세계와 내밀하게 소통한다. 일상적 사유의 한계를 벗어나 사유의 폭을 무한대로 확장시킨다.

인적 없는 길을 세 시간 동안 걸으니 사탄동 해변이다. 마을 민박집에서 하룻밤 유숙할 생각이었지만 여름철에만 민박을 한다니 별수 없이 다시 면소재지까지 나가야 한다. 날은 이미 저물기 시작했다.

"할머니, 선착장까지는 얼마나 가야 하나요?"

"멀어, 이 밤중에 거기를 어찌 가려고."

할머니는 나그네의 소매를 붙드신다.

"빵이나 하나 먹고 가."

할머니는 구멍가게 주인이다.

"돈 안 받을 테니까 먹고 가. 거기까지 가려면 배고파서 안 돼."

할머니는 걸망을 맨 나그네가 안쓰러워 보이셨나 보다.

"고맙습니다. 할머니, 저는 부둣가에 가서 밥 먹으면 되니까 걱정하지 마세요."

"그래도 빵 많이 있는데, 하나만 먹고 가지 그래."

"말씀만으로도 고맙습니다. 건강하세요, 할머니."

할머니는 밤길 떠나는 길손이 내내 걱정이시다. 길에서 만나는 어머니들은 세상 모든 자식의 어머니다. 어둠 속에서 산길을 넘는다. 해안에는 안개가 자욱하고, 파도는 도로까지 넘실거린다. 불빛 하나 보이지 않는 대청도의 밤길. 옛적 등짐 진 나그네들도 막막한 이 밤길을 넘어 다녔을 것이다. 네 시간 만에 다시 제자리, 섬 일주도로를 따라 면 소재지 선진포구로 돌아왔다. 어느새 밤은 깊을 대로 깊었다.

행정선을 얻어 타다

대청도의 아침은 한가롭다. 바람은 잠잠하고 안개는 흔적조차 없다. 끊겼던 뱃길이 다시 열릴 것인가. 아침 8시 20분, 백령도에서 나오는 배로 소청도에 건너갈 생각이었다. 부둣가 매표소에 들르니 1시까지 대기 상태다. 인천-백령도 간 여객선 항로 중간에 대청도, 소청도가 있다. 대청도 앞바다의 안개는 걷혔으나 인천 앞바다와 백령도 부근은 여전히 안개 속이다.

소청도는 대청도와 지척이다. 혹시 행정선이 있을지도 모른다. 면사무소에 들르니 아직 출근 전인지 숙직 공무원 한 사람뿐이다. 오늘은 행정선 운항이 없다고 한다. 행정선이 안 뜬다면 어쩔 수 없는 일이고, 면사무소에 들른 김에 전할 말이 있었다. 대청도는 동백나무 북방 한계선이다. 어제 갔던 동백나무 군락지 안내판의 설명이 잘못되어 있었다.

"동백나무는 차나무과 식물인데 안내판에 참나무과라고 되어 있더군요. 아마 인쇄 잘못이지 싶은데 고치는 것이 좋을 듯합니다."

"한자로는 어찌 됩니까?"

"차 다(茶)자, 차나무요."

서둘러 면사무소를 나왔다. 무슨 수가 있긴 있을 것이다. 어제 백령도에서 만난 화물선이 대청도에서 또 화물을 싣고 있다. 화물선은 소청도는 들르지 않고 바로 인천으로 간다고 한다. 어선들을 기웃거려 봐도 소청도 가는 배는 없다. 그렇게 한참 부둣가를 서성이다 행정선을 발견했다. 시동을 걸어 놓고 있는 폼이 곧 뜰 태세다.

"선장님, 오늘 소청도 갑니까?"

선장님이 열 손가락을 활짝 펼쳐 보인다. 10시에 출발한다는 뜻이 분명하다. 면사무소 직원이 깜빡했던 모양이다.

소청도, 섬은 늙어 가고

소청도(면적 2.9평방킬로미터)는 느릿느릿 걸어서 돌아봐도 한두 시간이면 충분할 정도로 작다. 예동마을, 대청면 소청도 출장소에 들렀다. 사람이 없다. 다들 출장을 나간 것일까. 주인 없는 사무실에 배낭을 맡겨 두고 마을 안 길을 어슬렁거린다. 작은 섬에 교회와 성당이 나란히 서 있다. 이 섬 또한 기독교 신자들이 대부분이다. 보건소, 파출소, 해경 파출소 분소들도 한가롭다. 마을 방앗간에서는 김이 모락모락 피어오른다. 대청초등학교 소청분교는 아직 폐교되지 않았으나 학생이 한 명도 없다. 폐교는 시간문제다. 이 절해고도의 섬도 여름 피서철이면 관광객들로 북적일 것이다. 섬은 늙어 가고, 그나마 뭍사람들의 휴양지로 명맥을 이어간다.

기와 천 년 너와 만 년

마을 끝자락쯤에서 예사롭지 않은 폐가 한 채가 나그네의 시선을 붙든다. 지붕에 올린 것이 무엇일까? 얼핏 너와 같기도 한데……. 그냥 판자 조각 같지는 않다. 가까이 다가가니 판석이다. 지붕은 온통 넓적한 돌들로 덮혀 있다. 저런 지붕을 덕적도 진리마을에서도 한 번 본 적이 있다. 초가의 볏짚은 잘 썩고 바람에도 약하지만 저 돌 너와는 오히려 기와보다 견고하고 바람에도 강할 것이다. 너와 지붕은 기와 지붕보다 더 멋스럽다.

20세기 전까지만 해도 소청도의 집들은 대부분 볏짚이나 띠(새)로 엮은 이엉을 얹었다. 그런데 1900년 초에 노순국이란 이가 섬에서 넓적하고 반듯한 돌 너와 광맥을 발견했다. 이때부터 소청도 사람들은 지붕 걱정이 없어졌다. 모두 돌 너와로 지붕을 덮었다. '기와 천 년 너와 만 년'이란 말이 있을 정도로 돌 너와는 견고하다. 너와의 발견은 섬사람들에게 축복이었다. 하지만 1970년대 중반 새마을 운동 바람으로 너와가 벗겨지고 슬레이트가 지붕을 차지했다. 초가 지붕이야 해마다 해 올리기 번거롭기 때문에 바꾸는 게 이해되지만, 슬레이트나 기와보다 더 견고한 너와를 버리고 슬레이트를 덮게 한 것은 분명 우스꽝스런 일이다. 소청도 마을에 너와 지붕이 남아 있다면 얼마나 멋스러울까. 저 성냥곽처럼 네모난 시멘트 지붕이나 슬레이트보다 천만 번 낫지 않을까. 오랫동안 방치된 저 집도 머잖아 쓰러지고 나면 소청도에 마지막 남은 너와집도 사라지고 말 것이다. 그렇게 한 시대 섬 문화가 흔적도 없이 소멸해 버릴 것이다.

기와 천 년 너와 만 년, 튼튼하고 멋스러운 돌 너와 지붕

10억 년 전 화석, 소청도 스트로마톨라이트

섬의 남동쪽 해안으로 간다. 이곳에는 주민들이 분바위라 부르는 암벽이

있다. 분바위는 대리암 덩어리이다. 대리암은 석회암이 변성작용을 받아 생

긴 암석이다. 표면이 풍화돼 분칠한 것처럼 보여 분바위란 이름을 얻었다. 분바위 곁을 지나면 한국에서 가장 오래된 스트로마톨라이트 화석이 있다. 원생대 후기인 10억 년 전에 형성된 남조세균(시아노박테리아)의 화석이다. 남조세균은 지구에서 최초로 광합성을 시작한 원시 미생물이다. 북한 지역에서는 20억 년 전 생성된 스트로마톨라이트 화석이 보고된 적이 있지만 남한에서 발견된 화석 중에서는 소청도 것이 가장 오래된 것이다.

이것들은 모두 지질학적으로 소중한 자연 유산이다. 하지만 이들 자연 유산은 일제 때부터 훼손되어 왔다. 일제는 소연평도의 철광석과 함께 소청도의 대리암도 대량 채굴해 갔다. 해방 후에도 1980년대 초까지 소청도에 스트로마톨라이트 무늬를 이용한 문양석 가공 공장이 가동돼 많은 화석들이 사라졌다. 이제라도 그 가치를 발견하고 보존하게 된 것이 그나마 다행이다.

2009년 문화재청이 스트로마톨라이트 화석을 천연기념물로 지정고시했다. 주민들은 천연기념물 지정으로 생업에 지장이 올까 봐 걱정이다. 그렇다고 주민들을 탓할 수는 없다. 이 해안은 천연기념물인 동시에 누대를 이어온 주민들의 삶의 터전이기 때문이다. 천연기념물 지정이 불편을 주고 불이익을 준다면 반가워할 주민은 아무도 없다. 천연기념물이 제대로 보존되기 위해서는 주민들의 협조가 가장 필요하다. 그래서 천연기념물 지정보다 중요한 것은 이 자연 유산의 보존이 곧 주민들에게 이익이 되도록 만드는 정부의 기획이다. 외부에서 온 감시자가 천연기념물을 지키도록 하는 것이 아니라 지질공원 등을 만들어 주민들에게 관리를 맡기고 체험학습장 등을 운영해

주민들이 수익을 얻도록 하는 것도 하나의 방법일 것이다.

바다의 물신 숭배

부둣가에서는 인천으로 보낼 해삼 작업이 한창이다. 백령도와 달리 대청도와 소청도는 농지가 많지 않아 주민의 80퍼센트 이상이 수산업에 종사한다. 바다에 기대지 않고는 살아갈 수 없는 전형적인 섬. 물질을 해서 얻은 해삼은 모아 두었다가 배가 뜨는 날 인천으로 보낸다. 일제하에서는 대마도의 잠수부들이 대거 몰려와 전복, 해삼 등을 마구잡이로 채취해 갔다. 그 후에도 제주도 해녀들까지 와서 작업을 할 정도로 소청도 근해는 예전부터 해삼으로 유명했다. 백령도처럼 대청도, 소청도 또한 한때 홍어잡이로 돈을 쓸어 담은 적도 있었다. 대청도 홍어 역시 흑산 홍어만큼이나 유명했다. 이제 홍어는 사라졌고 어선들은 놀래미잡이로 돌아섰으나 놀래미 또한 점점 씨가 말라 가고 있다. 외지에서 온 대형 선단까지 마구잡이로 잡아 가는 남획의 결과다. 놀래미뿐이랴. 지금 채취하는 우럭이나 꽃게, 해삼, 성게, 가리비 따위라고 영원하겠는가.

이 나라 어딜 가나 문제는 인간의 탐욕이다. 배를 부리는 선주들뿐만 아니라 우리 모두가 공범이다. 물신에 대한 숭배는 바다와 육지의 구별이 없다.

심청이는
효녀였을까? – 강화 백령도

심청은 눈먼 아비의 눈을 뜨게 하기 위해 자신의 목숨을 팔았다.
아비의 목숨을 구하기 위해서도 아니고 단지 눈을 뜨게 하기 위해
딸이 목숨을 버리는 행위를 효도라 할 수 있을까.

인천광역시

백령도

인천항

북한의 섬들을 지나다

오랜 세월 동안 섬에 대한 욕망은 이중적이었다. 권력의 수탈을 벗어나려
는 이들에게 섬은 유토피아였으나 권력으로부터 추방된 이들에게 섬은 형극
의 땅이었다. 같은 공간이 어떤 이들에게는 천국이고, 어떤 이들에게는 지옥
이었다. 삶 또한 그렇지 않은가. 행복한 이들에게 삶이란 영원히 누리고 싶은
천국이지만 불행에 빠진 이들에게 삶이란 속히 벗어나고픈 지옥이다.

오늘 황해 바다는 잔물결 하나 없이 평온하다. 섬으로 가는 통로인 동시에
단절이기도 한 바다. 내일 뱃길을 끊어 놓을지도 모르는 바다가 오늘은 섬으

백령도 제일의 해안 절경으로 꼽히는 두무진 선대암

로 가는 통로가 되어 준다. 백령도로 가는 여객선 승객의 반은 군인과 군속들이다. 백령도에 거주하는 인구의 절반이 군인이다.

백령도는 오랫동안 황해도 장연군에 속했지만 지금은 인천시 옹진군의 부속 섬이다. 인천에서는 229킬로미터 떨어진 먼 거리지만 북한 장산곶과는 13.5킬로미터로 지척이다. 서울보다 평양이 가까운 섬. 백령도는 북한 황해도의 여러 지역보다 위쪽에 있다. 백령도에 가기 위해 여객선은 북한 옹진군의 순위도, 어화도, 창린도, 비암도, 기린도, 마암도, 장연군의 월내도, 육도 등을 뒤로 하고 북진해야 한다.

네 시간의 항해 끝에 여객선은 백령도 용기포항에 입항한다. 해병대 버스가 전입 신병들을 싣고 사라진다. 이번 백령도 여정은 후배 최동근과 동행했다. 방송 일을 하며 도심 한복판에 사는 후배도 늘 걷기에 목말라 있었다. 오늘은 둘이 함께 용기포에서 두무진까지 걷기로 했다.

한때 백령도는 대청도 소청도와 함께 홍어잡이로 유명했다. 1986년에만 배 한 척당 평균 2천만 원의 어획고를 올리기도 했다. 홍어가 사라진 것은 남획 때문이다. 인근의 대청도처럼 백령도 또한 예전에는 제주도에서 해녀들을 데려와 수확해야 할 정도로 전복이나 해삼 등 해산물이 흔했다. 해녀들은 채취한 해산물을 그들을 고용한 어촌 계원에게 시가의 절반에 파는 것으로 대가를 받았다. 한때는 50여 명의 제주 해녀가 백령도에 상주한 적도 있었다. 하지만 지금은 해산물도 귀해졌다. 그 시절 물질 왔던 해녀들 중 일부는 백령도 남자들과 결혼해서 눌러살고 있다. 두무진에 있는 제주 해녀 횟집은 그 당시의 흔적일 것이다.

해적에 시달리고 관에 시달리던 섬

백령도에서도 선사시대부터 농경과 어로를 하며 사람이 살았다. 〈고려사

지리지〉에 따르면 백령도는 본래 고구려 땅이었다. 옛 이름은 곡도(鵠島). 고구려 멸망 후에는 신라 영토로 편입되었다가 고려 태조 때 백령도란 이름을 얻었다. 고려 현종 9년(1018년)에 진을 설치하고 진장을 두었으나, 고려 말 왜구의 침략이 심해지자 진이 폐쇄되고 주민들은 육지로 이주해야 했다. 그 후 섬은 왜구들의 근거지가 되기도 했다.

조선 세종 때 잠시 수군 진이 생겼으나 오래되지 않아 폐쇄되었고, 광해군 때 가서야 비로소 다시 백령진이 설치되고 주민들의 재입주가 허락되었다. 지금의 면 소재지가 있는 진촌리에 백령진이 있었다. 백령 진장인 수군첨절제사에는 정삼품의 당상관이 임명되었다. 군사, 행정, 사법권을 가진 막강한 권력자인 진장에게는 백령 지역에서 발생하는 모든 사건에 대해 즉결 심판권이 부여되었다. 심지어 죄인에 대해 사형을 집행한 후 보고만 하면 되는 선참후계의 권한까지 주어졌다. 진장은 부장까지 두고 항상 군관 5인의 호위를 받았다. 백령 진장은 가히 백령도의 군주였던 셈이다.

절해고도의 고립된 공간에서 절대 권력자의 횡포가 막심했을 것은 자명한 일이다. 이들 권력자들은 조정에서 받은 녹봉을 하절기에 주민들에게 강제로 대여했다. 대여 때는 소두로 주고, 추수철에는 대두로 받았다. 또한 해적을 토벌한다는 명분으로 추포무사가 군사들을 거느리고 전선을 끌고 오면 주민들은 간장, 된장 등의 부식까지 제공해야 했다. 해적만큼이나 무서운 것이 관군이고 벼슬아치들이었다.

과거 백령도 어민들은 관의 수탈에 시달렸고, 근세에는 인천 등지의 물상

객주들에게 수탈을 당했다. 물상객주들은 초봄에 생활 물자들을 대주고 위탁 해산물을 파는 권리를 독점해 폭리를 취했으며, 고액의 위탁 수수료와 저울을 속이는 방법 등으로 어민들을 수탈해 갔다. 육지의 수탈을 피해 섬으로 들어간 사람들이었지만, 살기 위해서는 다시 뭍에 예속되고 수탈당할 수밖에 없었다.

두어 시간쯤 걸었을까. 북포 1리 마을 해병 여단 앞에서 갈림길이 나온다. 이정표가 없다. 어디로 가야 할까. 길 가던 중년의 두 여인에게 길을 묻는다.

"두무진 방향이 어느 쪽입니까?"

"못 걸어가요."

나그네가 방향을 묻자 여인들에게서는 걸을 수 없다는 대답이 돌아온다. 군사 지역이라 통제되고 있다는 말일까?

"거기까지 얼마나 먼데요. 거길 어떻게 걸어가요."

많은 사람들이 이동 수단으로서 걷기를 버린 지 오래다. 운동을 하면서는 10킬로미터도 뛰거나 걷는 사람들이 이동을 위해서는 단 1~2킬로미터의 거리도 걸으려 하지 않는다. 걷기는 이동 수단이 아니라 운동이라는 관념이 고착화된 까닭이다. 하지만 불과 30분 남짓 거리도 멀어서 걸어갈 수 없다고 생각하는 사람들도 러닝머신 위에서는 두세 시간쯤 너끈히 걷거나 뛴다.

한 때 해적의 근거지였던 두무진이 지금은 최고의 관광지가 되었다

옛 해적의 근거지, 두무진

두무진은 백령도의 최서북단이다. 북한의 장연군 장산곶과 마주보고 있다.
두무진 앞바다에는 금강산 만물상처럼 형제바위, 코끼리바위, 촛대바위, 신선바위 등의 기암괴석들이 줄지어 서 있다. 그래서 서해의 해금강이란 이름을 얻었다. 광해군 때 유배 왔던 이대기는 두무진의 풍경에 매료되어 '늙은 신의 마지막 작품'이라고 찬탄하기도 했다. 하지만 이토록 아름다운 두무진이 오랫동안 왜구와 해적의 근거지이기도 했다.

1802년 간행된 〈백령진지〉는 두무진이 '해로의 지름길이요, 배 대기 편리하여 해적이 출입하는 문지방'이라 기록하고 있다. 백령진이 설치되면서 두무진 앞 낭떠러지 위에 기와로 요망대를 짓고 해적의 출몰을 감시했다. 일제강점기에는 일본군이 망을 보던 망대가 있었는데 지금은 해군기지와 초소들이 들어서 있다.

두무진 앞바다의 포식자는 셋이다. 사람과 물범과 가마우지. 물범은 물개와 생김이 비슷하지만 겉으로 돌출된 귀가 없다. 겨울 동안 번식을 위해 중국 보하이(발해) 랴오뚱만의 얼음바다로 간 점박이 물범들이 봄이 되면 돌아온다. 정약전의 〈자산어보〉에서는 물범을 옥복수(玉服獸)라 했다. 당시에도 모피 옷을 얻기 위해 포획했던 모양이다. 그때는 서해 전역이 물범 집단 서식지였다고 전해지지만, 지금 물범은 멸종 위기에 처해 있다. 두무진 앞바다의 또 다른 포식자는 가마우지다. 두무진 바위 절벽에 집을 짓고 사는 가마우지들은 물 속 40미터까지 잠수해 들어가 물고기를 잡아들인다. 중국에서는 가마우지를 길들여 물고기 사냥에 쓰기도 한다.

북한 영해와 인접한 백령도 바다에는 어로제한선이 있다. 더 많은 어획고를 올리기 위해 어로제한선을 넘으려는 어선들과 단속하는 군이 자주 대립

한다. 어로제한선을 넘는 이유는 더 많은 이익을 내기 위해서지 굶주린 배를 채우기 위함은 아니다. 사람들은 갈 수 있는 모든 바닷속 물고기들을 싹쓸이 하고도 모자라 자주 어로제한선을 넘는다. 누구는 남북 분단으로 황금어장 이 버려지고 있다 탄식하고, 선주들은 돈다발을 눈앞에 두고 쓸어 담지 못해 아쉬워하지만 어로제한선이 아니었으면 아마도 서해 바다 어족의 씨가 말랐 을지도 모를 일이다. 선주들에게 금단의 바다가 바다 생물들에게는 생명의 바다로 남았다. 인간의 비극이 바다 생물들에게는 축복인 것이다.

심청이 효녀라고?

진촌리 북쪽 산 중턱에는 심청각이 있다. 백령도는 황해도 해주와 함께 심 청전의 무대가 되는 곳이다. 백령도와 장산곶 사이, 두무진에서 15킬로미터 정도 지점에 심청이 몸을 던졌다는 인당수가 있다. 백령도 사람들이 인당수 혹은 임당수라 부르는 이곳은 옛날부터 백령도 어부들에게 물살이 세고 험 한 곳으로 악명 높았다. 백령도와 대청도 사이에는 심청이가 연꽃을 타고 올 라왔다는 연봉바위가 있고, 또 심청이 연꽃을 타고 떠내려 왔다는 연화리마 을도 있다. 설화가 현실의 무대를 빌어 생명을 얻은 것이다. 심청각에서는 북 한의 장산곶이 지척인데 그 심청각 앞에 아래와 같은 건립 안내판이 서 있다.

"옹진군에서는 21세기 문화의 시대를 맞아 우리나라의 대표 문화인 효를 관광 상품화하고 젊은 세대들에게 효 의식을 고취하려는 뜻에서 인당수와 연봉바위가 보이는 이곳에 시군비 29억 원을 들여 심청각을 건립하고 1999년 10월 20일 준공 개관하였다.”

심청각은 건평 54평, 연면적 109평의 2층짜리 시멘트 건물이다. 언뜻 보기에 지붕에 기와를 덮어 한옥 같아 보이지만 겉모습만 흉내냈을 뿐 한옥은 아니다. 벌써 10년도 전에 이런 시멘트 건물 하나와 전시실의 몇 가지 모형을 꾸미는 데 29억 원이라는 막대한 예산이 들어갔다는 것은 놀라운 일이다.

하지만 심청각 공사의 예산 낭비보다 심각한 문제는 심청의 효를 찬양하는 행위이다. 심청전이 민중의 사랑을 받았던 것은 사실이지만 민중이 심청전을 애송한 것은 심청의 효도 때문이 아니다. 심청의 효가 엄청난 보상을 받았기 때문이다. 보상받지 못하는 희생에 대해 민중은 열광하지 않는다. 바다에 몸을 던졌으나 용왕의 도움으로 목숨을 구하고 송나라 황제의 황후가 되어 부귀영화를 누리는 심청의 효행에 대한 보상이 대리 만족을 주었던 것이다.

그런데 보상을 논외로 하고 심청의 효행 자체만을 놓고 보자. 심청은 눈먼 아비의 눈을 뜨게 하기 위해 자신의 목숨을 팔았다. 아비의 목숨을 구하기 위해서도 아니고 단지 눈을 뜨게 하기 위해 딸이 목숨을 버리는 행위를 효도

무늬만 한옥인 심청각 건물

라 할 수 있을까. 부모의 가슴에 못을 박는 것도 효도일까. 이것이 효도라면 참으로 끔찍한 효도가 아닐 수 없다. 왕조 사회에서는 심청처럼 자식이 아비를 위해 목숨을 버리는 행위가 칭찬받을 수 있었다. 백성의 아비인 왕을 위해 자식인 백성들이 언제든지 목숨을 버려야 한다는 것이 왕조 사회의 통치 이데올로기였기 때문이다. 충과 효는 같은 덕목이었다.

하지만 왕조시대에 자식을 위해 목숨을 버린 아비가 있었는가, 백성을 위해 목숨을 내놓은 왕이 있었는가. 왕을 비롯한 지배 세력들은 국란이 일어나면 그저 제 한 몸 살기 위해 백성의 목숨쯤 헌신짝처럼 버렸다.

심청의 효는 국가 이데올로기인 충을 강요하기 위한 억압의 기제로 이용되어 왔고 지금도 그러한 상황은 변함이 없다. 심청이 인신매매되어 목숨을 잃는 것은 엄혹한 현실이지만, 용궁으로 가고 연꽃에 모셔져 송나라 황후가 되는 것은 판타지다. 판타지의 보상을 미끼로 현실의 목숨을 요구하는 행위는 분명 사악한 짓이다. 심청은 왕조 사회 충효 이데올로기의 희생양일 뿐이다.

그러므로 오늘날 우리에게 심청의 효행은 안타까움의 대상은 될 수 있을지언정 세상 사람들이 본받아야 할 덕목은 아니다. 그럼에도 심청각까지 지어 심청의 효도를 칭송하고 미화하는 것은 목숨을 경시하는 죄악이다. 진정한 효도는 부모와 자식이 함께 사는 일이다. 자식의 죽음으로 완성되는 효란 세상 어디에도 없다.

엽기적이고 잔혹한 효도관

심청각에는 심청의 이야기뿐만 아니라 또 다른 끔찍한 효행 이야기들이 전시되어 있다. 그중 하나, 시아버지를 살린 며느리 이야기다.

"어느 날 시아버지가 산 고갯길에서 술에 취해 잠들어 있었다. 마침 근처를 지나가던 호랑이가 시아버지를 잡아먹으려고 했다. 며느리는 업고 있던 아이를 호랑이에게 던져 주고 시아버지를 살렸다. 그 사실을 안 남편이 아내에게 잘했다고 칭찬하며 절을 했다. 며느리의 효성에 감동한 호랑이가 아이를 살려 주었다."

술주정뱅이 시아버지를 살리기 위해 죄 없는 어린아이를 호랑이 입에 던져 준 행위를 효도라 할 수 있을까. 봉건 왕조시대, 철저한 가부장제 사회의 끔찍한 효 이데올로기를 효행의 본보기로 전시하는 이유는 무엇일까. 심청각을 만든 관료들이 무지한 것일까, 아니면 잔인한 것일까. 자식이 부모에게 효도를 하는 행위는 생명에 대한 예의를 다하는 것이다. 이런 반생명적인 효도 교육 전시는 당장 중단되어야 한다. 더구나 그런 효도를 관광 상품으로 만들어 파는 행위는 시대착오적이다. 어떤 생명이든 존중하고 사랑하게 만드는 교육이야말로 진정한 효의 시작이다.

심청각 마당에는 심청이 인당수에 뛰어드는 조형물이 있고, '심청의 효, 인류 구원의 불빛'이라고 새겨진 기념비가 서 있다. 어째서 인류는 늘 스스로를 구원하지 못하고 타자의 희생을 통해서만 구원받고자 하는가. 스스로 희생할 생각은 하지 않고 희생양을 만들어 인류의 짐을 떠넘기려고만 드는가.

예수를 십자가에 매단 인류가 심청을 바다에 던지고도 여전히 뉘우치지 못한다. 참으로 부끄러운 일이다.

백령도 간척사업, 수백 억 낭비에도 책임지는 사람 하나 없어

백령도에서의 둘째 날, 오늘은 용기포구 민박집에 숙소를 잡고 사곶 해변을 지나, 백령호와 간척지, 중화동 교회 전시관까지 걷기로 했다. 후배는 발에 물집이 잡혔는데도 포기하지 않고 따라나선다. 사곶 해수욕장은 이탈리아의 나폴리와 함께 세계에 단 두 곳뿐인 천연 비행장으로 유명하다. 용기포에서 시작된 백사장은 10리 길. 이곳 모래밭은 미세한 규암 가루가 두껍게 쌓여 이루어진 해안이다. 물이 빠지면 콘크리트 바닥처럼 단단해 한국전쟁 때는 유엔군이 천연 활주로로 활용하기도 했다.

썰물 때면 지금도 자동차들이 아스팔트처럼 달리기도 하지만, 이 해변은 더 이상 천연 비행장 역할을 할 수 없게 됐다. 스폰지 현상으로 곳곳이 푸석푸석한 모래밭으로 변해 버렸고, 설상가상 갯벌화까지 되고 있어 두 발로 걷다가도 자주 발이 푹푹 빠진다. 바다 가까이 걸으면 그나마 조금 더 단단하다. 이는 해안가를 따라 수킬로미터에 이르는 옹벽을 쌓고, 백령호를 만드는 과정에서 제방을 막아 이 옹벽과 제방이 주변 조류의 흐름을 바꿔 놓았기 때문이다. 조류가 바뀌면서 점토질의 퇴적물들이 먼 바다로 쓸려 나가지 못하고 해안으로 유입되어 사곶 모래밭에 엉겨 붙어 모래밭을 갯벌화시키고 있는 것이다.

이 지방에 전해 내려오는 말 중에 '먹고 남는 백령도, 때고 남는 대청도, 쓰고 남는 소청도'란 말이 있다. 예부터 백령도는 농토가 넓어 자급자족이 가능했다. 그럼에도 사곶과 화동 사이 820미터 바다 물길을 막아 담수호를 만들고 만 안쪽의 갯벌 350헥타르(100만여 평)를 논으로 만들었다. 간척사업에 400억 원의 예산이 투입됐다. 농어촌진흥공사의 작품이다. 간척이 되기 전 갯벌과 바다에는 꽃게와 가자미가 넘쳐 났고, 김 양식과 굴 양식은 어민들에게 큰 소득을 안겨 주었다. 이제 간척사업이 끝났지만 갯벌은 사라지고 새로 생긴 100만 평의 논 또한 무용지물이 되고 말았다. 물이 있어야 농사도 지을 수 있다. 그래서 농업용수로 쓰기 위해 129헥타르(40만 평)의 담수호를 만들었으나 염분의 유입으로 담수호는 쓸모없는 저수지가 되고 말았다.

수문을 막아 가둔 담수호에는 망둥어나 숭어, 붕어 따위가 산다. 가두어 놓아 썩어 가는 물은 여름 장마철에만 방류한다. 그때 썩은 부유물들이 백령도 해안을 검은 띠처럼 감싼다. 백령도에서 만난 주민들은 간척지를 논으로 쓰지 못할 바에야 둑을 허물고 갯벌을 되살려 주기를 바라지만 요원한 일이다. 관청의 실패를 자백받기란 쉬운 일이 아니다. 간척사업의 실패로 막대한 예산이 낭비되었고 주민들의 삶의 터전인 갯벌이 유실되었다. 게다가 천연기념물인 사곶 해수욕장까지 썩어 가게 만들었지만 누구 하나 책임지는 사람이 없다. 이 나라에는 티끌만 한 공로에도 표창을 받는 관료들은 부지기수지만, 크나큰 정책 실패에도 문책을 받는 관료는 드물다. 그것이 이 나라 공기

사곶 해변에서 조개 캐는 노인

업과 정부 조직의 현실이다.

노인

두무진 길에 비해 중화동 가는 길은 상대적으로 한적하다. 군부대 수가 적으니 이동하는 차량도 드물다. 중화동 교회는 1884년 황해도 소래에 첫 번째 교회가 세워진 이후 이 땅에서 두 번째로 세워진 장로 교회다. 그런 영향인지 섬 주민의 80퍼센트 이상이 기독교 신자다. 중화동 해변에서 노인 한 분이 깐 홍합을 바닷물에 씻고 있다.

"할아버지, 저희한테 홍합 조금만 파실 수 없으세요?"

"가게 하는 사람이 맞춰 놓은 거라."

노인이 주저한다.

"그래도 아주 조금만 파세요. 둘이 저녁에 술안주나 하려구요."

마침 손가방에 비닐 팩이 있었다. 노인은 하나 가득 담아 주신다.

"얼마를 드리면 될까요?"

"뭔 돈을 받갔시오."

"그럼 저희가 죄송하지요."

노인은 한사코 손을 젓는다. 우리는 만 원짜리 한 장을 드렸다. 도시의 시장에서 산다면 몇만 원어치는 족히 되고도 남을 양이다.

"그건 너무 많시다."

받지 않으려 하신다.

"그럼 5천 원 드리겠습니다."

노인은 마지못해 돈을 받으면서 미안한 기색을 보이신다.

"미안하오, 돈을 받아서리."

미안한 건 우리다. 누가 맞춰 놓은 것을 억지로 팔라고 하지 않았는가. 노인은 연신 미안하다는 말을 남기고 자전거에 홍합 광주리를 싣고 마을로 사라진다. 그새 날이 저문다.

강풍보다 두려운 안개

강풍주의보로 배가 묶였다. 용기포 앞바다는 안개 군단까지 포위망을 좁혀 오고 있다. 바다에서 두려운 것은 풍랑보다 안개다. 안개 군단 앞에서는 백령도의 해병대나 UDT라도 별 수 없다. 포위가 풀리기만을 기다릴 뿐. 배가 뜨는 것처럼 배가 못 뜨는 것 또한 섬에서는 일상이다. 안개에는 영혼을 침식시키고 주저앉게 만드는 어떤 마력이 있다. 나그네야 하루나 이틀쯤 백령도에 더 눌러 있은들 무슨 문제가 있겠냐만, 일을 해야 하는 후배는 마음이 급하다. 후배는 섬을 빠져나갈 방도가 없는지 부둣가 구석구석을 누비다 들어왔다.

"형, 방법이 있대요."

"무슨 방법?"

"오후에 화물선이 한 대 뜨는데, 대리점에 부탁하면 탈 수 있다네요."

인천까지 열너덧 시간이 걸리는 화물선이 뜰 모양이다. 오후 세 시에 뜬다던 배가 다섯 시가 다 되어서야 출항을 알린다. 안개가 서서히 포위망을 풀고 있다. 작전상 후퇴인 것이 분명하다. 오래지 않아 안개 군단은 다시 밀려올 것이다.

낙원의

꿈 – 완도 당사도

옛날부터 섬의 형태가 임금 왕(王)자 모양이어서 민중의 왕이 나올 거라는
예언이 있었다. 하지만 어느 날 갑자기 바로 옆에 점 복(卜)자를 쓰는
복생도가 솟아나 섬의 형국이 구슬 옥(玉)자로 변하는 바람에
왕이 나지 못 했다고 전해진다.

전라남도

완도

당사도

늙은 양초장수 보았네

노화도 선창가에 앉아

하염없는 물결 보았네

출렁이며 출렁이며

양초장수 늙은이 어디서 흘러왔으리

어느 적 촛불처럼 붉게도 타올랐으리

당사도 마을 건너는 어미섬 소안도다

노화도 뱃머리에 우두커니 앉아
청해진 전파사 구성진 가락 들었네
향기 양초 수레 끄는 양초장수 보았네
하염없는 물결에 밀려가네 밀려가네
(강제윤 '양초장수')

나그네는 노화도 선창가에 앉아 여객선을 기다린다. 이제는 양초장수 노인도 떠나고 뱃머리의 생선 좌판들도 한가하다. 향기 양초 끌던 노인은 또 어디로 흘러가 버린 걸까. 청해진 전파사도 문을 닫고, 그 자리에는 제일 유리집이 이사를 왔다.

섬사랑 2호가 노화 이목항을 출항한다. 오전, 오후 두 차례 다니는 정기 연락선. 노화 장날을 제외하고는 승객이 드물다. 소안도를 거쳐 당사도에 승객을 내려준 배는 횡간도, 흑일도, 백일도, 동화, 원동, 산양 등의 항로를 돌고 돌아 다시 노화도로 귀항한다. 총 여섯 시간의 머나 먼 뱃길이다. 소안도에 잠시 정박했던 배가 보길도 백도리 해안을 지난다. 당사도에서는 소안도와 보길도가 지척이다. 보길도 쪽 바다에는 기섬, 북섬, 갈마섬, 복생도 등의 무인도와 예작도가 있다. 지금은 멈춰 섬이 되었으나 저들도 한때는 깃발 휘날리며 거친 바다를 내쳐 달리던 전설 속의 병사들이었다.

전설의 무대는 150여 년 전. 보길도 예송리 마을에 김씨 성을 가진 사람이 살았다. 부부는 오래도록 아이가 없었다. 절에 가서 백일기도를 올렸고, 마침내 사내아이가 태어났다. 늦둥이를 본 부부는 아이를 지극 정성으로 키웠다. 어느 날 부모가 바다 일을 나갔다가 돌아왔는데 어디선가 이상한 소리가 들렸다. 방 안에서 푸드득, 푸드득 새 나는 소리가 들리지 않는가. 조심스레 창호지를 뚫고 방 안을 들여다보던 부모는 기겁을 하고 말았다. 겨드랑이에 난 날개를 퍼덕이며 아이가 천장을 기어 다니고 있었던 것이다. 부모는 깜짝 놀랐다. 이를 어찌할 것인가. 아기장수가 나면 삼족이 멸한다지 않았는가. 어미는 어디 무인도 같은 데 데려다 주고 오자 했다. 아비는 후환이 두려웠다. 아이야 다시 낳으면 되지만 집안이 몰살당한다면 어쩔 셈인가. 울며 매달리는 어미를 뿌리치고 아비는 어린 아들을 절구통에 넣고 짓이겨 죽여 버렸다. 그때 아기장수 군대의 군기인 붉은 깃발을 들고 달려오던 병사는 아기장수가 죽자 그 자리에 멈춰 서 섬이 되었다. 그것이 저 뾰족한 '기섬'이다. 그 옆 안장섬이라고도 하는 갈마섬은 아기장수가 탈 천리마가 달려오다 멈춰 생긴 섬이고, 북섬은 진군의 북을 메고 오던 병사가 멈춰 서 섬이 된 것이다.

수탈과 억압의 봉건시대를 지나온 이 땅, 어느 곳이나 반역의 전설이 떠돌지 않는 곳이 없지만 그중에서도 섬들은 반역의 꿈이 영글기 맞춤한 곳이었다. 바다라는 천혜의 요새가 가로놓인 탓에 본토의 감시망을 쉽게 피할 수 있었던 까닭이다. 게다가 척박하고 외로운 섬으로 숨어든 이들이란 피난민이거나 말 못할 사정이 있는 사람들 아니겠는가. 도망자, 유배와 은둔자들. 체제의 억압을 피해 숨어든 이들이니 모반의 꿈을 하루라도 꾸지 않은 날이 있었을까.

섬 지방에 반역의 전설이 많은 것은 지리적 요인 외에도 도가의 세계관에서 비롯된 측면도 있다. 정감록에도 정 진인이 해도에서 출현한다고 했다. 진인이나 아기장수, 새로운 왕의 출현은 모두가 새로운 세상, 유토피아에 대한 열망에서 비롯된다. 도교의 유토피아인 삼신산 또한 바다에 있다. 그뿐인가. 제주 섬사람들의 이상향인 이어도, 홍길동이 낙원으로 삼아 왕국을 이룬 위도 역시 섬이다. 동양뿐만 아니라 세계 각지의 이상향에 대한 전설도 대부분

당사도와 보길도 사이에 솟아난 복생도

섬에서 비롯되었다. 플라톤의 대화편에 언급된 대서양 바닷속으로 가라앉았다는 황금대륙 아틀란티스나, 인도양으로 사라진 레무리아 대륙, 태평양에 있었다고 하는 뮤 대륙 등의 초고대 문명도 다들 바다 가운데 있는 섬들이었다. 섬은 낙원이었거나 낙원을 꿈꾸는 자들의 은신처였다.

남태평양 큰 바다를 한달음에 내쳐오다 반란의 지도자가 될 아기장수의 죽음 앞에 망연히 주저앉아 섬이 되어 버린 민중들, 기섬, 갈마섬, 북섬, 복생도, 풀무섬, 섬, 섬, 섬들. 보길도, 소안도 인근의 작은 섬들이 안개 속에서 가까워졌다 이내 멀어져 간다.

섬사랑 2호는 나만 혼자 당사도 선착장에 내려 놓고 서둘러 떠난다. 당사도는 30여 가구가 한 마을에 몰려 사는 작은 섬이다. 이 작은 섬 당사도 또한 반역의 전설로부터 비켜가지 않았다. 옛날부터 섬의 형태가 임금 왕(王)자 모양이어서 민중의 왕이 나올 거라는 예언이 있었다. 하지만 어느 날 갑자기 바로 옆에 점 복(卜)자를 쓰는 복생도가 솟아나 섬의 형국이 구슬 옥(玉)자로 변하는 바람에 왕이 나지 못 했다고 전해진다.

지금도 제주행 비행기 안이나 보길도 적자산에 올라가서 보면 당사도의 생김새가 임금 왕자 모양임을 확인할 수 있다. 복생도가 솟아난 것은 어떤 의미일까. 당사도로 상징되는 반란군이 복병을 만났다는 것인가. 복병은 관군이 아니라 반란군 속에 있었던 것은 아닐까. 나는 복병의 존재를 짐작조차 할 수 없지만 새로운 임금이 나지 못한 게 슬프지는 않다. 어떤 선의로 생긴 왕정도 민중의 지배자일 수밖에 없다. 결론이 뻔한 헛된 기대로 많은 날들을 허비할 뻔했다. 민중이 주인이라는 민주주의 국가에서조차도 민중이 권력의 주인이 되는 일이란 얼마나 요원한 일인가.

역사상 수많은 민중혁명의 끝은 비극적이었지만 비극이 결코 역사의 끝은 아니었다. 150여 년 전 보길도, 소안도, 당사도, 장수도에까지 숨어들어 군사를 기르던 아기장수의 모반은 결국 실패로 끝났고, 폭압적 권력은 부모의 손을 빌어 아기장수를 짓이겨 죽이는 패륜을 저질렀지만 그것으로 인간 해방 운동의 숨통마저 끊어 놓을 수는 없었다. 아기장수의 목숨은 끊었지만 아기장수가 꾸었던 꿈까지 깨지는 못 했던 것이다. 아기장수의 군사들은 몰래 살아남아 동학혁명군으로, 항일 의병으로, 독립운동가로, 사회주의자로 끊임없이 혁명을 꿈꾸고 실천했다.

나는 당사리 마을 안길을 배회했다. 마을 길이 끝나는 지점, 언덕 끝에 언뜻 보기에도 폐교처럼 보이는 낡은 학교 건물이 서 있다. 한때 학생 수가 백 명이 넘기도 했던 당사도 유일의 교육기관. 그러나 이미 폐교된 지 오래다. 육지의 오지 학교와 달리 낙도의 학교는 학생이 단 한 명이라도 있으면 주민 동의 없이는 강제 폐교시킬 수 없다. 통학 버스가 낙도까지 갈 수 없기 때문이다.

하지만 당사도 주민들은 통폐합을 유도하는 교육청의 회유에 쉽게 도장을 찍어 주고 말았다. 젊은 사람 어느 누가 이 외딴섬으로 돌아오겠느냐는 자괴감에서였다. 지금은 후회하지만 소용없는 일이다. 바다 양식업의 발달로 소득이 높아지자 섬으로 귀향을 원하는 젊은이들이 생겨났으나 아이들 교육 때문에 학교가 없는 섬으로 선뜻 들어오기란 쉽지 않다. 폐교된 뒤 오랜 기간 방치됐던 초등학교가 지금은 당사도 태양광 발전소로 바뀌었다.

한때 당사도에도 80여 가구 5백여 명의 주민들이 거주한 적이 있었지만 지금은 30가구 60여 명으로 줄었다. 이 마을도 늙음이 점령한 지 이미 오래되었다. 젊음은 그림자도 보이지 않는다. 바다로부터 얻을 수 있는 소득이 보길도나 소안도 같은 큰 섬들보다 못할 것이 없을 테지만 젊은 노동력이 없으니 노인들은 바다에서 별 소득을 얻지 못한다. 어미섬 소안도 사람들에게 어

오랜 기간 방치되었던 폐교는 태양광 발전소로 바뀌었다

업권을 빌려 주고 약간의 임대 소득을 얻을 뿐이다. 노인들은 황금어장을 두고도 대부분 생활 보호 대상자로 살아가거나 뭍에 사는 자식들의 보조에 의존한다. 마침내 저 노인들까지 이승을 떠나고 나면 섬은 아주 비어 버릴 것이다. 학교가 사라지면서 마을도 사라지게 될 운명에 빠진 것이다.

이제 나는 작은 산 고개를 넘어 '목포 지방 해운항만청 당사도 항로표지

지금은 새 등대가 들어서고 옛 등대는 보존되어 있다

관리사무소'로 간다. 당사도 등대. 등대치고 주변 경관이 아름답지 않은 곳이 없을 테지만 당사도 등대는 그중에서도 경관이 빼어나기로 첫 번째 꼽히는 곳이다. 깎아지른 낭떠러지 위에 자리 잡고 있으나 위태롭기보다는 청량한 느낌이 더 큰 것도 다 수려한 경관 덕분이다. 남서쪽으로는 멀리 여서도와 장수도, 추자도, 제주도 등의 섬들이 안개에 쌓여 가물거리고 북쪽으로는 소안도와 노화도, 보길도, 그 너머 해남반도, 완도 본섬까지 손에 잡힐 듯 가깝다. 당사도 등대가 세워진 것은 1909년 일제에 의해서였다. 등대는 일본 제국주의 세력이 조선 침략의 앞길을 밝히기 위해 세운 봉화대였다. 하지만 이곳 당사도 등대에는 지금 항일 전적비가 우뚝 서 있다.

당사도 의거가 일어난 것은 등대가 생긴 바로 그해였다. 소안도의 동학혁명군 출신 이준화 선생을 비롯한 의병 여섯 명은 1909년 1월 일제 침략의 전진기지로 당사도 등대가 세워진 것에 격분하여 같은 해 2월 24일 당사도 등대를 습격, 일본인 등대 간수 네 명을 사살하고 등대의 주요 시설물을 파괴했다. 그 후 1910년에 일제는 마적단에 의해 등대가 습격받아 등대 간수가 피살되었다는 내용의 '조난 기념비'라는 것을 세웠다. 때로 역사적 진실과 기록 사이에는 이렇듯 터무니없는 간격이 생기기도 한다. 기록만이 진실이라고 주장할 수 없는 것은 그 때문이다. 기록이란 늘 승자의 기록일 수밖에 없다. 나라를 지키려는 의병이 마적이 되기도 하고 탐관오리가 선정을 베푼 수령이 되기도 한다. 화강암으로 만들어져 수만 년쯤은 거뜬할 것 같던 비석도 일제의 패망과 함께 당사도 주민들에 의해 파괴되어 절구통으로 만들어지고 말았다. 지금도 그 절구통은 마을에 남아 있다. 항일 전적비가 세워지게 된 것은 일제의 비석이 박살난 때부터 50년도 더 지난 1997년에 이르러서였다. 어느 한 구석 할 것 없이 우리 역사의 발전은 이다지도 더디기만 하다. 하긴 아직껏 친일파와 그 후예들이 권력의 중심에 앉아 호가호위하는 판국이니 이 땅에서 그나마 항일 전적비라는 것이 세워질 수 있다는 사실만도 기적이라면 기적일 수 있을 것이다.

산길을 내려오는데 숲 속에서 후다닥 놀라 달아나는 짐승이 있다. 고라니인가. 마을 주민에게 들으니 이 섬에 수십 마리의 사슴이 산다고 한다. 여러 해 전 완도 군수 일행이 당사도 방문 기념으로 사슴 몇 쌍을 방목했는데 그 수가 급격히 불어난 것이다. 수가 많아지니 더러 마을까지 내려와 농작물에 피해를 입히기도 하는 모양이다. 주민들은 더 이상 방치할 수 없어서 겨울에 일부를 잡을 계획이라고 한다. 사슴과 사람이 함께 살 수 있는 방법은 없을까. 먹거리를 지키려는 주민들을 탓할 수는 없다. 사슴을 방목시킨 완도군에서 밭에 울타리를 쳐주고, 사슴들과 주민들이 함께 살 수 있는 방안을 찾을 수는 없는 걸까. 우리도 사슴과 사람들이 함께 어울려 사는 섬 하나쯤 가진다면 얼마나 행복하겠는가.

풀밭에서 염소들을 만났다. 남해안 어느 섬에서처럼 당사도에도 묶어 키우는 염소들이 많다. 어째서 사람은 저 순한 초식동물을 먹이로만, 이익을 가져다 주는 상품으로만 여기는 걸까. 저들을 먹지 않아도 충분할 만큼 많은 곡식과 채소와 해초들을 얻고 있는데도 말이다. 하지만 저 염소들만 생사의 밧줄에 매여 있는 것은 아니다. 사람 또한 먹이가 삶을 이어 주는 생명의 끈인 동시에 생명을 앗아갈 올가미가 되기도 하는 생애의 들판에 매여 있다.

Chapter 4

/여행이 가르쳐주는 세 가지/

14

옹진 **연평도**

연평도로 가는 길은 멀다. 인천항에서 127킬로미터. 쾌속선으로도 두 시간 반 거리. 오랫동안 꿈꾸던 연평도로 간다. 내가 연평도란 이름을 처음 접한 것은 소년 시절 최숙자의 노래 '눈물의 연평도'를 통해서였다. 그날 이후 나는 어떤 알 수 없는 힘에 이끌려 고향도 아닌 연평도에 향수를 품고 살았다. 그러므로 나의 연평도행은 30년 만의 '귀향'이기도 하다.

15

신안 **재원도**

전국 각지에서 수백 척의 어선들이 몰려와 재원도 근해에서 조업을 하고 파시가 섰을 때도 재원도 사람들은 어로에 큰 관심을 두지 않았다. 물고기가 줄고 외지 배들이 떠난 뒤에야 비로소 재원도 사람들의 본격적인 어로 활동이 시작되었다. 외지 배들의 어로 활동에 자극을 받은 섬사람들이 막배를 탄 것이다.

17

신안 홍도

홍도는 관광객들로 북새통이다. 부두는 마치 서울역 대합실을 옮겨 놓은 것처럼 발 디딜 틈이 없다. 전형적인 단체 관광지, 1970년대 이후 홍도는 주민 대다수가 관광업에 기대고 산다. 나그네가 그동안 홍도를 찾지 않았던 것은 유명 관광지에 대한 선입견 때문이었다. 생각이 달라진 것은 없지만 갑자기 홍도행을 결심한 것은 문득 성수기의 유명 관광지 풍경이 궁금했기 때문이다. 주민 4백여 명이 사는 작은 섬에 여름 휴가철이면 하루 천 명이 넘는 외지인이 몰려와 인산인해를 이룬다.

16

신안 흑산도

우리가 기억하는 흑산도의 이미지는 홍어, 파시, 정약전이 〈자산어보〉를 쓴 섬 정도다. 하지만 흑산도는 동아시아의 해상 교류사에서도 매우 중요한 섬이다. 흑산도는 삼국시대부터 고려시대까지 동아시아 횡단 항로의 중간 기착지이자 해상 교역의 중간 거점이었다.

바다의 황금광 시대,
연평 파시 - 옹진 연평도

망망대해에서 이처럼 작은 섬들이
오랜 세월 모진 풍랑에도 무사할 수 있었던 이유는 무엇일까.
서로가 서로의 방파제가 되고 바람막이가 되어
스스로를 지켜 왔던 것은 아닐까.

연평도

인천광역시

인천항

눈물의 연평도

어제 앓던 사랑니를 뽑았다. 몇 번을 망설였다. 간헐적으로 찾아오는 치통 때문에 고통스러워하면서도 쉽게 치과에 가지 못했다. 내 몸에서 무언가, 내 몸의 일부가 떠난다는 사실에 익숙하지 않은 탓이었다. 치과에서 엑스레이를 찍어 본 뒤에도 뽑는다, 안 뽑는다 몇 번의 망설임 끝에 어금니 안쪽 사랑니 하나를 겨우 뽑았다. 입버릇처럼 죽으면 다 버리고 떠날 목숨, 아까울 게 뭐가 있겠느냐고 떠들면서도 실상 나는 쓸모없고 고통까지 주는 사랑니 하나 선뜻 뽑지 못했다. 삶을 다 버리고 떠나는 일이 말처럼 쉬운 것은 아니다.

연평도 앞바다의 무인도들

내가 늘 섬에 가면서도 육지를 아주 벗어나지 못하는 것도 그 때문일까.

연평도로 가는 길은 멀다. 인천항에서 127킬로미터. 쾌속선으로도 두 시간 반 거리. 오랫동안 꿈꾸던 연평도로 간다. 내가 연평도란 이름을 처음 접한 것은 소년 시절 최숙자의 노래 '눈물의 연평도'를 통해서였다. 그날 이후 나는 어떤 알 수 없는 힘에 이끌려 고향도 아닌 연평도에 향수를 품고 살았다. 그러므로 나의 연평도행은 30년 만의 '귀향'이기도 하다.

2007년 1월 11일, 아침 8시에 출항한 쾌속선 씨프레인호가 잠시 덕적도에 들른다. 배 안 승객의 반은 휴가차 육지에 다녀오는 해군들이다. 덕적도를 빠져나오던 배가 한동안 움직이지 못한다. 스크루(추진기)에 폐그물이 걸린 것이다. 바다 오염의 범인은 누구일까. 중국이나 뭍에서 흘러온 쓰레기, 낚시꾼이나 관광객들이 버린 오물뿐일까. 아니, 그렇지 않다. 어민들의 책임도 크다. 어민들도 그물이나 부표 등 큰 쓰레기를 아무렇지도 않게 버린다. 바다 환경 파괴에 우리 모두는 공범들이다. 사람들은 대개 자신들이 만든 문명을 파괴하는 것은 야만이라고 비난하면서도 자연이 만든 것들을 파괴하는 데는 일말의 가책도 없다. 심지어 그것을 발전이라고 우기기까지 한다.

"그물과 나무토막이 추진기에 걸려 빼내는 데 애로 사항이 많습니다. 양해해 주시기 바랍니다."

선장이 안내방송을 한 뒤 한 시간째 배가 움직이지 않아도 사람들은 아무런 불평이 없다. 승객 대부분이 주민들이거나 연평도에 복무하는 군인들이다. 열을 내봤자 별수 없다는 것을 잘 아는 이들인 것이다. 섬사람들만큼 체념의 미학을 깊이 구현하고 사는 사람들도 드물 것이다. 예정보다 한 시간이 더 걸렸다. 배는 세 시간 반 만에 연평도에 도착했다. 낯선 섬이 낯설지 않다.

조기를 담북 잡아 기폭을 올리고
온다던 그 배는 어이하여 아니오나

수평선 바라보며 그 이름 부르면

갈매기도 우는구나 눈물의 연평도…….

애틋한 가사와 애절한 곡조, 그때 중학생이던 나는 팝송보다 트로트에 더 '꽂혀' 있었고 테이프가 늘어지도록 '황성옛터'나 '선창', '이별의 인천항'과 '눈물의 연평도'를 듣고 또 들었다. 지금은 더 이상 연평도 바다에 조기가 찾아오지 않지만 오랜 세월 연평도는 조기의 섬이었다. '눈물의 연평도'를 만든 것은 1959년의 태풍 '사라'였다. 그때 연평도 어장으로 조기잡이를 갔던 많은 어부들이 끝내 바다에서 살아 돌아오지 못했다.

연평도 등대공원 입구에는 '눈물의 연평도' 노래비가 서 있다. 하지만 연평도 등대는 더 이상 등대가 아니다. 이미 유물이 되어버린 등대. 등대는 빛을 잃은 지 오래다. 1960년 3월 첫 점등 이후 수많은 조기잡이 배들에게 생명의 등불이었던 등대는 1974년 안보를 이유로 일시 소등됐다가 1987년, 영영 용도 폐기되고 말았다. 연평 어장에서 사라져 버린 조기 떼가 돌아온다 해도 '안보 상황'이 바뀌지 않는 한 등대가 다시 불을 밝힐 가능성은 희박하다.

남북으로 갈린 연평도

한반도 유사 이래 오랜 세월 동안 연평도는 해주 문화권이었다. 연평도에서 해주는 30킬로미터 거리. 1953년 7월 27일 한국전쟁 휴전 협정 이후 해

수천 척의 조기잡이 배가 몰려오던 연평파시

주가 북한 땅이 되면서 연평도는 인천 문화권으로 편입되었다. 그때 연평도
와 같은 면을 이루고 있던 대수압도, 소수압도 등은 이제 북한의 영토다. 연
평도에서 1.6킬로미터 거리에 북방 한계선(NLL)이 있다. 보이지 않는 선 하
나로 인해 손 내밀면 잡힐 듯 가깝던 이웃 섬마을이 갈 수 없는 먼 나라가 되
어 버렸다. 인천에서 122킬로미터 떨어진 먼 거리지만 연평도는 이제 생활
권도 행정구역도 인천이다. 인천시 옹진군 연평면. 연평도는 대연평도와 소
연평도 두 개의 유인도를 함께 이르는 명칭이다. 크다는 수식어가 붙었지만
연평면의 본섬인 대연평도 또한 가로 3.7킬로미터, 세로 2.7킬로미터에 지나
지 않는 작은 섬이다. 섬은 동북쪽의 낭까리봉뿌리, 남서쪽의 가래칠기뿌리,

서북쪽의 개모가지낭뿌리, 세 개의 뿌리를 축으로 삼각형 모양의 해안선을 이룬다.

망망대해에서 이처럼 작은 섬들이 오랜 세월 모진 풍랑에도 무사할 수 있었던 이유는 무엇일까. 대연평도와 소연평도, 무인도인 당섬과 모이도, 책섬, 구지도 등은 서로가 서로의 방파제가 되고 바람막이가 되어 스스로를 지켜왔던 것은 아닐까. 여객선이 들고나는 포구는 당섬에 있다. 근래까지도 무인도였던 당섬은 연도교로 어미섬과 이어져 대연평도로 편입되었다. 당섬 뱃머리에서 마을 입구까지는 5리가 조금 못 된다. 연평마을 앞바다의 갯벌은 드넓다. 간조시에는 당섬, 거문여, 용위, 책섬, 군두라이 등의 무인도와 여, 줄 등까지 바닥이 훤히 다 드러난다.

연평 바다에 돈 실러 가세
돈 실러 가세 돈 실러 가세
연평 바다로 돈 실러 가세
연평 바다에 널린 조기
양주만 남기고 다 잡아들이자
뱀자네 아즈마이 정성 덕에
연평 바다에 도장원 했네
나갈 적엔 깃발로 나가고
들어올 적엔 꽃밭이 되었네

연평장군님 모셔 싣고

연평 바다로 돈 실러 가세

(배치기 소리)

오랜 세월 동안 연평도 근해는 영광의 칠산 바다와 함께 최대의 조기 어장
이었다. 그때는 동해의 명태만큼이나 황해에도 조기가 지천이었다. 조기의
섬, 연평도의 조기잡이가 역사에 처음 기록으로 나타난 것은 조선왕조실록
〈세종실록지리지〉다.

"토산(土産)은 조기[石首魚]가 주의 남쪽 연평평(延平坪)에서 난다."(세종
실록지리지 황해도 해주목)

해마다 봄이면 연평도는 조기 떼 우는 소리에 잠을 설쳤다. 바다는 '조기
한 바가지, 물 한 바가지'였다. 조기는 농어목 민어과의 바다물고기다. 조기
(助氣)란 이름은 사람의 원기 회복을 돕는다는 뜻에서 유래되었다. 조기 머
리에는 돌 같은 이석(耳石)이 두 개 들어 있어 석수어(石首魚)라고도 하고 산
란을 위해 회유한다 해서 유수어라고도 했다. 1960년대 후반까지 연평 바다
는 조기를 잡으러 온 수천 척의 배들로 성황을 이루었다. 어선들이 몰려오면
연평도에는 파시가 섰다. 조기 떼의 이동을 따라 임시로 형성되는 바다 시장
이 파시(波市)다. 파시 때면 선구와 생필품을 파는 상점들이 들어서고 어선
을 쫓아온 '물새 떼'가 어부들을 유혹했다. 한창 때는 색주가만 백여 곳이 생
겼고 '물새'라 불리던 작부들이 5백 명도 넘었다. 파시가 서는 동안 작은 섬

연평도는 수만 명의 사람들로 밤낮없이 흥청거렸다. 10톤 남짓 되는 중선(안강망 어선) 한 척이 한 번 조업에 참조기를 백 동(10만 마리)씩 잡는 것도 예사였다.

1800년대 중반 김정호가 편찬한 〈대동지지(大東地志)〉에 조기잡이 선단이 연평도로 몰려든다는 기록이 있는 것을 보면 연평도 조기 파시의 역사는 19세기 이전부터 시작된 것으로 추정된다. 1910년도에 황해, 경기, 평안도 등지에서 3백여 척 이상의 중선 배들이 연평도를 찾았고, 1934년에는 어선이 6백~천여 척, 1936년에는 조기 안강망 어선 천 척과 운반선 3백 척, 봉선 7백 척 등 2천여 척의 선박이 몰려들었다. 〈매일신보〉는 파시가 절정에 달한 1943년 4월 말, 연평도는 무려 5천여 척의 배들로 성황을 이루었다고 기록하고 있다. 1944년 연평도의 조기 어획량은 97억 마리나 됐고, 1947년 파시 때 연평도 어장에 동원된 어부들은 연인원 9만 명에 달했다.

사흘 벌어 일 년 먹는 작사판

당시 연평도에서는 파시보다 작사(作詐)란 말을 주로 썼다. 연평 파시가 아니라 연평 작사(作詐)라 했다. 지금도 연평도 노인들은 "작사 때……"라고 말한다. 작사(作詐)란 '거짓을 만든다'는 뜻이다. 없던 일이 생긴다는 의미에서 그런 용어가 쓰였을 것이다. '거짓과 사기가 판치는 무대', '이전투구의 장'. 연평 작사에서는 물건을 거래하며 속고 속이는 일이 비일비재했다. '사흘 벌어 일 년 먹는 장사판'이었느니 오죽했으랴. 연평 작사의 주인 공은 조기잡이 어부들과 술 파는 작부들이지만 그들은 무대에 선 배우였을 뿐 진짜 이익을 챙기는 제작자와 감독은 따로 있었다. 자본을 대는 전주와 도매상인인 객주, 색주가 주인, 선주들이 그들이었다.

연평도 조기잡이는 임경업 장군과 인연이 깊다. 1634년 5월, 의주부윤 임경업 장군은 병자호란 때 청나라에 볼모로 잡혀간 소현세자와 봉림대군을 구출하기 위해 황해를 건너던 중 잠시 연평도에 정박했다. 간조 때 임 장군이 가시나무를 찍어 안목 바다에 꽂게 하였는데 물이 빠지자 가시나무의 가시마다 수많은 조기가 걸렸다고 전한다. 이때부터 임경업 장군이 연평도 조기잡이의 시조가 되었다. 그 후 임경업 장군은 연평도를 비롯한 황해 바다 어업의 신으로 등극했고 연평도에는 임경업 장군의 신당까지 생겼다. 하지만 이것은 어디까지나 전설일 뿐이다. 앞에서도 언급했듯이 연평도의 조기잡이는 임경업 장군의 연평도 방문 이전부터 있어 왔다. 〈세종실록지리지〉에 연평도 특산물로 조기가 기록되어 있고, 〈중종실록〉에도 이미 연평도의 어전을 둘러싼 다툼이 등장한다.

역사적 사실과 부합하지 않더라도 전설은 전설 나름의 생명력을 지닌다. 그래서 전설의 사실 여부를 따지는 일은 부질없

연평도 조기박물관 앞의 조기잡이 배 조형물

다. 신앙 또한 그렇다. 임경업 장군이 어떻게 장군신이 됐는지를 따지는 것역시 부질없다. 신앙은 논증을 필요로 하지 않기 때문이다. 신이란 믿으면 있고 믿지 않으면 없다. 임경업 장군이 조기잡이의 시조가 되고 어업의 수호신이 된 것은 아마도 섬사람들의 염원 때문이었을 것이다. 사람들이 신을 모시는 데는 나름의 이유가 있다.

추자도의 최영 장군이나, 완도의 송징 장군, 연평도의 임경업 장군에 이르기까지 바다에서 신으로 모셔지는 이들 중 유독 장군이 많은 것은 섬사람들이 얼마나 많은 수탈과 억압을 받았는지 보여 주는 증거다. 그들에게는 왜구의 침입이나, 부패한 관리들의 수탈을 막아 줄 힘있는 장군신이 필요했을 것이다. 섬사람들은 임경업 장군신이나 최영 장군신에게 안전과 풍어만 빌지는 않았을 것이다. 단지 그런 이유라면 오히려 바다의 주재자인 용왕에게 비는 편이 더 영험했으리라. 하지만 용왕은 세속의 일에는 관여할 수 없는 존재! 세속에서도 강력한 힘을 발휘한 장군들이 바다의 신으로 모셔진 까닭은 그 때문이 아니겠는가.

산 사람을 신격화하는 행위는 위험한 일이다. 하지만 죽어서 신이 되는 것이야 누가 말릴 수 있겠는가. 다들 죽으면 귀신이 되지 않는가. 집집마다 죽은 선조들은 조상신이 되어 제삿밥을 받아 먹고, 말이나 소, 염소, 바위나 빗자루까지도 신이 되는 것이 신들의 세계다. 그러므로 연평도 사람들이 임경업 장군을 신으로 모시는 무속신앙을 미신이라고 비난할 이유는 없다. 규모가 큰 어떠한 종교도 처음에는 미신이나 이단이라고 비난받지 않았던가. 타

종교에 그토록 배타적인 유일신교들 또한 처음에는 이단이고 사이비 종교라는 비난을 받으며 성장했다. 어떻게 보면 돈으로 면죄부를 사고 팔며 헌금으로 죄를 사하고 천국행 티켓까지 판매하는 기성 종교들보다 이 땅의 무속신앙이나 당산신앙이 오히려 순수하고 순정한 종교일지도 모른다.

이 섬 주민들은 다른 섬 주민들이 임경업 장군신이 아니라 최영 장군 신을 받든다고 해서 공격하거나 살해하지 않는다. 하지만 오늘날 유일신교들은 어떤가. 타 종교를 이단이라 억압하고 전쟁을 일으켜 이교도들을 몰살시키는 상황까지 오지 않았는가. 더구나 임경업 장군은 살아서 청나라 침략군과 맞서 싸웠고, 섬사람들이 먹고살 수 있는 방법까지 깨우쳐 줬다니 신으로 모셔지는 것이 이상할 까닭이 없다. 그보다는 자신이 모시는 신만 유일신이라 맹신하며 이 민족의 시조인 단군상의 목을 자르고 불상의 목이나 손목을 자르는 행위가 정말 이상한 일이 아니겠는가.

파시 철이면 술집 백 개 작부만 5백 명

조기잡이 배들이 들어오면 연평도의 여자들도 바빠졌다. 연평도에 정박한 배들은 물과 식량, 장작 등을 보급받았다. 여자들은 이때를 틈타 물을 팔기 위해 물동이를 이고 갯가에 늘어섰다. 파시 때 연평도에는 요정이나 요릿집 같은 색주가만 백여 집 이상 생겼다. 한집에 작부가 다섯 명씩은 됐으니 줄잡아 5백 명이었다. 이때쯤 되면 마을의 가장 앞줄, '갱변' 쪽 집들은 장사꾼들에게 한철 세를 놓고 자신들은 마을 안쪽 집에 방 한 칸을 얻어서 이사했다. 그때부터 가정집이 색주가로 바뀌는 것이다. 아무리 작은 초가집도 방이 서너 칸은 됐다. 해변가인 '갱변'에는 판자로 지은 가건물이 생기고 그곳에도 색주가가 들어섰다. '어부들을 쫓는 철새' 혹은 '물새'라 불린 작부들은 연평도에 들어오면 사진과 증명서를 제출하고 면사무소에 등록을 해야 했다. 주점도 영업 허가를 받아야 했다. 하지만 무허가 주점이나 미등록 작부도 많았다. 4백 명의 작부가 등록을 하면 미등록된 작부가 그 절반은 됐다. 색주가는 주인의 고향에 따라 인천옥, 목포옥, 해주옥, 군산옥, 비금옥, 위도집, 흑산집 등의 간판을 달았다. 해변식당, 신선 요릿집 등 식당 간판을 단 집들도 이름만 식당이지 다들 색시 장사를 했다. 심지어 강원도 속초나 묵호에서 어선을 따라 온 장사꾼이 문을 연 색주가도 있을 정도였다.

일제 때는 연평도에 일본 기생과 카페가

일제 때는 일본 유곽도 있었고 일본 기생들도 많았다. 1930년대 연평 파시에는 요릿집과 음식점이 가장 많았다. 어느 해에는 요릿집에 일본 기생만도 50명이 넘었다. 조선인 업소는 60여 개, 작부가 150여 명이었다. 카페도 있었고 여관, 대서소를 비롯해 이발관이 아홉 개 목욕탕도 세 개나 있었다. 파시 때면 술 담글 줄 아는 주민들은 막걸리와 청주를 담가서 내다 팔거나 색주가에 댔다. 쌀밥은 못 먹어도 술은 쌀로 빚어서 내다 팔았다.

조기배가 정박하면 색싯집은 뱃동사(선원)들로 붐볐는데, 색시를 차지하기 위한 주먹다짐이나 패싸움이 자주 벌어졌다. 고단한 뱃일에 지친 뱃동사들은 색주가에 자리를 잡고 앉으면 몇 잔 못 마시고 취해 버렸다. 그러다가 그대로 방에 누워 잠들기도 하고 깨어나 다시 마시기도 했다. 뱃동사들은 돌아가며 쓰러졌다 일어나고 그렇게 밤을 새워 술을 마셨다. 막걸리나 소주를 마시던 뱃동사들도 막판에는 입가심으로 맥주를 마시곤 했는데, 맥주 안주로는 사과, 배 등의 과일이나 과자가 나왔다. 하지만 그쯤 되면 거의 모든 뱃동사들이 취해 쓰러져 그 자리에서 잠이 들고 말았다. 아침에 배임자(선주)가 술값을 계산하려고 색주가에 들르면 맥주병이 방 안에 가득 차 있었다. 뱃동사들이 잠든 사이에 빈 맥주병을 가져다 두고 바가지를 씌운 것이다. 그중에는 거미줄이 쳐진 맥주병도 있었다. 술집 주인은 밤새 거미줄이 쳐진 것이라고 우겼다. 그러면 배임자도 별수 없었다. 속는 줄 알면서도 속았다. 그것이 작사판이었다. 1947년에는 "소주 한 되에 천 원, 쌀 한 말에 680원, 고물가로 세상을 놀라게 했다"는 신문 보도(동아일보 1947. 5. 23)가 나올 정도로 연평 파시의 바가지가 극성이었다.

바람이 불어서 피항해 온 배들이 많을 때가 색주가들에게는 가장 큰 대목이었다. 그래서 연평 파시 때면 '기생들이 갈바람 불라고 굿을 한다'는 소문도 돌았다. "바람아 강풍아 섣달 열흘만 불어라." 기원하며 몰래 숨어서 굿을 한다는 것이었다. 보건소장은 일주일에 한 번씩 색주가를 돌며 작부들의 성병 검사를 했다. 한국전쟁 이후에는 연평도에 미군 부대도 주둔해 있었는데

바닥이 드러난 갯벌에서 굴을 캐시던 할머니

미군들도 색주가에 내려와 술을 마시다 가곤 했다. 화려하게 치장한 겉모습과는 달리 색시들의 고통은 말할 수 없이 컸다. 밤낮없이 술을 마시고 험한 사내들의 비위를 맞추고 몸까지 팔아야 했으니 파시가 끝날 때쯤이면 몸과 마음이 온통 만신창이가 됐다. 게다가 작부들 중에는 색주가의 포주에게 번 돈을 뜯기고 노예처럼 생활해야 하는 사람도 흔했다. 색주가를 비롯한 장사치들은 봄철 조기잡이가 파송을 치면 미련 없이 섬을 떠났다.

영원할 것 같던 연평도의 황금시대도 어느 순간 종말을 맞이했다. 그 많던 조기 떼가 거짓말처럼 자취를 감추고 말았다. 연평도를 찾는 어선도 상인도 더 이상 없다. 파시는 끝이 났다. 연평 바다에서 조기 떼가 사라진 것은 1970년 무렵이다. 비슷한 시기 칠산 어장에도 조기가 나타나지 않았다. 오랜 세월 대규모 선단이 어린 새끼들까지 잡아들인 남획의 결과였다. 무차별 포획이 계속되자 멸종의 위험을 감지한 조기 떼는 더 이상 사지를 찾지 않고 바다 깊숙이 숨어 버렸다. 조기들은 회유를 포기하고 제주도 서쪽 바다에 자리 잡고 붙박이로 살기 시작했다. 그로부터 40여 년의 세월이 흘렀지만 여전히 연평도 어장에는 조기 떼가 돌아올 기미조차 보이지 않는다. 세월이 흐르면서 조기 파시에 대한 기억도 점점 희미해진다. 그 시대를 경험했던 노인들마저 이승을 떠나고 나면 연평도의 황금시대는 흔적도 남지 않을 것이다. 옛날의 영화는 꿈처럼 흘러가 버렸고, 인간의 탐욕이 계속되는 한 그 시절은 결코 다시 오지 않을 것이다. 오늘은 썰물로 바닥이 드러난 갯벌에서 동네 사람들이 굴을 깨고 있다.

"할머니, 많이 깨셨어요?"

"무시 영 굴이 죽어스리, 생전 처음이야요."

"굴이 여물지가 않은가 보네요."

"그래 말이야요. 생전 처음이라니."

"어째서 굴이 안 여물어요, 할머니?"

"글씨, 생전 첨이라서. 비가 안 와 하도 가물어서 그런가 생각하시다. 근디 놀러 왔시까?"

"네, 할머니."

"연평도 여기 머 볼거이 있다고. 옛날에는 참 좋았시다."

"뭐가 그렇게 좋으셨는데요?"

"저기 뒤만 돌아가면 조기가 기냥 버걱버걱하고. 요리로 기생들도 많이 들어왔데써. 인잔 길이 멕혜나서."

"무슨 길이 막혔는데요?"

"이북, 이남이 안 다니게 됐지 않시까. 저 뒤로 가면 조기가 버걱버걱했는데 거길 못 들어가게 하니까."

"그렇군요."

"여게 참 좋았시다."

할머니는 과거 좋았던 시절이 마냥 그리운지 좋았다는 말을 되뇌인다. 할머니의 기억은 해방 전에서 멈춰 있는 듯하다. 해방 후에도 1960년대 후반까지는 조기잡이로 연평도가 온통 흥청거리지 않았던가. 할머니의 기억엔

분단으로 인해 조기잡이가 사라진 것으로 입력되어 있는 듯하다.

"왕년에는 배가 이북이다 이남이다 막 댕기니까. 여기 기생들이 와서 술도 팔고. 참 살기 좋았댔는데."

"어려서 집안이 잘사셨던가 봐요?"

"기럼, 갯것도 하고 친정아바지가 배도 부리고. 아주 살기 좋았댔지요."

"요즈음은 어떻게 사세요?"

"굴도 하고 해서 배 실어 인천 있는 상회로 보내요. 요새는 땅을 갈라섰지. 중국 배들이 땅을 나놨지. 이남 배는 못 들어가고, 이북 배는 여기 못 넘어오고."

"꽃게는 많이 잡힌다면서요?"

"꽃겐 엔평 꽃게가 맛나요. 바지락도 여기께 맛나요. 굴도 그래요. 여기께 맛나요."

"왜정 때는 이북 땅에도 자주 다니셨어요?"

"예, 막 댕겠어요. 이 뒤만 돌아가면 해주야요. 그때는 연락선이 해주로 댕겠어요. 근데 이젠 못 댕게요. 그때는 이북이 얼마나 살기 좋았는디. 지금은 빨갱이 시상이 됐지만."

황금시대의 추억만 남은 섬은 이제 남북한 대치로 군사적 긴장감이 흐르는 한미한 어촌 마을이 되었다. 현실이 고통스러운 사람들은 늘 과거를 이상향으로 기억한다. 일흔여덟, 할머니는 여전히 좋았던 그 시절 조기 떼가 몰려오는 꿈을 꾸며 사시는 듯하다. 고단한 생애, 할머니 굽은 등이 굴을 깨는 조새(호미)처럼 휘어 보였다.

생선 한 토막에도
선원들 목숨 값이 – 신안 재원도

바람이나 파도만 위험한 것이 아니다.
아직도 선원들은 목숨을 내놓고 조업한다.
우리 식탁에 오르는 생선 한 토막에도 선원들 목숨 값이 들어 있는 것이다.
고맙고도 두려운 일이 아닌가.

"성질을 죽여야제 나이 먹었으면"

"꽁지머리가 싸나. 그래도 밥은 깨끗하게 잘해. 술 취해도 실수 안 하고."

"꼬라지 부린께 심청이 겁나게 싸납드만. 심청 안 내고 4개월을 전딜라면 우리 배를 타고."

신안군 임자면 재원도, 슈퍼마켓을 겸하는 재원도 선주 집 평상 앞에 키 작은 중늙은이 사내 하나가 풀이 죽어 앉아 있다. 목포에 있는 직업소개소를 통해 들어온 사내는 선주 집 여주인의 까다로운 면접에 바짝 긴장한 폼이 역력하다. 사내는 서울서 빚을 지고 돈을 벌기 위해 이 먼 섬까지 흘러왔다. 사

적막한 재원도 밤바다

　내는 전에도 재원도 배를 탄 적이 있다. 그때는 동료 선원과 다투고 계약 기간을 채우지 못한 채 섬을 떠났었다. 그 당시엔 그것으로 재원도와 인연이 끝인 줄 알았겠지. 하지만 별다른 기술 없고 밑천도 없는 사내가 갈 곳은 많지 않다. 다시 배를 타는 것 말고 달리 무슨 선택이 있으랴. 그런데 그때의 전력이 사내의 발목을 잡는다. 새 선주는 사내가 꼬라지를 부리고 심청을 부려서 전에 타던 배의 선주를 애먹인 사실을 똑똑히 기억하고 있다. 목포 소개소에서 일 잘하는 사람을 보냈다는 전갈을 받고 내심 기대하고 있었는데 사내가 와서 영 못마땅하다. 선주들은 아무리 일을 잘해도 말썽 부리는 선원을 꺼린다. 어선의 좁은 공간에서 능률적으로 일하기 위해서는 개인의 역량보다 중요한 것이 팀워크이기 때문이다.

"성질을 죽여야제 나이 먹었으면."

사내는 죄인처럼 고개를 푹 숙이고 대꾸할 엄두를 못 낸다. 채용이 되면 사내는 배에서 식사를 담당하는 화부 일을 하게 될 것이다.

"그럴 사람이 아닌데 저번에는 한 번 실수했습니다. 내가 책임지고 데리고 있을라니 믿어 주십시오."

사내와 안면이 있는 선원 하나가 보증을 서고 나선다.

"전에 백장미호 탈 때도 두 달을 못 타고 가 버렸는디. 성질 안 내고 잘 하

주민보다 외지 선원들이 더 많은 재원도의 포구 풍경

겠다고 하면 같이 하고. 선원들 밥만 잘해 주면 뭐라고 안 할라우."

자신이 신뢰하는 선원의 보증으로 선주 집 여주인의 마음이 조금 누그러졌다.

"성질부리지 말고 정신 차려 일해. 또 말썽 부리면 다음에는 딴 배도 못 타."

비로소 사내의 눈빛에서 안도감이 묻어 나온다. 뱃사람들에게는 화부를 잘 만나는 것도 큰 복이다. 답답하고 좁은 공간에서 고된 일을 하니 유일한 낙이라고는 먹는 것뿐이기 때문이다. 사내와 함께 배를 타게 될 선원들도 밥을 잘한다는 말에 반가워하는 눈치다.

주민보다 외지 선원들이 많은 섬

신안군 임자면 재원리. 재원도에는 민박집이 한 곳도 없다. 여객선에서 만난 진성인(64세) 전 이장님이 기꺼이 방을 내주셨다. 재원도 주변은 민어와 부서, 새우 등의 황금어장이었지만 재원도 사람들은 오랫동안 어로보다는 농사를 주업으로 삼고 살아왔다. 전국 각지에서 수백 척의 어선들이 몰려와 재원도 근해에서 조업을 하고 파시가 섰을 때도 재원도 사람들은 어로에 큰 관심을 두지 않았다. 물고기가 줄고 외지 배들이 떠난 뒤에야 비로소 재원도 사람들의 본격적인 어로 활동이 시작되었다. 외지 배들의 어로 활동에 자극을 받은 섬사람들이 막배를 탄 것이다.

2009년 재원도에서는 모두 43척의 어선이 조업을 했다. 이제는 대부분이 어업에 기대어 사는 것이다. 선원들은 거의 외지인들로, 목포의 직업소개소나 개별적인 인연으로 찾아와 배를 탄다. 지금은 주민 수보다 선원이 더 많다. 선원들만 2백여 명. 그들은 출어 때뿐만 아니라 귀항해서도 자기가 탄 배에서 숙식을 해결한다. 어로 활동이 없는 겨울철 두 달을 제외하고 선원들은 열 달 내내 배가 집이고 식당이다. 섬에 내렸을 때는 폐교 운동장에서 축구나 족구를 하며 지내기도 한다.

섬으로 유괴된 소년

선원들이 축구 시합을 하는 폐교 운동장을 기웃거리는데 선원 한 사람이 말을 건넨다. 참 선해 보이는 인상이다. 충남 금산이 고향인 사내는 아버지가 돌아가시고 아홉 살 때 가출을 해서 평생을 떠돌며 살았다. 아홉 살 소년은 할아버지 집에 맡겨졌다가 집을 뛰쳐나와 호남선 열차를 탔다. 처음 들어간 집이 목포의 남창상회였다. 그 무렵 남창상회와 거래를 하던 사람이 양아들로 삼는다기에 그를 따라 완도군 소안도로 들어갔다. 하지만 소년은 9남매가 사는 집의 머슴살이를 해야 했다. 아이가 아홉이나 되는 집에 양아들이 필요할 리 만무했다. 처음부터 머슴을 시킬 목적으로 데려간 것이었다. 주인집 아이들이 학교에 다닐 때 소년은 밭일을 하고 소 먹일 꼴을 베러 다니고 땔감을 해 날라야 했다. 노를 젓는 배로 미역도 따러 다녔다.

"지게 작대기로 맞기도 많이 맞았지요."

몇 번을 도망 나오다 잡혀 그곳에서 7년을 살았다. 섬이라는 감옥으로 유괴당해 노예 생활을 한 것이다.

"그때를 생각하면 피눈물이 난다."면서도 사내는 "이제 원망이 다 가셨다."고 담담하게 말한다. 주인집 자식들과도 화해를 했다.

"인자 즈그들이 미안하다 해요."

사내가 재원도를 처음 찾은 건 20대 초반이었다. 그때 사내는 남옥이 집자동망을 탔었다. 그 후 홍도, 흑산도, 추자도, 비금도, 하의도 등 전국 각지를 떠돌며 안 타 본 배가 없다. 아홉 살 때부터 배를 탔으니 40년 동안 배를 탔다. 그러다가 몇 해 전에 재원도로 다시 들어왔다. 한 달에 150만 원의 월급을 받는다. '그만둬야 하는데 배운 게 도둑질'이라 배 타는 일밖에 달리 할 것이 없다.

"힘도 들지만 재미도 있어라. 서민들은 배 타기가 젤로 좋아. 오늘 계약해 불면 술, 담배에 용돈까지 주제. 없는 사람은 배 타게 돼 있어라."

총각 시절 사내는 흑산도 파시에 갔다가 술집 색시와 사랑에 빠진 적이 있었다. 전주 아가씨였는데 배에 올라오면 밥에 빨래까지 다 해주고 갔다. 3주 정도 밤낮으로 붙어서 연애를 했다. 색시는 노부모의 병원비를 마련하기 위해 술집을 다니다 흑산도까지 팔려 왔다고 했다.

"그 소리를 들으니 피눈물이 났지라우."

빚 7백만 원을 갚아 줬다. 1980년대 중반이었으니 아주 큰돈이었다. 색시는 흑산도를 빠져나간 뒤에도 자주 연락을 해왔다. 돈을 갚지 못하는 것을

재원도 사람들은 여전히 농토를 일군다

미안해했다. 사내는 여자에게 돈은 안 갚아도 좋으니 다시는 술집 나가지 말고 부모님 모시고 잘 살라 당부했다. 그 후 여자의 소식은 알 길이 없었다.

사내는 군산에 가족들이 있다. 딸만 둘. 한 아이는 대학을 졸업했고 막내는 고 1이다. 아내는 아가씨들 데리고 업소를 한다. 요새는 경기가 안 좋아 아내의 술집이 장사가 잘 안 된다. 어제 막내딸에게서 '엄마가 돈 없다고 새 속옷을 안 사 준다'고 전화가 왔다. 사내는 그 때문에 속이 상했다. 사내는 수십 년 동안 배를 타면서 죽을 고비도 많이 넘겼다. 바람이나 파도만 위험한 것이 아니다.

"어장을 깔아 놓고 바다에서 자다 보면 큰 배가 실수로 옆구리만 치고 가도 선원들이 떨어져 죽어요."

아직도 선원들은 목숨을 내놓고 조업한다. 우리 식탁에 오르는 생선 한 토막에도 선원들 목숨 값이 들어 있는 것이다. 고맙고도 두려운 일이 아닌가.

선원들의 90퍼센트 이상이 직업소개소를 통해 재원도로 온다. 10퍼센트 정도만 선주와 직접 계약을 맺고 배를 탄다. 선주는 소개소에 선원 소개비로 한 명당 50만 원, 선장은 200만 원까지 지불한다. 보통 2월부터 12월까지 열 달 계약이다. 늙은 선원 한 사람은 '선원들은 소개소 밥'이라고 자조한다.

재원도 파시

조기나 민어 등 회유성 물고기들의 이동을 따라 섬이나 포구에 임시로 형성되는 시장이 파시(波市)다. 파시 때면 선구와 생필품을 파는 상점들, 색주가 등이 들어서서 선원과 선주들을 상대로 장사를 한다. 여름 해수욕장의 한철 장사와 비슷하다. 재원도 파시는 흑산도, 연평도, 법성포 파시 등과 함께 서남해의 대표적인 파시였으며, 가장 최근까지도 남아 있었다.

재원도에 파시가 형성된 것은 일제 때부터 민어 파시로 유명했던 건너 섬 임자도 타리 파시가 사라지면서부터다. 한국전쟁이 끝난 후 타리 파시의 맥이 근처 재원도로 옮겨 온 것이다. 그 무렵에는 재원도 또한 민어 파시로 성황을 이루었다. 인천, 충무, 부산, 흑산도, 조도, 군산, 영광 등 전국 각지의 어선 700여 척이 재원도 앞바다로 몰려들었다.

"배들이 꽉꽉 찼어. 배만 밟고 임자까지 건너간다 그랬어."

바다에는 일본 무역선도 떴다. 흑산도나 목포 사람들이 들어와서 술장사를 많이 했다. 한창 때는 술집만 30여 집이 넘었고 작부들도 2백 명이 넘었다. 파시가 서면 재원도 바닷가 모래사장 부근에는 가건물이 세워지고 아리랑주점, 진주관, 법성관, 화신관 여로집, 영란주점, 대도상회, 목포상회, 조도상회, 목포여인숙, 친절상회, 은하다방 등 술집과 상회, 다방, 이발소, 옷가게 등이 간판을 걸고 영업을 시작했다. 주민들은 모래사장에 돌을 쌓아 물량장을 만들고, 그 위에 판자로 가건물을 지어서 외지 상인들에게 세를 받고 임대해 주었다. 가게들은 길을 따라 마주보고 들어섰다. 후일에는 시멘트 블럭으로 건물을 지어 임대했는데, 한 철에 세를 20~40만 원 정도 받았다.

선원들이 가장 그리운 것은 '김치와 여자'

함근산(75세) 이장님은 재원도 사람으로는 드물게 파시에서 장사를 했었다. 1980년대 재원도 바다에서는 민어와 병어, 부서, 꽃게가 많이 났다. 80년대 중반 이장님이 주점 조합장을 할 때 주점이 열아홉 개, 다방이 여섯 개였고 아가씨들은 모두 126명이었다. 선원 중에는 아가씨 빚을 갚아 주고 고향으로 데려가 사는 사람도 더러 있었다.

선상 생활에서 뱃사람들이 가장 그리워하는 것은 두 가지였다.

"김치와 여자였지라우."

재원도에 입항하면 선원들은 진탕 마시고 놀았다. 우이도 바다에서 만났던 민어잡이 배 문승갑(50세) 선장도 스무 살 무렵부터 재원도 파시를 다녔다고 했다. 그는 84, 85년 무렵 파시가 가장 크게 번성했던 것으로 기억했다. 선원들은 주로 소주 반 되에 콜라 한 병을 섞어서 마시는 콜라 폭탄주 '소콜'을 마셨다. '색시 끼고 하룻밤 날 새기로 술 마시고 잠까지 잘' 수 있는 비용이 당시 돈으로 1인당 2만 5천 원. 소주와 양주도 많이 마셨고 맥주, 양주 폭탄주도 제조해 마셨다. 폭탄주 몇 순배씩 돌면 '다 맛이 갔다.' 바가지도 많았다. 몰래 빈병을 가져다 놓고 바가지를 씌우기 일쑤였다.

4월에 시작되는 재원도 파시는 6~7월이 전성기였고, 9월 초가 되면 '시적버적 그라고' 끝났다. 해변은 다시 조용해졌다. 한여름의 신기루 같은 것이 파시였다. 파시 때는 각 지방 선원들끼리 패를 지어 다니며 패싸움도 많이 했다. 술에 취한 선원을 제지하는 과정에서 재원도 청년들과 선원들 사이에

싸움이 일어나기도 했다. 더러 선원과 동네 처녀가 눈이 맞아 결혼하고 재원도에 눌러앉아 사는 일도 있었다. 하지만 대부분의 선원들은 선주로부터 선용(선불금)을 받아 기분 내며 술 마시고 노는 데 돈을 다 탕진했다. 그렇게 돈을 모으지 못하고 매해 선원 생활을 하며 늙어 갔다. 지금도 많은 선원들이 비슷한 처지다.

파시는 외지 배와 상인들의 무대였다. 재원도 주민들은 관객에 불과했다. 배 지을 자본이 없어서 어장을 할 수 없었고, 상인들에게 가건물을 빌려줄 생각만 했지 자신들이 직접 장사를 할 생각은 못했다. 물론 나중에는 주민 중에도 몇몇이 술집이나 담배 가게를 했지만 소수에 불과했다. 어장을 하는 집도 몇 되지 않았다. 대부분의 주민들은 물이나 김치를 담가 파는 것이 전부였다. 동네 처녀나 아이들도 물지게를 져다 팔았다.

본래부터 재원도에 어업이 없었던 것은 아니었다. 일제 때 재원도 사람들도 범선 안강망 배를 했었다. 진성인 전 이장님의 아버지도 안강망 배를 했지만 실패했다. 그 후 배를 하는 사람이 사라졌다. 재원도에서 어로가 다시 시작된 것은 파시가 한창이었던 1977년 무렵이었다. 진성인, 강대율, 함택산 세 사람이 낭장망으로 어장을 시작했다. 재원도 파시는 1989년 무렵에 막을 내렸다.

요즈음 재원도에 외지 배는 없다. 재원도 배들은 주로 봄에는 병어와 서대, 여름철에는 민어를 잡는다. 재원도를 비롯한 임자도 근해는 민어의 고장으로 유명하지만 요즘 재원도 배들은 민어보다는 서대잡이를 더 선호한다. 여름철 보양식으로 가격의 등락이 심한 민어보다는 연중 안정적인 서대가 더 큰 소득을 안겨 주기 때문이다. 가을에는 김장용 추젓새우를 잡고 겨울이면 동백하를 잡는다. 여름에도 새우잡이를 하지만 올해는 해파리가 기승을 부려 오젓, 육젓은 거의 잡지 못했다.

23년째 향나무 분재 밭을 매는 할머니

재원도 마을의 북쪽 해안으로 가는 길, 밭에서 할머니 한 분이 풀을 매고 있다. 밭 전체가 향나무 분재로 가득하다. 삽목을 해서 키운 분재. 한창 분재 값이 좋을 때 심었다.

"옛날에는 엄청 비쌌어요. 한 그루에 20만 원씩 하고 그랬는데."

지금은 값이 너무 떨어지고 마땅한 임자도 나타나지 않아 팔지 못하고 있다.

"해마다 나무를 쳐 주고 만들어야 작품이 돼요. 나무 치기가 힘들어요. 다 칠라면 한 달도 더 걸려요. 그냥 놔 두면 베러 부니까. 풀도 매야 하고. 지심도, 지심도 엄청 징해요, 징해."

처음에는 1500주를 심었는데 중간에 조금 팔고 죽어 버리기도 해서 지금은 1000주 남짓 남았다.

"심은 지는 얼마나 되셨어요?"

"23년이요."

23년이라니, 한 철 밭의 풀을 매기도 얼마나 징그러운가. 그런데 할머니는

향나무 분재로 가득한 밭에서 할머니 한 분이 23년째 풀을 매고 있다

같은 나무 밭의 풀을 23년 동안이나 매면서 정성껏 키워 온 것이다.

재원도의 저녁, 정박한 어선들마다 불이 켜지기 시작한다. 선실 식당은 저녁 짓는 손길로 분주할 것이다. 파출소 초소 곁을 지나는데 젊은 선원 한 사람이 초소장에게 고민을 털어놓고 있다. 애인이 업소에서 일하는데 손님에게 맞아서 턱이 깨졌다는 것이다. 선원은 울산에서 술집 나가는 다섯 살 연상의 여자와 동거 중에 배를 타러 왔다. 애인이 맞은 것도 억울하지만 때린 사람이 치료비를 안 물어 주는 것에 더 속이 상하다. 어떻게 해야 할지 고민이 돼서 상담을 하러 온 것이다. 대체 세상 끝에 와서도 삶의 문제는 끝이 없다.

위로의 섬

흑산 – 신안 흑산도

이 섬은 마치 생의 압축판 같다.
그토록 많은 오르막과 내리막을 걸은 끝에 결국 도착한 곳은 처음 그 자리,
섬에서 가장 낮은 자리다. 흑산, 참으로 위로가 많은 섬이다.

전라남도

목포

흑산도

흑산도 밤거리

홍도에서 유숙을 포기하고 흑산으로 건너왔다. 가난한 나그네는 그 섬의
비싼 물가를 감당하기 어려웠다. 홍도에서 승선한 여객들 대다수가 흑산도에
내리지만 흑산도는 한적하다. 섬이 넓은 탓에 관광객들은 이내 흑산 땅에 흡
수되고 만다. 섬은 여객선 터미널 입구부터 홍어, 전복을 비롯한 수산물 판매
점과 횟집, 건어물 노점 등 관광 어촌의 모습을 여실히 보여주고 있다.

저녁이 되자 뱃놀이를 떠났던 유람객들이 서둘러 포구로 돌아온다. 비가
오시려는가. 빗방울이 한 방울씩 툭툭 떨어진다. 흑산항 밤거리를 걸었다. 흑

흑산도에사 바라다 본 영산도

산에는 크고 작은 마을이 여럿이지만 상가와 여관, 민박 등은 주로 예리마을
에 몰려 있다. 해가 넘어가자 더위는 한풀 꺾이고 바람이 서늘하다. 마을 노
인들도 바닷가 평상에 나와 앉아 두런거린다. "외국인" 하는 소리에 뒤돌아
보니 길 가던 마을 소녀다. 소녀는 "아닌가?" 중얼거리며 황급히 뛰어간다.
무안했던 모양이다. 시커멓게 탄 피부와 덥수룩한 수염 때문에 나그네는 자주 외국 사람 대접을 받는다.

관광객들은 횟집 야외 탁자에 앉아 대부분 삭힌 홍어나 전복회를 먹고 있다. 흑산 앞바다에서 대량으로 양식하는 전복은 흑산의 새로운 특산물이다. 횟집마다 홍어와 전복, 우럭 외에는 이렇다 할 수산물이 눈에 띄지 않는다. 과거에는 주낙으로 홍어를 잡았지만 요즈음 흑산의 홍어잡이는 걸낚시다. 이 또한 주낙의 일종이지만 미끼를 끼우지 않는 공갈낚시라는 점이 다르다. 수많은 낚시 바늘이 촘촘히 매달린 주낙 줄을 홍어가 다니는 길목에 길게 깔아 놓고 거기에 걸리는 홍어들을 잡아 올린다. 일종의 덫이다.

창촌마을

자산 문화 도서 전시관을 둘러보고 나서면 흑산면 보건 지소 앞에서 길이 두 갈래로 갈린다. 왼쪽 길을 따라 걷는다. 영산도가 보이는 해안 길. 축항리에서부터 오르막이 시작된다. 8월, 한창 휴가철이지만 도로를 지나가는 자동차는 드물다. 거리가 멀어 관광객들이 차를 가지고 들어올 수 없어서 그럴까? 도로에 새 한 마리가 자동차에 깔려 죽어 있다. 과속은 뭍, 섬 할 것 없이 전국적인 운전 습관인 듯하다.

자동차 전용 도로가 아닌 일반 도로, 더구나 인도나 갓길도 없는 지방 도로는 자동차만 다니는 길이 아니다. 무엇보다 사람들이 다니고 자전거와 오토바이와 경운기와 트랙터와 개와 고양이와 온갖 동물들이 함께 다닌다. 하지만 운전자들은 전세라도 낸 것처럼, 도로에 자기 차 한 대밖에 없는 것처럼 한껏 속력을 낸다. 공중을 나는 새나 재빠른 개와 고양이들까지 차에 깔리는 상황이니 노인이나 어린이들은 어떻겠는가. 삶을 실어 나르는 도로가 저승으로 가는 통로여서는 안 되지 않겠는가. 한 고개를 넘으면 또 한 고개, 흑산의 고갯길은 구비구비 첩첩 산길이다. 창촌마을의 폐가를 기웃거리는데 노인 한 분이 다가와 말을 건다.

"옛날에는 집들이 살았는데 다들 나가빌고 쪼금만 살고 있소."

마을은 멸치잡이에 생업을 의존하고 있다. 마른 멸치와 멸치액젓. 멸치는 주로 가을부터 초겨울까지 잡는다. 봄 어장은 짧다. 5월 한 달뿐. 여름에는 자연산 미역을 채취해서 말린다. 멸치철이면 선주들은 육지의 직업 소개소에서 선원들을 구해다 어장을 한다.

"옛날에는 일 년 내내 멸치잡이를 했는데 이제는 잘 안 잡혀요. 수온이 높아져서 그런지 해파리 새끼가 많이 들어가서 힘들어."

흑산의 홍어가 유명하지만 예리항을 제외한 흑산도 대부분의 마을은 홍어잡이와 무관하다.

"배가 30톤 이상은 돼야 홍어잡이를 할 수 있어. 돈이 몇 억 들어요."

가까운 바다에서 홍어가 사라지니 홍어잡이 배들은 먼바다로 나가 조업을 해야 한다. 그래서 이제 큰 배가 필요해진 홍어잡이는 자본이 많은 일부 선주들의 이야기일 뿐이다. 그래도 노인은 홍어 이야기가 나오자 흥이 오른다. 옛날 흑산도 앞바다에서 목선으로 잡을 때는 홍어가 지금보다 몇 곱절은 컸었다.

"홍어는 잡으면 배에서 바로 숙성을 시켰어요. 육지로 나가면 구더기가 날 정도로 썩었지."

묻사람들은 홍어, 하면 톡 쏘는 삭힌 맛을 떠올리지만 실상 흑산도 사람들은 삭힌 홍어를 즐기지 않는다. 홍차처럼 삭힌 홍어는 먼바다 뱃길이 만들어 낸 문화다. 흑산 홍어배의 종점이었던 나주 영산포가 삭힌 홍어의 본고장인 것은 그 때문이다.

"우리는 삭혀서는 잘 안 먹어요. 바로 싱싱한 놈, 그렇게 먹어야 더 맛있고."

태생이 섬사람인 나그네 또한 삭힌 것보다는 싱싱한 홍어가 더 좋다. 홍어애탕도 마찬가지다. 도시에서 삭힌 홍어애탕을 먹어 본 사람들은 실망이 크

아이스크림 하나 사드시기 위해 일주일을 기다린 할머니

다. 하지만 생홍어의 간과 내장으로 끓인 홍어애탕은 고소하고 달다. 흑산도 사람들에게는 홍어가 음식인 동시에 약이기도 했다.

"옛 어른들은 홍어가 소화제라 했어요. 껍데기에 긴 미끌미끌한 꿉을 삭혀서 먹으면 소화도 잘 되고 가래도 잘 삭는다 했지."

팔순의 할머니 한 분이 지팡이에 의지해 마실을 나오셨다.

"아이스크림 사 묵을라고 기다렸는데 안 오네."

노인은 농협 차량을 기다리신다. 농협 하나로 마트의 식품 차량이 일주일에 한 번씩 마을들을 순회하며 이동 판매를 한다. 움직이는 게 수월치 않은 노인들을 위해서다. 2백여 명이 살던 마을에 지금은 열여덟 명의 노인들만 산다. 마을에는 구멍가게도 하나 없으니 노인은 500원짜리 아이스크림 하나를 사 먹기 위해 일주일을 기다린다.

몇 개의 고개를 넘었더니 온몸이 땀 범벅이다. 하지만 더 이상 더위가 느껴지지 않는다. 더위에 숙달이 된 것일까. 실상 더위를 극복하는 가장 좋은 방법은 피서가 아닐지도 모른다. 더위와 정면으로 맞서는 것. 지독한 더위를 무릅쓰고 땀 범벅이 되어 걷다 보니 이제는 더위에도 많이 익숙해졌다.

모래미

사리마을로 넘어가는 고갯마루에 거북겹바위가 있다. 거북제를 지내던 신성한 바위다. 거북은 바다 쪽을 보고 있다. 신석(神石). 오랜 옛날 만삭의 바다거북이 표류 중인 어부를 등에 업고 이 마을로 와서 목숨을 살렸다. 그 후 거북은 새끼를 세 마리 순산했으나 산후통으로 목숨을 거두었다. 주민들은 거북을 마을의 수호신으로 모셨다. 매년 정월 대보름이면 거북제를 지냈다. 신이 된 거북은 마을의 안녕과 길흉화복을 관장하며 사람들과 함께 살아왔다. 이 돌거북은 대주가다. 막걸리를 6말 5되 5홉을 마셔야 취기를 느끼며 가볍게 움직인다. 그때부터 거북이 영험을 나타낸다고 주민들은 믿어 왔다.

　고갯마루에서 모래미마을(사리)로 넘어가는 길가는 상록 활엽수인 잣밤나무 군락이 잘 보존되어 있다. 다도해의 섬들에서도 이제는 상록 활엽수 군락을 보기가 좀처럼 쉽지 않다. 저 상록수 군락은 무엇보다 소중한 섬의 자산이다. 사리는 손암 정약전이 유배 생활을 하며 〈자산어보〉를 저술했던 마을이다. 1801년(순조1년) 신유사옥이 일어나면서 손암은 그의 아우 다산 정약용과 함께 유배형에 처해졌다. 다산은 강진으로 가고 손암은 우이도를 거쳐 흑산도까지 왔다. 1816년 손암은 흑산에서 숨을 거두었다. 16년 형극의 세월 동안 손암은 흑산도와 흑산진의 위수 지역인 우이도만 오갔을 뿐 끝내 뭍을 밟아 보지 못했다. 그 세월 손암은 서당을 열고 후학을 양성했고, 흑산 바다의 어류 연구에 매진해 〈자산어보〉를 남겼다.

사리마을의 수호신 거북겹바위

손암이 서당을 열고 후학을 양성했던 곳이 복성재다. 새로 복원된 복성재 마루에 앉으니 사리마을이 한눈에 내려다보인다. 당시에도 이 섬에는 사람들이 살았다. 그들에게 흑산도는 태어나 태를 묻고 평생을 살아가야 할 세계의 전부였다. 어떤 이들에게는 삶의 터전이 어떤 이에게는 감옥이기도 하다. 유형이 아니었더라면 존재조차도 몰랐을 세계에서 손암은 살다 갔다. 그는 새로운 세계를 보았기 때문에 새로운 학문 세계를 이루었을 것이다. 하지만 그가 이룬 학문적 업적은 결코 손암 혼자만의 것이 아니다. 그가 몸을 의탁했던 흑산 섬사람들과 함께 이룬 업적이다.

　사리마을 입구에는 '손암 정약전 선생께서 통한의 세월을 꿈으로 승화시켰던 마을'이라는 현수막이 걸려 있다. 마을을 관광지로 만들고 싶은 간절한 마음이 읽힌다. 하지만 마을 사람들이 자신의 조상보다 뭍에서 온 유배객을 더 추앙하는 것은 좋아 보이지 않는다. 손암 또한 〈자산어보〉에서 마을의 '창대'라는 사람의 도움이 아니었으면 저술이 불가능했을 것이라고 하지 않았는가. 그렇다면 〈자산어보〉는 손암 개인의 연구가 아니라 창대와 손암의 공동 연구 성과라 해야 옳을 것이다. 그러므로 사리마을은 손암의 유배지로만 기억될 것이 아니라, 창대의 마을로도 기억되는 것이 옳지 않겠는가. 사람은 스스로를 소중히 여긴 다음에야 비로소 타인의 존중을 받는다고 했다. 흑산 사람들에게 창대는 어제의 나다.

심리마을

심리마을 당산나무 아래서 동네 노인들이 평상에 둘러앉아 술을 자신다. 마을은 언덕에 있고 당산나무는 주민들의 쉼터다. 사랑하는 후배 이주빈의 고향이라 더욱 정겹다. 그도 어릴 적 저 당산나무 그늘에서 많이 놀았을 것이다.

"여가 무지 시원한 곳인데, 웬만하면 바람이 있는데 오늘은 바람이 없네."

노인은 나그네를 불러 소주 한 잔을 권한다. 갈증이 심해 술보다는 마실 물이 급하지만 물은 없다. 종이컵 가득 따라 주는 소주를 마시니 술맛이 느껴지지 않는다. 노인들 앞에 놓인 안주는 찐 생선이다. 상어, 우럭, 삼치 등의 물고기와 떡과 술. 잔치라도 있었던 것일까. 이 마을에서는 아직도 어느 집에 제사가 있으면 당산나무 아래로 음식을 가져와 마을 사람들과 나눠 먹는다. 할머니 한 분이 상어 고기 한 토막을 건네주신다.

"상어 괴기도 있고 제사를 크게 지냈구만."

"교회 다니는 사람들은 제사 음식 안 묵는다믄서."

"영감들은 꼬리만 주는구만. 간데 토막을 줘야지."

마을 앞바다에서는 휴가차 고향을 찾은 사람들이 배를 몰며 그물을 끌고 있다. 횟감이라도 잡을 요량이지만 고기가 잘 잡히지 않는 모양이다. 노인들은 뭍에 앉아서도 바닷속 사정이 훤하다.

"옛날에는 요 앞바다에서도 조기랑 갈치를 많이 낚으고 그랬제. 요새는 없어요. 서대, 장대나 한 마리 걸리면 다행이제. 미역 양식 한다고 바닷길을 막아 놓으니까 괴기가 못 들어와요. 그라제, 사람이나 괴기나 길을 막으면 못 다니제."

하지만 어쩌랴, 마을은 고기잡이보다는 해조류 양식에 기대고 산 지 오래 인 것을.

피리 부는 소년

옛날 어느 핸가 옹기장수의 배가 흑산도에 입항했다. 옹기 배에는 네 명 의 선원과 얼굴이 고운 소년 하나가 타고 있었다. 옹기 배는 진리 처녀당 아 래 부두가에 정박했다. 선원들이 옹기를 지고 마을로 들어가자 소년은 당 앞 소나무에 올라 앉아 피리를 불었다. 마을 사람들은 모두 소년의 피리 소리에 홀린 듯 넋을 잃었다. 진리 처녀당에 거처하는 처녀당신도 소년의 피리 소리 에 매혹당하고 말았다.

여러 날이 지난 뒤 옹기를 다 판 선원들이 출항하기 위해 돛을 올리자 잔 잔하던 바다에 파도가 거세지고 역풍이 불어 배가 떠날 수 없게 되었다. 선 원들이 배에서 내리자 바다는 다시 잠잠해졌다. 그러기를 여러 날 반복했다. 선원들은 이유를 알기 위해 마을의 무녀를 찾았다. 무녀는 진리 처녀당의 당 신이 소년의 피리에 홀려서 배를 못 뜨게 한다고 알려주었다. 선원들은 소년 을 섬에 남겨 두고 가기로 작당했다. 거짓 심부름으로 소년이 배에서 내리자 선원들은 급히 배를 돌려 떠나 버렸다. 소년은 슬픔과 외로움에 식음을 전폐

하고 매일 처녀당 앞 소나무에 올라가 피리만 불었다. 그러다 마침내 숨을 거두었다. 소년은 그 자리에 묻히고 처녀당신 옆에는 소년의 화상이 봉안되었다. 그곳이 바로 저 진리당이다.

고대 해양도시와 옥섬

우리가 기억하는 흑산도의 이미지는 홍어, 파시, 정약전이 〈자산어보〉를 쓴 섬 정도다. 하지만 흑산도는 동아시아의 해상 교류사에서도 매우 중요한 섬이다. 흑산도는 삼국시대부터 고려시대까지 동아시아 횡단 항로의 중간 기착지이자 해상 교역의 중간 거점이었다.

진리 읍동에는 사신이나 항해자들의 숙소와 편의시설로 활용되던 관사 터가 남아 있다. 상선의 선원이나 사신 등 항해자들이 제를 올리고 기도를 드리던 제단이나 절 터도 있다. 상라봉에는 제단이, 그 아래에는 무심사 선원 터가 있다.

목포대 도서 문화 연구소에서는 1999년부터 일 년 동안 진리 읍동마을과 상라산성 일대의 조사를 통해 관사 터와 절 터, 철마와 주름무늬병, 무심사 선원이라 새겨진 기와 등 다수의 유물과 유적을 발굴했다. 거문도에서 한나라 때의 화폐인 오수전이 출토된 것처럼 고·중세 동아시아의 해상 교류사를 규명하는 데 매우 중요한 유물들이다. 발굴 조사 결과 고대시대부터 흑산도 읍동마을에 해양 도시가 있었던 것이 밝혀졌다.

하지만 그 역사는 오랫동안 잊혀져 왔다. 해양 왕국 고려의 멸망 이후 조선이 명나라를 추종하면서 해양 국가를 포기하고 해금 정책을 썼던 까닭이다. 조선의 폐쇄성은 해양 정책의 폐기에서 비롯된 측면이 크다.

진리 해안 길을 따라 걸었다. 읍동 앞바다에는 작은 무인도 하나가 있다. 옥섬(獄島). 과거 흑산도 관아에서 죄수들을 수용하던 감옥 섬이다. 마피아 대부 알카포네를 가두었던 미국 샌프란시스코의 알카트라즈 섬과 같은 옥섬이다. 절벽에 둘러싸인 옥섬은 쉽게 탈출할 수 없는 구조다. 섬에는 별다른 건물 없이 죄수들이 비바람을 피해 지낼 수 있는 동굴만 하나 덜렁 있었다. 죄수들은 짐승처럼 섬에 가두어졌던 것이다. 하지만 몇 달씩 식량을 공급하지 않아도 죄수들은 낚시를 하거나 해초를 뜯어 먹고 생존할 수 있었다고 전한다. 지금은 아무 흔적도 없는 무인도에 불과하지만 저 섬 또한 잊혀져서는 안 될 소중한 역사 유적이다.

하루를 꼬박 걸어서 흑산도를 일주했다. 오르막과 내리막길을 수십 번은 족히 오르락내리락했다. 단기간에 이토록 많은 오르막과 내리막을 경험해 보기는 처음이다.

흑산도 절벽의 소나무들이 마치 분재같다

흑산도 해안은 가는 곳마다 절경이다

이 섬은 마치 생의 압축판 같다. 하지만 그토록 많은 오르막과 내리막을 걸은 끝에 결국 도착한 곳은 처음 그 자리, 예리마을이다. 그곳은 섬에서 가장 낮은 자리다. 사람이 높은 곳에 있다가 아무리 낮은 바닥으로 떨어진다 해도 처음 그곳이 아닌가. 잃었다고 생각하지만 실상 잃은 것은 아무것도 없다. 흑산, 참으로 위로가 많은 섬이다.

순간인 줄 알면서

영원처럼 – 신안 홍도

섬사람들에게 바다는 삶의 터전인 동시에 칠성판이기도 했다.
그토록 모진 세월을 산 사람들의 후예들.
그 모진 세월을 건너온 섬사람들의 생명력은 질기고 질기다.

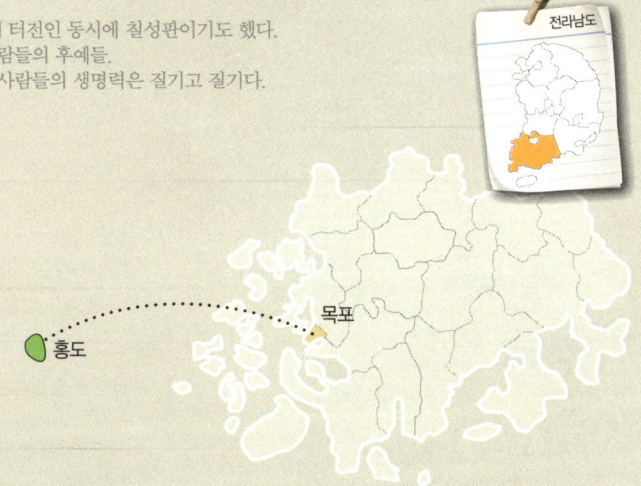

삶은 지속된다

나는 너무 오래 세상을 지고 다녔다. 그 무게에 눌려 삶을 놓고 싶은 적이
한두 번이 아니었다. 나는 늘 삶을 원망하고 자주 배신했다. 그런데 어째서
삶은 나를 한 번도 버린 적이 없을까. 삶은 늘 내 탄식을 묵묵히 들어 주고
위로까지 해주었다. 어째서 삶은 나를 용서하기만 했을까. 삶이 나를 이끌고
보살핀 것은 삶이 나의 어미이기 때문이다. 나는 삶의 자식, 나는 삶으로부터
생겨났고 삶이 지속되는 한 삶을 두려워할 하등의 이유가 없다. 삶은 내 어
깨 위에 있지 않고 오히려 내가 삶의 등 뒤에 있다. 나는 그저 삶이 걸어가는

홍도 바닷길의 무인도들

대로 등에 업혀 가기만 하면 되는 것을.

큰 바다로 나오자 쾌속 여객선이 가뭇없이 흔들린다. 새벽잠을 설치고 승선한 여객들. 여객들 대다수는 잠에 빠졌다. 잠보다 좋은 멀미약은 없다. 하지만 어떤 여객들은 멀미 때문에 쉽게 잠들지 못한다. 또 몇몇은 항해 시간 내내 비닐봉지와 쓰레기통을 붙든 채 넋을 놓고 앉아 있다. 장시간 항해를

홍도 33경 바위섬들이 모두 신화의 무대이고 전설의 고향이다

앞두고는 술을 피하는 것이 좋다. 기분에 들떠 전날 목포에서 과음을 한 홍도 여행객들은 오늘 아침에 혹독한 대가를 치렀다. 아침 6시 50분, 목포항을 출항한 여객선은 기항지가 없는 홍도 직항이다. 평소 여객선은 비금, 도초와 흑산을 기항하지만 손님이 많은 여름 휴가철이면 홍도만 왕래하는 특별 노선이 생긴다. 물결이 높은 탓에 오늘은 항해 시간이 길어졌다. 초고속의 배로도 네 시간 반을 달려왔으니, 뱃길에 익숙하지 않은 여행객들에게는 말할 수 없이 고단한 여정이었다.

홍도는 관광객들로 북새통이다. 부두는 마치 서울역 대합실을 옮겨 놓은 것처럼 발 디딜 틈이 없다. 전형적인 단체 관광지, 1970년대 이후 홍도는 주민 대다수가 관광업에 기대고 산다. 나그네가 그동안 홍도를 찾지 않았던 것

홍도의 기암괴석을 보기 위해 유람선을 기다리는 관광객들

은 유명 관광지에 대한 선입견 때문이었다. 생각이 달라진 것은 없지만 갑자기 홍도행을 결심한 것은 문득 성수기의 유명 관광지 풍경이 궁금했기 때문이다. 주민 4백여 명이 사는 작은 섬에 여름 휴가철이면 하루 천 명이 넘는 외지인이 몰려와 인산인해를 이룬다.

홍도에는 1구와 2구 두 개의 마을이 있다. 관광업의 중심은 1구이고, 여객선이 닿지 않는 2구 마을은 관광업으로부터 소외되어 있다. 2구 마을 주민들은 어로를 해서 1구의 횟집에 물고기를 팔아 생계를 유지한다. 소득이 높은 1구 마을 주민들이라 해서 애환이 없는 것은 아니다. 아이들 교육을 위해 가족들은 일찍부터 이산의 아픔을 겪는다. 아이들이 많은 집은 광주로 서울로 세 집, 네 집 살림까지 감수한다.

흐르는 계곡물이 없어 오랜 세월 빗물과 지하수 관정에만 의존했던 홍도는 만성적인 물 부족에 시달렸었다. 하지만 근래에 해수 담수화 시설이 완공되면서 홍도의 물 문제가 해결됐다. 또 여관과 횟집들은 평균 40~50개의 가스통을 비축해 두고 산다. 뭍에서 가스를 들여오기 어렵기 때문이지만 관리는 허술해 보인다. 화재라도 나면 섬을 통째로 날리고도 남을 폭탄을 안고 살면서도 섬은 태평하다.

유람선

홍도를 찾는 여행객들은 대부분 관광 유람선을 탄다. 홍도의 기암괴석이 연출하는 극상의 풍경을 감상할 수 있는 길은 오로지 유람선을 통해서만 가능하다. 홍도는 섬 자체가 문화재다. 천연기념물 170호. 이즈음 홍도의 산비탈은 온통 원추리꽃 천지다. 물속은 맑고 투명해 10미터 깊이까지 환히 들여다보인다. 여행객들에게는 풍경일 뿐인 선창 부근 바다가 아이들에게는 물놀이 천국이다. 다이빙 시합을 하며 아이들 셋이 일시에 바다로 풍덩 뛰어들었다.

유람선은 느리게 섬을 돌며 관광객들에게 사진을 찍을 수 있도록 배려해 준다. 유람선 선실에는 무선 인터넷까지 설치되어 있다. 유람선 선장이 방송을 통해 여행객들의 안전을 당부한다.

"잘 보씨오. 가족 관광 왔으께 갈 때까지 조심, 조심, 조심이요. 그리고들 절대 바다에 쓰레기 버리지 마씨요잉. 자연은 우리 것이 아니고 우리 후손들 것을 빌려 쓰는 것잉께."

거문도 백도와 백령도 두무진 해상처럼 홍도 바다에는 기이한 형상의 바위와 동굴

유람선을 타야 홍도의 진면목을 볼 수 있다

들이 즐비하다. 풍경은 감탄을 자아내기에 충분하지만 긴 항해와 더위에 지친 유람선 승객들 절반은 의자에 기대어 잠을 자거나 졸다 깨다를 반복한다. 유람선이 주전자바위 부근을 지나자 늙은 관광 안내원이 사진 찍을 준비를 하라고 일러 준다. 주전자에 손잡이가 없다. 안내원의 해석이 기발하다.

"왜 손잡이가 없냐. 있으면 육지 사람들이 들고 갈까봐 우리가 짤러 부렀소."

홍도의 바위들도 저마다 신화와 전설을 간직하고 있다. 홍도 33경이 모두 신화의 무대이고 전설의 고향이다. 저 시루떡바위가 홍도 13경이고 주전자바위는 14경이다. 나란히 있는 두 바위는 같은 전설을 남겼다. 신들의 시대, 서해의 용왕이 충성스런 신하들을 위해 주연을 베풀었는데 그때 남은 시루떡과 술을 담았던 주전자가 굳어져 시루떡바위와 주전자바위가 됐다. 친절한 용왕이 있어서 섬사람들을 지켜주기를 바라는 마음이 전설을 잉태했을 것이다. 시루떡과 술 주전자는 바다의 수호신 용왕이 있다는 명확한 증거가 아닌가! 증거가 있으니 섬사람들의 해신에 대한 믿음은 깊어지지 않을 도리가 없다.

홍도 18경, 부처님바위 앞을 지나는데 마이크를 든 늙은 안내원이 또 한마디 툭 던진다.

"쩌그 바위는 스님이고 마리아 바위요. 알아서들 자기 신앙으로 보씨오."

안내원의 말씀은 종교의 본질을 파악한 선지식의 법어다. 같은 바위도 불자가 보면 부처님이고 가톨릭 신자가 보면 성모상이다.

홍도에 처음으로 사람이 들어와 살았던 대풍금 부근 해상. 어디선가 작은 어선 한 척이 유람선 곁으로 쏜살같이 달려와 밧줄을 던진다. 두 배가 하나로 엮였다. 순간 어선은 선상 횟집이 된다. 바다의 노점, 바다의 포장마차다. 선상 횟집의 일꾼은 넷. 아비와 아들들일까. 노인은 부지런히 배를 가르고 청년 하나는 포를 뜨고 또 한 청년은 회를 썰어 도시락에 담고 마지막 청년은 초장과 함께 회 도시락을 판매한다. 유람선 선장이 흥겨운 음악을 틀어 판매를 돕는다. 졸거나 잠에 취해 있던 사람들까지 눈을 번쩍 뜨고 회를 사러 몰려든다. 도깨비시장 같은 선상 횟집의 도시락은 순식간에 동이 나고 어선은 멀어져 간다. 유람선은 홍도 1구 주민들이 공동 출자해서 만든 배다. 선상 횟집은 섬의 어선 15척이 순번을 정해서 돌아가며 판매에 나서고 있다. 어부들은 생선을 횟집에 넘기는 것보다 값을 더 받아서 좋고 여행객들은 싼값에 싱싱한 회를 먹어서 좋다.

이제 유람선 승객들은 더 이상 풍경에는 관심이 없다. 일행들끼리 모여 회를 안주 삼아 소주를 마시고 웃고 떠들자 유람선은 어느새 활기를 되찾았다. 더 이상 졸거나 잠을 자는 사람도 없다. 늙은 안내원의 설명에도 무심하다. 유람선은 어느덧 해상 관광의 끝자락에 도달했다. 마지막으로 유람선을 붙든 것은 슬픈여바위다. 일곱 개의 크고 작은 바위섬이 나란히 있다. 자연은 저토록 아름다운 풍경으로 서 있지만 사람은 거기서 자신의 슬픔을 읽는다. 또 얼마나 오랜 날들의 저편일까. 홍도에 7남매와 함께 행복한 삶을 누리던 부부가 있었다. 설이 다가올 무렵 부부는 차례 음식과 아이들의 설빔을 사기 위해 뭍으로 떠났다. 7남매는 날마다 산에 올라가 부모의 무사귀환을 기원

했다. 어느 날 오후 수평선 너머로 부모가 탄 범선이 모습을 드러냈다. 7남매는 기뻐하며 부모를 마중 나갔다. 그런데 갑자기 돌풍이 불어 부모가 탄 배를 삼켜 버렸다. 7남매는 슬픔에 빠져 애타게 부모를 부르며 바닷속으로 들어갔고, 모두 바위가 되었다. 비통한 슬픔으로 빚어진 슬픈여바위.

어찌 저 바위의 전설이 그저 전설일까. 부부는 해산물을 싣고 목포나 영암으로 나갔을 것이다. 과거 돛단배로 육지에 나다니던 시절 홍도에서 육지까지 오가는 데는 보름 이상이 걸렸다. 날씨가 사나우면 더러 한 달 넘게 걸리기도 했다. 육지에 다녀오는 한 번의 항해에도 목숨을 걸어야 했었다. 그 시절 이 멀고 거친 바다에서 풍랑에 휩쓸려 목숨을 잃은 사람들이 한둘일까. 살기 위해 목숨을 걸고 건너온 섬에서도 삶은 늘 위태로웠다. 그래도 결코 벗어날 수 없었던 생사의 바다. 섬사람들에게 바다는 삶의 터전인 동시에 칠성판이기도 했다. 그토록 모진 세월을 산 사람들의 후예들. 그 모진 세월을 건너온 섬사람들의 생명력은 질기고 질기다.

마침내 유람의 끝자락. 잔잔하던 바다에 물결이 일렁이고 먹구름이 몰려온다. 홍도는 태풍의 간접 영향권에 들었다. 태풍이 두려운 것은 아니다. 태풍이 다가오는 바다에서 나는 문득 살아온 날들을 돌아보았다. 내가 살았던 것이 과연 삶이었을까. 나는 늘 지난 삶이 실제 같지 않다. 지나간 시간은 모두가 꿈이고 전생인 듯 아득하다. 이 순간도 꿈일까. 오늘 망망대해의 유람선은 태풍 앞에서 한 가닥 가랑잎에 불과하다. 가랑잎에 의지한 목숨들. 어째서 삶은 이토록 위태로운 바다 같은가. 험난한 생애의 바다에서 생사는 한순간이다. 하지만 순간인 줄 알면서도 영원처럼 살지 않을 수 없는 것 또한 삶이니, 삶이여, 한 조각 꿈처럼 덧없다 한들 어찌 더없이 소중하지 않으리!

Chapter 5
/바람이 불어오는 곳/

18

옹진 문갑도

같은 덕적군도의 섬이지만 문갑도는 덕적도나 소야도와는 달리 갯벌이 거의 없다. 뻘에서 나오는 게 적으니 섬 살이가 더 팍팍하다. 새우잡이 어장으로 유명했던 문갑도. 어장에서 새우가 사라지자 어선들도 모두 떠나갔다. 다른 섬들과 달리 젊은 사람이 들어와 먹고 살 길이 없으니 섬에는 아이가 하나도 없다. 노인들만 사는 집이 40여 가구. 하지만 작은 섬에 교회는 셋이나 된다.

19

통영 사량도

여객선 2000사량호는 아랫섬(하도)을 먼저 들른 뒤 웃섬(상도)의 금평항에 입항한다. 사량도(蛇梁島)는 통영의 서쪽, 고성의 남쪽에 자리해 있다. 사량도는 두 개다. 나란히 자리한 두 개의 섬을 사량도라는 하나의 이름으로 부른다.

20

옹진 소야도

소야도라는 지명은 백제를 멸망시킨 당나라 장수 소정방과 연관이 깊다고 전한다. 신라와 연합한 당나라 군대는 백제 침략 전 덕적도를 배후진지로 삼아 군대와 군수물자를 주둔시켰다. 백제 침략 전후 4개월 동안 이곳에 당나라군 13만 명이 진주했다. 덕적도와 바짝 붙은 소덕적도가 소야도가 된 것은 당시 이 섬에도 당나라군이 주둔했기 때문이다.

21

통영 **용초도**

통영 여객선 터미널, 배를 타기 전에 충무김밥으로 허기를 채운다. 전국적인 명성 덕분에 지금은 어느 지방을 가도 쉽게 먹을 수 있는 음식이 됐지만 아무래도 충무김밥은 충무에서 먹어야 제맛이다. 참, 충무는 통영의 옛 이름이다!

22

완도 **노화도**

노화도에는 동양 최대의 납석 광산이 있다. 곱돌이라고도 하는 납석은 조각재 · 타일 · 유약 · 농약 등에 사용되는데, 수십 년 지속된 광산 개발로 노화도의 산과 땅은 초토화되었다. 마을 하나는 지하로 들어온 광산 때문에 아예 주저앉아 버리기까지 했다.

"굿당의 신령님들 마귀가 아녀,
다 우리 조상님들이지" — 옹진 문갑도

나그네는 굿당의 신령님들께 삼배를 올리고 굿당을 나섰다.
절에 가서 부처님께 삼배를 올리고 성당에 가서 예수님께 기도를 올리는 것과
무엇이 다를까. 나는 어떤 신도 믿지 않지만 어떤 신도 배척할 생각이 없다.

인천광역시

문갑도   인천항

열일곱 새색시가 팔십 넘도록 섬살이

노인이 말린 고추를 손질하고 있다.

"어디 안 아픈 디 없지. 너무 나이도 많고. 그래서 아무 것도 못해요. 올해 여든넷이요. 그냥 방에서 밥이나 먹고 들어앉아 있지."

노인은 덕적도 도우마을에서 문갑도로 시집왔다. 열일곱 어린 나이에 낯선 섬으로 시집왔으니 문갑도에서만 67년을 살았다.

"애기가 시집왔으니께 맨날 울었지요. 저 덕적 섬만 보고 맨날 운 거예요. 가는 배나 있시야 가지. 우리 시아버지가 조그만 이런 배를 부려요, 돛단배.

처마 밑에서 마늘이 말라가는 섬 집

시아버지가 날 덕적에 실어다 줬어요. 시아버지가 날 그렇게 이뻐했어요. 조
선에 없는 며느리라고 귀여워했어요. 시집은 아들만 하나고 아무도 없어요,
친척도 없고 일가도 없고. 친정만 가면 내가 안 오니까, 안 올라고 울어 싸면
시아버지가 델꼬 오고."

　　열일곱 어린 나이에 시집온 노인은 날마다 울면서 고향 덕적도만 그리워

열일곱 나이에 섬으로 시집와 67년을 산 할머니의 모습

했다. 더러 친정으로 달아나기도 했지만 이내 친정 부모 손에 등 떠밀리고 시아버지 손에 이끌려 다시 돌아와야 했다. 여든이 넘었지만 노인은 여전히 곱다. 외아들에 어린 외며느리니 얼마나 귀염을 많이 받았을까. 노인은 당최 할 줄 아는 게 없다고 겸사를 하시지만 그 징하고 신산한 섬살이를 다 헤쳐 오셨다.

"내가 근분 뭘 못해요. 그저 밥이나 해 묵고, 나무 해다 때고, 밭에서 보리 갈아서 거두고, 겨울 되면 갯바탕에 굴 따고. 그것밖에 암 것도 못해요."

외동아들인 할아버지는 할머니와 동갑이었다. 할아버지는 돛단배를 타고 연평도까지 조기잡이를 다녔고 문갑도 뒤쪽 바다에서 새우잡이를 했다. 그

때만 해도 새우 잡아 젓을 담갔고 섬은 풍요로웠다. 그렇게 건강하게 일하던 할아버지가 갑자기 아프다고 하더니 손써 볼 틈도 없이 명을 다했다. 막 환갑이 됐을 때였다.

"지금으로 치면 암병인가 봐요. 없이 사니께 병원을 갔나요 뭘. 아프니께 들어앉았다 돌아가셨제."

암에 걸린 할아버지는 아무런 치료도 못 받아 보고 숨을 거두었다. 할머니는 없이 살아 자식들 공부 못 시킨 게 평생의 한으로 남았다. 섬에서 같이 사는 큰딸은 예순넷. 아들은 오십도 안 되서 이승을 떴다. 노인은 그래도 지금은 사는 게 평안하다.

"옛날에 이거 사람 살 동넨가요. 아무것도 해먹고 살 게 없는 동넨 걸요."

같은 덕적군도의 섬이지만 문갑도는 덕적도나 소야도와는 달리 갯벌이 거의 없다. 뻘에서 나오는 게 적으니 섬살이가 더 팍팍하다. 새우잡이 어장으로 유명했던 문갑도. 어장에서 새우가 사라지자 어선들도 모두 떠나갔다. 다른 섬들과 달리 젊은 사람이 들어와 먹고 살 길이 없으니 섬에는 아이가 하나도 없다. 노인들만 사는 집이 40여 가구. 하지만 작은 섬에 교회는 셋이나 된다.

귀걸이를 한 칠순의 농부

마을 안긴로 들어서니 섬은 전형적인 농촌이다. 메밀은 이제 막 꽃이 피었으나 고구마는 캘 때가 다 됐고 수수도 여물었다. 마을은 병풍처럼 둘러선

산자락 아래 포근히 안겨 있다. 마을 끝 쪽 언덕에 교회 하나가 서 있다. 낡은 교회 뒤 수수밭에서 노인 둘이 밭일을 하고 있다. 부부일까? 할아버지는 수수를 베고 할머니는 수숫대에서 알곡이 달린 마디를 잘라낸다.

"수수를 많이 심으셨네요."

"많이 심었어도 소용없어요. 비둘기, 까치가 다 먹어 버리고."

할아버지가 밭 주인이고 할머니는 일을 거들러 온 동네 사람이다. 노인은 식량도 하고 팔기도 하려고 수수를 심었다. 올해 수수는 작황이 좋지 않다. 수수를 베던 노인이 잠시 일손을 멈추고 쉬고 계신다. 오래간만에 섬을 찾아온 나그네를 반기는 눈치다. 노인은 올해 칠십이지만 허리가 꼿꼿하고 활력이 넘친다. 언뜻 봐서는 오십대처럼 보인다.

"작년만 해도 예순이 안 된 걸로 보더니 신경을 많이 쓰니까 갑자기 늙어 버리더라구요. 올해 팍싹 늙었어요."

노인의 아내는 몸이 마비되어 2년째 병원에 입원해 있단다. 노인의 외모가 범상치 않다. 양쪽 귀에 귀걸이를 했다.

"멋쟁이시네요, 귀걸이도 하시고."

"이쁘라고 뚫은 거 아니야, 골이 하도 아파서 뚫었지. 펜잘을 삼시 세 때 먹어댔는데 귀 뚫고는 안 아파요."

노인은 두통 때문에 약을 달고 살다가 치료를 위해 귀를 뚫었다지만 귀걸이가 썩 잘 어울린다.

"챙피할 때는 챙피해도 내가 안 아프면 그만이지. 다른 사람들은 부작용

생길까 봐 금이나 은으로만 한다는데 나는 아무거나 해도 부작용이 없어요."

노인은 수수만큼이나 메밀도 많이 심었다. 메밀밭이 소금을 뿌려 놓은 듯 하얗다. 잡곡은 노인의 식량이 되기도 하지만 대부분 서울, 인천 사람들이 사 간다.

"당뇨 있는 사람이 잡곡 부탁하면 안 줄 수 없잖아. 사는 게 다 그렇시다."

귀걸이 노인의 수수밭. 수확이 한창이다

40가구 사는 마을에 교회가 셋

노인은 밭 옆의 작은 샘에서 물을 떠 마신다. 아무리 작은 섬이라도 아직 껏 살아 있는 샘을 만나기는 쉬운 일이 아니다. 이 섬은 옛날부터 물 사정이 좋았다.

"섬 치고는 물이 최고로 맛있어. 물이 흔해. 옛날부터 식수 곤란은 안 봐. 딴 섬은 가물면 물을 실어다 배급도 주고 그랬거든. 여기는 암만 가물어도 물이 고정적으로 나와."

노인은 섬에서 살았어도 뱃일을 모르고 살았다. 평생 농사만 지었다.

"배는 암 것도 몰라. 수영도 못해. 어려서부터 밭에서 일만 해놔서 수영을 못해. 옛날에는 여게도 배가 많았더랬는데 지금은 없어."

노인은 새우젓배로 성시를 이루던 섬을 기억한다. 새우젓배가 사라진 지 벌써 30여 년.

"새우젓 날 때는 여가 부자 동네였어. 오죽하면 바닷가에 갔다가 대변 보고 닦을 것 없으면 종이돈으로 휴지 했을라고. 그때는 인심도 좋아서 장사꾼들이 들어오면 공으로 먹여 주고 재워 주고 그랬어. 지금은 인심이 나빠졌어. 교회가 여럿 생기면서 인심이 바뀌었어."

교회 다니는 사람들이 서로 자기 교회로 마을 사람들을 끌어들이려고 다투면서 작은 마을이 분열됐다고 한다. 개신교회 둘, 천주교 공소 하나, 그리고 종교가 없는 사람들. 40가구 사는 작은 마을이 네 패로 나뉘면서 마을 공동체는 와해되고 말았다. 서로 같은 교회에 다니는 사람들끼리만 어울리는 것이다.

"앞에 줄 것 있으면 교회 갔다 주기 때문에 옆 사람 안 줘."

노인과 이야기를 나누는 사이 동네 할머니 한 분이 더 와서 수수밭 일을 거든다. 너무 오래 일을 방해한 것 같아 사진 한 장만 찍자고 하니 노인이 흔쾌히 허락한다. 노인의 폼이 멋있다.

"젊어서는 한가락 하셨겠어요."

노인이 잠시 머뭇거리더니 입을 뗀다.

"어떻게 보면 내가 제대로 한가락 하고 살긴 살았지."

노인은 다시 자리에 앉으며 이야기를 잇는다. 노인도 어려서는 오랫동안 교회에 다녔다.

"20년을 예수 믿었는데. 왜 믿었냐 하면……."

지금은 무인도가 된 저 건너 선갑도에 스님 한 분이 암자를 짓고 살았었다. 노인은 아홉 살 때 스님의 절로 보내졌고, 거기서 6년 동안 살았다. 동자승 생활을 하며 맨날 불공을 드렸지만 부처님 보는 것이 싫었다. 그래서 열다섯 살 때 다시 문갑도로 왔다.

"그때부터 예수를 믿었어. 그때 섬에 처음 교회가 생겼고 나도 교회에 댕기기 시작했지. 그러다 늦게 군대에 갔어. 스물일곱 살 먹어서 갔으니까."

군대에 가서는 연대장 당번병을 하며 교회에 다녔다. 그런데 2년 동안이나 이유 없이 아팠다. 제대하고 나서도 역시 이유 없이 또 3년을 아팠다. 무병이었다.

"나도 모르게 아픈 거여. 꿈에 옛날 할아버지가 보이고. 뚜렷하게 보여."

꿈이 아니라도 눈만 살짝 감았다 하면 갓 쓴 할아버지가 바로 옆에 앉아 있는 게 보였다. 그렇게 시름시름 앓다가 죽기 직전까지 갔다. 사람들마다 다 죽을 거라고 했다. 외할아버지가 덕적도에서 목사로 사역하고 있었다. 이모도 독실한 교인인데 내 손을 잡고 무당집으로 끌고 갔다. 무당은 옛날 할아버지 조상님이 찾아오는 거라 했다. 믿기지 않아서 인천으로 갔다. 인천에 있는 무당집 열 곳을 돌아다녔다. 다 똑같은 소릴 했다. 인천에서 제일 큰 만신을 찾아갔다. 처음 만난 덕적도 무당에게 신 내림굿을 받으라고 했다. 덕적도 서포리의 무당 할머니를 모셔다 굿을 했다. 굿이 끝나자 거짓말처럼 병이 나았다.

내림굿을 받았지만 무당이 된 것을 인정하기 싫었다. 그래서 10년 동안 죽어라 일만 했다. 신 받은 것을 묻어 둔 것이다. 그러다 마침내 폭발하고 말았다. 자다가도 모를 소리를 하고 다른 사람 일을 쑥쑥 내뱉는데 그게 다 맞았다. 그 길로 다시 인천으로 갔다. 큰 무당집을 찾아가 얻어먹고 굿 수발을 하며 3개월을 살았다. 신어머니와 신아들이 된 것이다. 신어머니는 굿을 하다가 한 거리씩 하라고 나누어 주었다. 그 후 신어머니와는 20년 넘게 인천과 문갑도를 왕래하며 살았다. 신어머니는 10년 전에 돌아가셨고, 그 후로 인천의 굿당과 문갑도를 오가며 만신으로 살았다.

"작두를 타고 굿을 크게 해. 내가 큰신을 모시는 사람이야. 숨기려니 힘들어. 처음에는 조상님들이 들어오고, 그 다음에는 산신령을 비롯해 별별 신들이 다 들어와. 일월성신이 들어오고 옥황상제도 들어오고, 각 나라 장군들도 들어오고. 신들이 들어올 때 호명을 하고 들어오니까 이름을 알지."

조상신을 모시는 신전의 사제 '무당'

노인은 김현기(71세) 만신, 문갑도 무교(巫教)의 마지막 사제다. 지금도 굿을 할 때면 마을 경로당 앞에서 작두를 탄다. 하지만 교회 다니는 교인들과도 친하게 지낸다. 수수밭 일을 도우러 온 할머니 두 분도 교회에 다닌다. 교인들이 서로 다른 교회의 교인들과는 척을 지고 살면서도 무당인 노인과는 거리낌이 없다.

"내가 믿음 가지고 다투지 말자 그래."

처음에는 무당이 된 것을 탄식도 많이 하고 살았지만 이제는 복으로 여긴다.

"천지신명이 나를 점지했잖아. 모래알같이 많은 사람 중에 나를 찍은 것도 고마운 일이 아닌가."

몇 해 전까지만 해도 겨울이면 인천 굿당에 가서 무당들을 거느리고 큰굿을 주관하곤 했다. 지금은 섬에 살면서 개도 기르고 돼지도 키우고, 고구마, 수수, 메밀 농사를 짓는다.

노인의 굿당은 당산 아래 있다. 문갑도의 올림푸스산, 당산은 여전히 신성하다.

"산신령님이 지호하니까 아무도 못 들어가."

당산 아래의 굿당. 만신이 모셔져 있다

　섬사람들 누구도 선뜻 들어가지 못한다. 만신인 노인만 제를 지내러 들어간다. 예전에는 마을 당산제가 제법 컸었다. 해마다 마을에서 기르는 소를 잡아서 통째로 바쳤다. 하지만 교회가 들어오면서 당산제도 차츰 사라져 갔다. 요즈음에는 노인 혼자 겨울에 길일을 받아 제를 지낸다. 소를 잡을 수 없으니 인천에서 쇠고기를 사다가 바친다.

　"나는 쌈을 해도 절대 악담을 안 해. 내가 악담을 하면 그 사람한테 안 좋거든. 내 몸 안에 신명을 모셨으니 내가 한 마디 하는 게 만 마디 하는 거야. 그러니 안 좋지. 아무튼 누가 됐든 다른 사람에게 악담을 하면 못써. 악담을 하면 자기가 악담을 맞는다 그랬잖아."

　나그네는 노인을 따라 굿당으로 갔다. 굿당 안에는 참으로 많은 신들이 모셔져 있다. 본산 신령님, 임경업 장군신, 눈만 감으며 보이던 삿갓 쓴 조상 할아버지, 강릉 김씨 입도조 할아버지, 장씨 할머니, 옥황상제, 일월성신, 성수 장군, 일월 도신장, 칠석님, 팔선녀, 백마여장군까지 신전의 신들은 날마다 노인의 치성을 받는다. 노인이 굿을 할 때 타는 작두를 꺼내 보여준다. 신내림 받을 때부터 수십 년을 탔다는 작두지만 칼날은 여전히 날카롭다.

　"나도 인간이잖아. 그냥 있을 때 작두날을 보면 무섭기도 하고 서글프기도 해. 하지만 신명이 오르면 아무렇지도 않아."

　나그네는 굿당의 신령님들께 삼배를 올리고 굿당을 나섰다. 절에 가서 부처님께 삼배를 올리고 성당에 가서 예수님께 기도를 올리는 것과 무엇이 다를까. 나는 어떤 신도 믿지 않지만 어떤 신도 배척할 생각이 없다. 노인은 떠나는 나그네를 배웅하며 혼잣말처럼 한마디 한다. 맺혔던 응어리가 터지는 소리.

　"저 신령님들 마귀가 아녀. 다들 우리 조상님들이지. 마귀라고 하는 소리 들으면 답답스러."

수컷인 아비들을
어찌할 것인가! – 통영 사량도

그 오랜 세월 동안 섬에는 사람이 살기도 하고 떠나기도 했다.
섬뿐이겠는가. 육지의 땅 역시 대부분 사람들이 머물러 살다 떠나고
새로운 사람들이 들어오는 유민의 역사였다.
토착민이란 없다. 땅은 본디 누구의 것도 아니었다.

경상남도

통영
사량도

노인들의 축지법

통영 시내버스 정류장에서 가오치행 버스를 기다린다. 소도시나 시골로 갈수록 대중교통을 이용하기가 쉽지 않다. 몇 번 다니지 않는 버스가 시간도 잘 지키지 않는다. 배차 간격은 승객 수에 비례한다. 젊은 승객은 거의 없고 많지 않은 승객 대부분이 노인들이다. 노인들은 의자도 없는 정류장 바닥에 쪼그려 앉거나 서서 몇 시간이고 버스를 기다린다. 어쩌면 우리는 시골에서 버스 여행을 하는 마지막 세대가 될지도 모른다. 저 노인들이 모두 이승을 하직하고 나면 시골 마을은 텅 비고 버스 노선도 사라지고 말 것이다.

끝내 가오치행 버스는 오지 않았다. 가오치항에서 사량도로 가는 여객선을 탈 수 없게 됐다. 나그네는 서둘러 통영항으로 발길을 돌린다. 가오치에서 사량도까지는 40분. 배 타는 시간을 줄여 보려던 노력은 수포로 돌아갔다. 어쩔 수 없이 한 시간 반이 걸리는 통영항 출발 여객선을 탄다. 그래도 배에 탄 노인들은 버스를 기다릴 필요 없는 이 항로가 편하다고 한다. 차를 실

을 수 없는 작고 느린 여객선. 이 배 또한 승객 대부분은 노인들이다. 노인들은 다리를 쪼그리고 모두들 의자에 눕는다. 느린 배에 고속의 엔진을 달아줄 수 있는 방법은 오직 하나, 잠이다. 잠에서 깨면 어느새 섬에 도착해 있을 것이다. 단지 눈을 한 번 깜빡 감았다 떴을 뿐인데 그렇게 눈 깜짝할 사이에 한 시간 반이 흐르고 만다. 노인들의 축지법.

밥벌이를 통해 이어지는 전통

여객선 2000 사량호는 아랫섬(하도)을 먼저 들른 뒤 웃섬(상도)의 금평항에 입항한다. 사량도(蛇梁島)는 통영의 서쪽, 고성의 남쪽에 자리해 있다. 사량도는 두 개다. 나란히 자리한 두 개의 섬을 사량도라는 하나의 이름으로 부른다. 1.5킬로미터 거리의 바다를 사이에 두고 있는 엄연히 다른 두 섬, 섬사람들은 아랫섬, 웃섬으로 두 섬을 구분한다. 행정에서 부르는 이름 따위는 소용없다. 세상에 두 개의 섬밖에 없다는 듯이 그냥 웃섬, 아랫섬이다. 이 얼마나 자존감 있는 이름인가. 모든 섬들은 다 스스로가 세계의 중심이다.

육지 사람들은 대개 웃섬의 지리산이나 옥녀봉, 불모산, 고동산과 아랫섬의 칠현봉을 등산하기 위해 사량도를 찾는다. 경남 통영시 사량면은 사량도 웃섬과 아랫섬, 수우도 등 세 개의 유인도와 학섬[鶴島], 누에섬[蠶島], 나무섬[木島] 등 여덟 개의 무인도로 이루어져 있다. 3천여 명의 사람들이 26.86 평방킬로미터의 땅과 그보다 넓은 바다에 기대어 살아간다. 사량도의 지리산은 육지의 지리산을 바라보다 그 또한 지리산의 일부가 되고 말았다. 지리산이 보이는 산, 지이망산(智異望山)이라 불리다가 마침내는 지리산이 된 것이다 .

　등산객들의 섬답게 횟집, 식당, 민박, 슈퍼마켓 대부분이 막걸리 판다는 글자를 큼지막하게 써 붙였다. 다른 섬에서는 보기 어려운 풍경이다. 산에서 내려온 등산객들이 육지에서처럼 막걸리나 동동주를 찾았던 모양이다. 막걸리는 할머니들이 직접 누룩을 띄워서 전통적인 방식으로 담근다. 전통은 문화재로 지정한다 해서 전승되는 것이 아니다. 밥벌이를 통해서 이어진다. 죽은 문화도 살려내는 명약은 생활의 이익이다.

　슈퍼마켓과 민박을 겸하는 집에 여장을 풀었다. 민박집은 동강 주야 슈퍼 민박. 작은 섬에 웬 강이 있을까 싶어 민박집 노인에게 물으니 상도와 하도 사이의 해협을 동강이라고 한다. 해협의 폭이 웬만한 강보다 좁다. 그래서

섬이지만 사량도는 낚시꾼보다 등산객이 많다

대체로 섬들 사이의 해협은 강이란 이름을 얻는 경우가 많다. 옹진군 덕적도
와 소야도 사이의 바다도 독강이다.

산을 파괴하는 자들

사량도 수협에서 운영하는 유스호스텔 뒷길로 옥녀봉에 오른다. 등산로
길바닥이 닳을 대로 닳아 윤이 반질반질하다. 얼마나 많은 육지 등산객들이
다녀간 것인지 짐작하고도 남겠다. 왜 아니겠는가. 뭍에서 불과 30분 거리의
섬, 한려수도의 수려한 풍경을 한눈에 조망할 수 있는 산을 누가 마다하겠는
가. 쓰레기를 함부로 버리고, 분재를 한다고 나무를 캐고, 난과 야생화를 찾
느라 산을 훼손시키지만 않는다면 산마루가 닳고 등산화 바닥이 닳도록 다
닌들, 수천, 수만의 사람들이 다닌들 이 섬의 산이 쉽게 없어지거나 바닷속으
로 꺼져 버리겠는가. 등산객들 중 일부 철부지들이 산보다 산에서 얻어 갈 것
을 찾아 산을 헤집고 다니기도 하지만 대부분의 등산객들은 그저 산을 호흡하
고 느끼다 갈 뿐이다.

육지나 섬이나 산을 훼손하는 주범은 등산객들이 아니다. 토목업자들, 지
방 세수 증대를 핑계로 골재 채취와 광산 개발 따위의 허가를 쉽게 내주는
자치단체들이야말로 파괴의 주범이고 공범이다. 그들이 산 하나 잘라내고
섬 하나 들어내는 것은 순식간이다. 그렇게 사라진 산과 섬들이 부지기수다.
등산객 만 명이 백 년 걸려도 못할 일을 그들은 단 몇 달이면 해치운다. 그러

므로 등산객들이 참으로 산의 소중함을 안다면 단지 쓰레기 줍는 일에 그칠 것이 아니라 토목업자들에 의해 파괴되어 가는 산을 지키는 데도 앞장서야 한다. 그래야 그들에게 비로소 산에 오를 수 있는 입주권이 생기는 것이다. 하지만 과문한 탓인지 나는 골프장과 골재 채취, 도로 건설 따위로 파괴되는 산을 지키기 위한 운동에 산악인들이 앞장섰다는 이야기를 들어 본 적이 없다. 의무를 다하지 않으면서 권리만 누리는 것은 얌체 짓이다.

옥녀봉, 짐승이 된 아비

나그네는 옥녀봉에서 사량도 앞바다를 내려다본다. 생래적인 섬의 슬픔을 본다. 옛날 사량도에 옥녀라는 처녀가 아비와 둘이 살고 있었다. 어미는 옥녀를 낳은 지 얼마 되지 않아 죽었다. 옥녀는 자라면서 점차 죽은 어미를 쏙 빼닮아 갔다. 어느 순간 옥녀에게서 여자를 느낀 아비는 욕정을 참지 못하고 딸인 옥녀를 겁탈하려 들었다. 옥녀는 한사코 도망쳤지만 아비는 점점 더 무섭게 변해 갔다. 그러던 어느 날 밤 옥녀가 아비에게 말했다.

"아버지가 하려는 행위는 차마 사람이 할 도리가 아닙니다. 짐승이라야 가능한 일입니다. 제가 먼저 산에 올라가 있겠습니다. 아버지도 오늘밤 자시까지 산에 올라오시면서 소울음 소리를 내십시오. 그러면 제 몸을 허락하겠습니다."

옥녀는 슬픈 마음으로 산에 올라가 아비가 잘못을 깨닫게 되기를 기도하

통영 사량도의 웃섬에서 바라본 아랫섬 전경

고 있었다. 하지만 약속한 시간이 되자 산 아래서 "움머 움머" 하는 소울음 소리가 들렸다. 짐승으로 돌변한 아비의 모습에 절망한 옥녀는 바위에서 뛰어내렸다. 옥녀가 죽음으로 치욕스런 삶에 저항한 바위가 옥녀봉이다. 이 산하에 옥녀처럼 살다 간 처녀들이 어디 한둘이겠는가. 남매 사이의 비극적인 연애를 전해 주는 소매물도의 남매바위나 백아도의 선단여 전설은 애틋함이라도 있으나 옥녀의 전설은 그저 치욕스럽고 고통스러울 뿐이다. 대체 '수

컷'인 아비들을 어찌할 것인가.

우리는 모두 이주민이다

벌써 날이 어두워지기 시작한다. 준비 없는 밤 산행은 무모하다. 대항마을로 하산한다. 이 섬에는 언제부터 사람이 살기 시작했을까. 웃섬 금영리 진촌마을의 패총은 사량도가 여느 섬들처럼 선사시대부터 사람이 살기 시작했음을 알려준다. 삼국시대에도 사람이 살았다. 신라 때는 장보고 대사가 세운 청해진의 영향권이었다고 전해진다. 고려시대 말에는 왜구의 침략을 저지하기 위해 최영 장군이 주둔하기도 했고, 조선 중종 때는 사량진 왜변을 겪기도 했다.

그 오랜 세월 동안 섬에는 사람이 살기도 하고 떠나기도 했다. 오늘 섬에 사는 사람들은 선사인들이나 신라인들의 후손이 아니다. 섬뿐이겠는가. 육지의 땅 역시 대부분 사람들이 머물러 살다 떠나고 새로운 사람들이 들어오는 유민의 역사였다. 우리는 모두 어딘가로부터 왔다. 토착민이란 없다. 우리는 모두가 이주민들이다. 먼저 들어오거나 나중에 들어온 어떤 것도 특권일 수 없다. 땅은 본디 누구의 것도 아니었다. 바다처럼 땅은 그저 땅 스스로에게 속할 뿐 사람에게 속하는 것이 아니다. 선주민이든 후주민이든 어느 쪽도 땅에 대한 배타적 권리란 없다. 그것은 나이 많은 사람이 나이 적은 사람에게 배타적 권리를 가질 수 없는 것과 같은 이치다. 지금의 우리는 이 땅의 선주민이지만 우리도 한때는 후주민이었다.

이 나라 어딜 가나 이주 노동자들이 있다. 서해 먼바다 섬 외연도, 제주도의 추자도, 이곳 사량도까지 이주 노동자들은 이미 우리와 한 배를 탔다. 하지만 선주민들은 여전히 후주민인 이주 노동자들을 차별하고 멸시한다. 먼저 들어왔다 해서 선주민들이 후주민들을 핍박할 권리는 없다. 폭력적이고 약탈적인 방식으로 후주민들이 선주민들의 거처를 빼앗는 것이 죄악인 것처럼 선주민들이 폭력적인 방법으로 후주민들을 배척하는 것 또한 죄악이다.

생각의 길을 걷다

대항마을 예비군 훈련장은 와자지껄하다. 마을 사람들이 불을 피워 고기를 구워 먹는 중이다. 해변가로 내려가는 길에 약수터 푯말이 있다. 물이 달다. 땀 흘리고 마시는 물, 약수 아닌 물이 어디 있으랴. 땀 흘리고 마시는 술, 약술 아닌 술이 어디 있으랴. 어두워지는 섬을 느리게 걷는다. 섬을 걷는다는 것은 단지 길가의 풍경을 보며 가는 것이 아니다. 풍경이란 어느 섬이나 비슷비슷하다. 그러므로 풍경만을 찾아서 가는 길이라면 그 길은 지루한 반복의 길이 될 것이다. 나그네가 지치지 않고 길을 가는 것은 생각의 길을 따라가기 때문이다. 생각의 길은 끝이 없고 막힘이 없다.

관광객이 적은 날 작은 섬의 식당들은 일찍 문을 닫는다. 불 꺼진 식당 몇 군데를 기웃거렸으나 끼니를 때울 방법이 없다. 저녁은 막걸리로 해야겠구

나. 민박 주인 할머니가 직접 막걸리를 담가서 판다고 들었다.

"할머니, 막걸리 걸러 놓은 거 있죠?"

"있지예."

"막걸리 한 병 주십시오."

"저녁은 자셨수?"

"아뇨, 그냥 막걸리 마시면 됩니다."

"곡기가 들어가야지. 밥 안 묵으면 안 되는기라요. 내 밥 차려 줄 테니 한 술 떠요."

"아닙니다, 할머니. 그냥 막걸리 한 되면 충분합니다. 김치나 좀 주세요."

"그래도 사람이 쌀이 들어가야지예."

할머니는 굳이 따뜻한 밥 한 공기와 된장국, 막걸리와 김치 한 보시기를 쟁반에 담아 내신다. 사량도의 밤이 깊고도 그윽하다.

장돌뱅이

가오치에서 들어온 아침 배를 타고 웃섬에서 아랫섬으로 건너간다. 아랫섬 덕동포구는 한적하다. 행정관청과 편의시설이 웃섬에 몰려 있기 때문이다. 섬의 크기는 아랫섬이 더 크지만 섬의 번영은 크기와는 무관하다. 특별히 관광지가 아닌 한 예나 지금이나 섬의 번영은 관청을 중심으로 형성된다. 이렇다 할 식료품 하나 없는 아랫섬에 식자재를 공급하는 것은 행상 트럭이다.

계란, 바나나, 양파, 열무, 동태, 고등어, 두부, 감자, 대파, 풋고추, 오이, 북어포, 건빵, 사탕 등 트럭 짐칸은 이동 식품점이다.

"오이 좀 주라."

"느그 밭엣 거 따 먹어라. 오이 값이 올랐다. 세 개 천 원이던 게 두 개 천 원이다."

"그런 걸 뭐 돈 주고 사 먹나. 말만 잘하면 그냥도 준다. 근데 감자는 있나?"

"얼맨치나 돌래고?"

"얼맨데?"

"키로에 3천 원."

"너무 비싸다."

"아무리 삼천포 장에서 감자 많이 줘도 내만큼 많이 안 줄끼다."

"3천 원 안 가왔다. 2천 원아치만 도."

"한 개만 더 주라."

"두부는 없나?"

"그거 엄나? 멩태, 멩태"

"한 마리?"

"한 마리 얼만데?"

"3천 원."

"다 해 6천 원이제."

"방울 토마토 이기 억수로 큰 기 있네."

"그기 크나? 그기 억수가?"

물건을 파는 장돌뱅이 남자와 물건을 사러 온 동네 여인들로 트럭 주변은 금새 장바닥이 된다. 트럭이 세워진 길가 담 너머 집 마당에서 함중아의 노래가 흘러나온다.

"내게도 사랑이, 사랑이 있었다면 그것은 오로지 당신뿐이라오~"

마을 여인 하나가 함중아의 노래에 빠져 있는 남편인 듯한 사내를 돌아보며 묻는다.

"사자구 젓갈 하나 사까?"

"사자구를 사든 오자구를 사든 니 맘대로 해라."

사내는 사자구 젓갈보다 지나간 사랑이 더 그리운 걸까. 사내의 목소리가 퉁명스럽다.

"비닐에다 담지 마라. 성가시다."

"태삐라고마."

"태는 것도 성갔다. 내 삼천포 장에 가서도 할매들한테 비닐 담지 말라고 한다."

장이 반짝 서더니 장돌뱅이 사내는 다시 트럭을 몰고 떠난다.

"안녕하십니까? 무우, 배추, 우유, 빵, 사자구 젓, 고등어, 명태, 땡초, 바나나 있습니다."

나그네도 무심히 장돌뱅이의 트럭을 따라 걷는다.

노인들을 위한
섬은 없다 – 옹진 소야도

노인들은 악착같이 일한 덕분에 자식들 기르고 교육시키고 먹고살 만큼
돈도 모았지만 그로 인해 노는 것은 나쁜 것이라는 강박관념을 덤으로 얻었다.
노는 것이 죄라는 의식은 이 사회가 강요한 질병이기도 하다.

당나라 침략군의 주둔지였던 섬

이즈음 황해 바다는 꽃게철이다. 이제 막 살이 오르고 알이 배기 시작한
암꽃게와 야위어 가는 숫꽃게들이 무더기로 잡히고 있다. 덕적도 선착장에
는 바다에서 갓 잡아 올린 꽃게 파는 할머니들의 좌판이 여럿이다. 할아버지
들이 잡아 온 꽃게를 관광객들에게 직접 파는 할머니들이다. 어부는 제값을
받고 팔 수 있어서 좋고 뭍에서 온 관광객들은 싱싱한 꽃게를 싼값에 살 수
있어서 행복한 여행길이 된다.

살아 있는 꽃게라도 다 같은 꽃게가 아니다. 맛도 가격도 제각각이다. 작은

소야도 해안가 풍경

배로 그날그날 잡아 오는 꽃게가 맛도 가격도 월등히 좋다. 산 꽃게일지라도 그물에 걸린 지 오래되면 맛이 떨어지고 가격도 싸다. 그물에서 탈출하려고 발버둥치는 동안 진이 다 빠지기 때문이다. 그래서 작은 배로 바로바로 거두 어들이는 꽃게의 맛이 달다. 덕적도 선착장에서는 그런 싱싱한 꽃게들이 팔 려 나간다.

꽃게 그물을 보고 온 노 어부

  선착장에서 꽃게를 파는 노인들은 대부분 건너 섬 소야도 사람들이다. 어
미섬 덕적도에 비해 작지만 소야도 사람들은 생활력이 강하다. 거친 바다 일

도 거침없다. 작은 섬이 큰 섬보다 더 많은 어선을 부리는 것도 그 때문이다.

12시, 소야도에서 나룻배가 건너온다. 여객선을 타고 인천에서 덕적도까지 온 여행자들이 소야도로 가기 위해서는 덕적도 도우 선착장에서 나룻배로 갈아타야 한다. 나룻배는 여객선 배 시간에 맞춰서 운행하기 때문에 종선이라 불리기도 한다. 사공은 소야도에 사는 부부다.

사공은 "덕적도 사람들은 양복 입고 다녀도 빈털터리지만 잠바떼기를 걸치고 다녀도 소야도 사람들은 주머니에 돈을 넣고 다닌다. 소야도에 알부자가 많다."며 소야도에 대한 자긍심을 드러낸다.

덕적도에는 고려 멸망 후 고려의 귀족들이 많이 들어와 살았다. 그래서 당시에 물고기를 잡아 충청도로 팔러 가면 현지 주민들이 후하게 쳐 주고 물건을 대신 팔아 주기도 했다고 한다. 그동안 팔러 간 사람들은 주막에서 술이나 마시다가 왔다 하니 섬에서 어부로 살면서도 대접을 받으며 산 것이다. 그런 전통이 지금은 덕적도에 체면을 중시하는 겉멋으로 남게 됐다는 사공의 분석이다.

덕적도와 소야도 사이의 좁은 해협은 마치 강과 같다. 그래서 섬사람들은 이 작은 바다를 독강이라 부른다. 바다의 강, 과거에는 힘들게 노를 저어 오갔을 독강을 오늘 사공은 기관배로 쉽게 오간다. 덕적도 도우 선착장에서 건너오니 5분 만에 소야도 도우 선착장이다. 두 섬의 나루터 마을 이름이 같다. 도우마을. 예전에 덕적도와 소야도 섬사람들은 사람들이 많이 모이는 장소를 '도우'라고 했다. 번화한 마을을 어디나 읍내라고 했던 것과 같은 경우일까? 도우, 도우 하다 보니 지명으로 굳어진 것인지도 모른다.

소야도라는 지명은 백제를 멸망시킨 당나라 장수 소정방과 연관이 깊다고 전한다. 신라와 연합한 당나라 군대는 백제 침략 전 덕적도를 배후진지로 삼아 군대와 군수물자를 주둔시켰다. 백제 침략 전후 4개월 동안 이곳에 당나라군 13만 명이 진주했다. 덕적도와 바짝 붙은 소덕적도가 소야도가 된 것은 당시 이 섬에도 당나라군이 주둔했기 때문이다. 섬에는 당나라군의 진지였다는 담안이라는 유적이 남아 있다. 백여 평의 땅에 초석을 쌓았던 자취다.

일 중독자 노인들

소야도 큰말의 민박집에 들었다. 소야도에는 도우, 텃골, 큰말 등 세 개의 마을이 있다. 큰말은 섬에서 가장 큰 마을이다. 보건 진료소와 파출소 초소가 이 마을에 있다. 근처에 떼뿌리 해수욕장이 있어서 여름에는 제법 많은 피서객들이 들어오지만 철 지난 섬은 한적하다. 민박집도 제법 여러 곳이다.

아무리 작은 섬이라도 한두 군데 행정관청이 있다. 모두 나름대로 있어야 할 이유가 있겠지만 섬 주민들에게 가장 절실한 기관은 면사무소도 파출소도 농수협도 아니다. 보건소다. 특히 병·의원이 없는 작은 섬일수록 보건소는 주민들에게 절대적으로 필요한 곳이다. 최근에 신축한 보건 진료소는 소야도 사람들의 건강과 생명을 돌보는 소중한 기관이다. 보통 군 보건소 산하에 면 단위마다 보건 지소가 있고 보건 지소 아래 보건 진료소가 있다. 대개

덕적도 도우포구에서 장사를 하는 소야도 할머니들

보건 지소에서는 의대나 한의대를 갓 졸업한 공중보건의들이 병역 의무를 대신해서 진료를 한다. 하지만 보건 진료소에는 공중보건의가 없다. 대신 임상 경험이 있는 간호사들이 특수교육을 이수한 뒤 소장으로 부임해 주민들의 건강을 돌본다.

소야도 보건 진료소장을 만났다. 소장은 오랫동안 병원에서 간호사로 일하다가 진료소장으로 채용되어 4년 동안 전남 흑산도 부근 외딴섬에서 근무했다. 옹진군 소야도로 온 지는 1년 남짓. 소장은 흑산의 섬들보다 옹진의 섬들이 의료 여건이 낫다고 말한다. 아무래도 대도시인 인천과의 교통이 편리하기 때문이리라. 응급환자의 경우 후송이 쉽기 때문에 환자를 돌보는 데 따른 심적 부담도 먼 바다 외딴섬보다 덜하다.

　보건소에도 일정한 근무 시간이 있지만 의료기관이 하나뿐인 소야도 같은 섬에서는 근무 시간이 따로 없다. 한밤중에라도 환자가 찾아오면 치료해 줘야 한다. 주민 대부분이 노인들인 소야도에서는 성인병과 만성질환, 퇴행성 관절염, 위염, 고혈압, 당뇨 등이 가장 흔하고 중요하게 관리해야 할 질병들이다. 보건 진료소는 치료보다는 주민들의 건강이 더 이상 악화되지 않도록 관리하는 것이 더 큰 임무다. 섬에서만 5년, 소장은 섬의 노인들이 고된 일로부터 좀 더 자유로워졌으면 좋겠다고 생각한다. 그것만이 병을 더 이상 키우지 않는 길이다. 하지만 고통을 호소하면서도 끝내 손에서 일을 놓지 못하는 노인들이 안타깝다. 일을 하지 않으면 하루하루 끼니 잇기도 어려운 노인이 없는 것은 아니지만, 대부분은 의식주에 큰 어려움이 없어도 일을 그만두지 못한다. 습관 때문이기도 하고 불안 때문이기도 하다.

　"노인들이 변하지 않는 게 있어요. 놀면 안 된다, 움직일 수 있으면 일해야 한다는 생각이에요. 그러면서 일에서 못 벗어나요. 조개를 캐고 굴을 따고 악착같이 돈을 모아요. 일을 안 하면 아프시대요. 좀 쉬시고 자기 몸도 아끼시고, 인천 자식들한테도 다녀오고 그러시라 해도 말씀을 안 들으세요. 그 추운 겨울에도 바닷바람 맞으며 굴을 깨요. 거기다 끼니까지 거르시면서 일하니 안 아플 수가 없죠."

소장은 노인들이 아픔을 호소하면 진통제를 주지만 그때뿐이다. 쉬지 않고 일을 하면 다시 아프다. '놀면 안 돼' '놀면 뭐해' 하는 사고가 뿌리 깊이 박혀 있어서 바꾸는 것이 쉽지 않다. 노인들은 그처럼 악착같이 일한 덕분에 자식들 기르고 교육시키고 먹고살 만큼 돈도 모았지만 그로 인해 노는 것은 나쁜 것이라는 강박관념을 덤으로 얻었다. 노는 것이 죄라는 의식은 이 사회가 강요한 질병이기도 하다. 노인들은 그렇게 힘들게 일해서 모은 돈을 자신을 위해서는 절대로 쓰는 법이 없다. 손자, 손녀들 용돈을 주거나 더러 자식들 가계에도 보태 준다. 그도 아니면 그저 돈 쌓이는 재미로 일을 한다.

"할머니들께 '오늘은 좀 쉬세요' 하면 '응 알았어' 해놓고 또 일하러 가세요. 쉬면 불안하시대요. 흑산에서는 팔십 넘은 할머니들도 물질을 해요. 할머니들은 숨 꼴깍꼴깍 하시면서도 바닷속에 들어가셔야 편안하시대요. 큰병이 의심되는 노인분들한테는 큰 병원 가서 진료를 받아 보시라고 권해요. 그러면 '죽으면 그만이지, 이만큼 살았는데 뭔 진료를 받어' 그러세요."

헤엄쳐 다니는 비단조개

큰말 골목으로 들어서니 커다란 대야 두 개에 비단조개가 가득하다. 할머니 혼자서 막 잡아 온 것이다. 할머니는 바다를 오가며 동이로 바닷물을 퍼 나른다. 해감을 하기 위해서다. 비단조개는 모래와 펄이 섞인 갯벌에 살기 때문에 모래와 펄을 뱉어 내게 해야 먹을 수 있다. 서너 번씩 물을 갈아 주어야

비단조개를 해감하느라 분주한 할머니의 손길

제대로 해감이 된다. 비단조개는 주로 젓갈을 담그거나 삶아서 말린다. 섬을 찾아온 관광객들에게 판매되기도 하지만 대부분은 인천으로 팔려가 칼국수나 찌개, 중국음식 등의 재료로 사용된다.

"지금 물이 적어서 그렇지 물을 하나 가득 칠렁칠렁 부으면 쓱쓱 씌어 다녀요, 쓱쓱 씌어 다녀."

바닷물 속에서 비단조개들이 물고기처럼 헤엄쳐 다닌다는 말씀이다. 소야도는 근처 다른 섬들에 비해 갯벌이 넓고 풍성해서 굴, 조개, 낙지, 소라 등이 많이 난다. 꽃게철이면 꽃게 그물 손질하는 일도 노인들의 몫이다. 밭도 놀리지 않는다. 여름이면 옥수수 심어 관광객들에게 삶아서 판다. 산에서는 취와 고사리 등 나물과 둥굴레를 캐고, 오디를 따서 술을 담그고, 뽕잎차와 솔잎차를 만들어 내다 판다. 움직이기만 하면 사철 돈이 되는 섬. 이렇듯 움직이면 소득이 생기니 주민들은 일을 포기하기가 쉽지 않다. 늙고 병이 들어도 쉽게 일을 손에서 놓지 못하는 이유다.

갯벌과 밭과 산에서 무엇이든 캐고 말려 선착장으로 가지고 나가 앉아만 있으면 관광객들이 사 간다. 그 돈으로 어린 손주들 용돈도 주고 대학생 손주 핸드폰도 사 준다. 자식들 가르치고 출가시킨 뒤 이제는 손주들 대학 등록금까지 대준다. 자기를 위해서는 한 푼도 쓰지 않고, 심지어 병이 걸려도 병원에 가지 않으면서 자식과 손주들을 위해 희생하는 노인들. 노인들이야 대가를 바라겠는가마는 대체 손주들이 그 마음을 얼마쯤이나 헤아려 줄까.

수상가옥에
불이 켜지면 – 통영 용초도

태풍이 몰려오니 멸치 떼도 이를 눈치 채고 살기 위해 해안 가까이 피신하는데,
사람들은 죽음이 코앞에 닥쳐도 눈치 못 채고 멸치가 많이 든다고
좋아하고만 있었다. 대체 사람이 미물인 멸치보다 나은 게 무엇일까.

경상남도

통영
용초도

충무김밥, 원조는 없다

통영 여객선 터미널, 배를 타기 전에 충무김밥으로 허기를 채운다. 전국적
인 명성 덕분에 지금은 어느 지방을 가도 쉽게 먹을 수 있는 음식이 됐지만
아무래도 충무김밥은 충무에서 먹어야 제맛이다. 참, 충무는 통영의 옛 이름
이다! 소를 넣지 않고 흰 쌀밥을 말아서 내는 김밥과 참기름 장, 어묵을 곁들
인 오징어 무침과 큼직한 나박김치 몇 조각. 그리고 시래깃국 한 그릇. 어느
지방이나 유명한 음식들은 저마다 원조라고 내세우는 바람에 어느 집이 진
짜 원조인지 분간하기가 거의 불가능에 가깝다. 여객선 터미널 앞에서 동피

용초도 해변

랑 언덕 가는 길의 중앙시장 부근까지 통영의 충무김밥 집들도 저마다 원조
라는 간판을 달고 있다. 하지만 원조집을 찾아가는 일은 부질없다. 원조는 없
다. 원조가 많은 것은 없는 것이다. 맨김에 밥을 싸 장에 찍어 먹는 식습관은
바닷가 어느 집이나 있던 음식 문화다. 어릴 적 내 고향에서도 그렇게들 먹
었다. 충무김밥 집들 또한 자신의 집에서 먹던 것을 손님상에 내게 된 것일

테니 모두가 각자의 원조다. 처음 충무김밥은 뱃사람들이나 여객선 승객들을 상대로 판매됐다. 소를 넣지 않고 맨밥만 말아서 가져가면 오랜 항해 시간에도 상하지 않기 때문이었다. 간편하고 안전한 도시락. 반찬은 당시에 많이 나던 꼴뚜기나 주꾸미 등을 무쳐서 냈다. 그러다가 시간이 지나면서 흔하고 값싼 오징어나 어묵 무침으로 바뀐 것이다.

 몽골인 어부

오후 2시, 섬누리호가 통영항을 출항한다. 마을버스처럼 작은 섬들만 운항하는 완행 여객선. 30명 남짓한 승객 중 여행자는 나그네 혼자다. 가운데 선실 의자에 앉아 계시던 할머니 한 분이 간식을 드시려는지 머핀을 꺼낸다. 할머니가 빵을 들고 뒷칸 선실로 건너오신다. 뒷칸 마루에 앉아 있는 할머니 두 분에게 빵을 나눠 주시고 다시 자리로 돌아간다. 일행은 아닌 듯하고 서로 다른 섬에 살지만 뱃길에서 더러 안면이 있었던 것일까. 도무지 미안스러워 혼자서는 빵

섬들로 인해 통영 바다는 호수처럼 잔잔하다

한 조각도 먹지 못하고 꼭 나눠 먹어야 직성이 풀리는 그 마음. 추운 겨울 거리마다 수많은 노숙인을 두고도 그냥 지나쳐 맛난 음식을 배불리 먹고 따뜻한 방에서 편히 잠들곤 했던 내 염치없는 심성이 부끄러워 고개를 들 수가 없다. 길가는 나그네도 선뜻 먹이고 재워 주던 우리 선인들의 염치는 다 어디로 간 것일까.

여객선 후미에서 어떤 사내가 환하게 웃으며 먼저 인사한다. 한국말이 서툰 사내는 몽골이 고향이다. 섬미야바자르(summiyabazar). 울란바토르가 고향인 그는 한산도 여차리 황복 양식장에서 아내와 함께 일한다. 그는 "바다일은 월급이 너무 적다, 월급이 좀 더 많았으면 좋겠다."고 말한다. 그의 소원은 어서 돈을 벌어 여덟 살짜리 아들을 한국으로 데려오는 것이다. 이제 어느 섬을 가나 어부도, 양식장 일꾼도 대부분이 이주 노동자들이다. 그들의 노동 덕에 우리는 싼값의 생선회와 수산물들을 먹을 수 있다. 그들이 아니라면 지금 가격에 수산물이 출하될 수 없다. 하지만 우리는 그저 그들을 값싼 노동력으로만 생각할 뿐 고마움은 잊고 살아간다.

이 일대는 가두리 양식장이 많다. 어종은 대부분 우럭과 광어, 참돔, 볼락, 농어 등이다. 가두리 양식장에는 바지선이 떠 있고 그 위에는 컨테이너로 만든 수상가옥들이 즐비하다. 고압전기가 물 밑으로 양식장까지 들어가 불을 밝히고 냉장고와 텔레비전 등 전자제품의 사용이 가능하니 수상이지만 지상의 살림과 다를 바 없다. 고립된 수상의 무료함을 달래기 위해 노래방까지 설치한 양식장도 있다.

여객선이 좌도 앞바다를 지난다. 하얀 부표가 떠 있는 바다는 굴과 홍합, 우렁쉥이(멍게) 양식장이다.

"4대강 하지 말고 우리 다리나 놔 주면 좋겠소"

오후의 섬누리호는 화도, 여차, 비산, 서좌, 동좌, 진두, 예곡, 곡용포, 죽도, 호두, 용초 등의 순으로 섬마을을 돈다. 하루 두 차례 운항하는 여객선은 아침에는 오후와 역방향으로 섬들을 회항한다. 평등한 안배지만 그 덕에 오전 배라면 30분 거리였을 용초도가 오후에는 두 시간이 걸린다. 여객선은 좌도의 서좌마을에 들렀다 다시 항해를 시작한다. 그런데 조타기를 잡고 있던 선장이 갑자기 망원경을 꺼내 든다. 좌도의 동좌마을을 건너다보던 선장은 "깃발이 올라와 있으니 들어가야겠다."며 기수를 돌린다. 동좌마을은 항로 가까이 있지 않은 탓에 한 번 들어갔다 나오려면 제법 시간이 걸린다. 그래서 배를 탈 여객이 있을 때는 붉은 깃발을 올리기로 주민들과 선장이 약속을 한 것이다. 오늘은 깃발이 올랐다. 동좌에 잠시 들렀던 여객선이 한산도 진두마을은 그냥 지나친다. 망원경으로 확인하니 부두에 나와 있는 사람이 없었던 것이다. 추봉도의 예곡을 지나던 선장이 무전기를 집어 든다.

"화도 승선 제로 하선 둘, 진두 승선 제로 하선 제로, 예곡 승선 제로 하선 제로……."

선장은 위치 통과시마다 운항 관리실에 승하선 상황을 보고한다.

나그네는 용초도 호두마을에 내렸다. 여객선은 종착지 용초마을에 잠시 들렀다가 통영으로 직항할 것이다. 통영시 한산면 용초도에는 호두와 용초 1, 2리 세 개의 마을이 있다. 호두마을 해안가 볕 잘 드는 담벼락 밑에 노인들이 나와 햇볕을 쬐고 앉아 있다. 노인 한 분은 미역 양식에 쓸 밧줄을 손

보고 있다. 용초도는 미역 섬이다. 한산도와 비진도 등의 섬을 사이에 둔 용초도 바다는 조류의 흐름이 좋아 미역 양식장으로 최적의 조건을 가지고 있다. 그래서 경상도 일대에서는 용초도 미역을 알아줬다. 하지만 지금은 예전처럼 미역 양식을 많이 하지 못한다. 고된 미역 일을 감당하기에는 주민들이 너무 늙어 버렸다. 새벽 2시에 일어나 미역을 따러 가서 아침 10시가 돼야 뭍으로 들어온다. 그게 끝이 아니다. 뭍에서는 미역을 말려야 한다. 그 중노동을 이겨낼 수 없어 노인들은 이제 은퇴해서 햇볕이나 쬐고 있는 것이다.

"우리같이 나가(나이가) 많은 사람들은 죽어야 짐이 안 될낀데. 어째야 빨리 죽소?"

한 노인이 나그네에게 불쑥 화두 하나를 던진다. 앗 뜨거라! 말씀과는 달리 노인들의 속마음은 생의 의지로 가득한 것을 나그네가 눈치 못 챌 리 없다.

"옛날에는 육십이면 죽었는데 인자는 팔십 되도 안 된단 말입니다. 수명이 이십 년도 넘게 연장됐다 아입니까. 지금 나가 일흔여섯인데 옛날 같으면 고려장 갔겠지만 쌩쌩합니다."

노인들은 미역 양식같이 힘든 일을 할 노동력은 없지만, 그래도 날마다 놀면서 햇볕이나 즐기기에는 기운이 넘친다.

"여 미역이 최곤데 차가 못 들어오니 어렵다 아입니까. 한산도랑 다리만 놔지면 미역 팔기도 수월할낀데. 4대강이다 뭐다 돈 쓰지 말고 우리 다리나 놔 주면 좋겠소."

국화꽃 향기

　해안도로를 따라 용초마을로 간다. 옛길은 흔적도 없고 자동차 한 대 다니지 않는 시멘트 포장도로가 괴물처럼 깔려 있다. 자연스런 해안 경관을 죽이고 터무니없이 넓게 깔아 놓은 도로는 폭력이다. 주민들을 위한 것이 아니라 토목업자를 위한 도로다. 두 마을 사이는 걸어도 10분 남짓이니 이런 길에 주민들이 차를 몰고 다닐 일은 거의 없다. 주민들이 아니라 도로 공사용 트럭들이나 지나다니기 편하라고 만든 길. 섬 주변 어장에서 물고기가 고갈되는 것은 바다와 섬이 만나는 해안선을 단절시켜 버린 저런 도로의 영향도 크다. 섬에서 흘러내려 오는 유기물들이 도로에 의해 차단되니 먹이가 없어 물고기들도 더 이상 섬의 해안을 찾지 않게 된 것이다.

　해안도로의 중간쯤, 바닷가에 한산초등학교 용호분교가 있다. 아직도 학교가 남아 있는 섬은 그래도 행복하다. 용초와 호두, 두 마을의 첫 글자를 따서 학교 이름을 지었다. 처음에는 서로 자기 마을에 학교를 유치하려고 힘겨루기도 했을 것이다. 그 타협으로 생긴 것이 두 마을 중간 지점인 이곳이리라. 이 아름다운 바닷가 분교는 장진영과 박해일 주연의 영화 '국화꽃 향기'의 배경이 됐던 곳이다. 대학 독서 동아리 회원이던 희재(장진영)와 인하(박해일)는 여름방학 봉사 활동으로 이 학교를 찾아와 아이들에게 독서 지도를 했다. 지금은 고인이 된 장진영은 영화 속에서 위암으로 죽어 갔다. 그것도 일종의 시참 같은 것이었을까. 영화 속 희재의 운명처럼 장진영 또한 위암으로 숨을 거두었다. 아니다. 정해진 운명 따위는 없는 것이니 무엇도 미래를 예시

할 수는 없다. 그녀는 우연히 운명과 조우한 것이리라.

용초마을 앞바다에도 수상가옥들이 즐비하다. 이 섬도 어류 양식을 많이 한다. 수상가옥은 모두 열 채로, 한 집은 운영이 어려워 양식장을 그만뒀고 지금은 아홉 집이 주로 우럭을 키운다. 우럭을 많이 키우는 것은 추위에 강하기 때문이다. 넙치는 하지 않고 참돔과 농어는 조금 키운다. 컨테이너 건물 앞에는 자가용 배들도 한 척씩 묶여 있다. 날이 저문다. 수상가옥에 불이 켜지기 시작한다. 저 집에서 외국인 선원들이 먹고 잔다. 이제 그들도 떠나온 고향을 그리며 저녁 준비를 하겠지.

느닷없이 멸치가 많이 들던 태풍 전야

민박집을 찾아들었다. 마침 김장을 끝낸 노부부가 화덕에 불을 피워 놓고 고구마를 구우며 시린 손을 녹이고 있었다. 주인은 작은 어선으로 슬낚기(외줄 손낚시)를 한다. 도다리와 참돔, 볼락 등을 주로 잡는다. 자연산 어류를 잡지만 양식산과 수입산 때문에 값이 형편없다. 육지의 횟집들에서는 자연산이라고 양식보다 몇 배 비싼 값에 회를 팔지만 어민들은 양식이나 자연산이나 같은 값에 활어를 넘긴다. 판로 때문에 어쩔 수 없다. 그러니 바다에서 나는 이익은 고스란히 중간상인과 횟집 주인들 몫이다. 비진도처럼 1959년 사라호 태풍 때 용초도 역시 큰 피해를 입었다. 열세 명이 목숨을 잃었고, 60여 채의 가옥이 침수되고, 23척의 어선이 파손되었다. 그래서 제삿날이 같은 집이 많다. 그때 주인이 집에 있었다.

"눈치도 못 챘어. 라디오도 없었으니 몰랐지. 집에 가만 앉았는데 초저녁에 바람이 살랑살랑 불더라고. 그날 멜치는 또 얼마나 많이 났다고. 겁나게들 잡아 왔어. 그기 날궂이 멜치였던 거라."

추석날이었다.

"새벽에 때려 쌌는디. 그때는 방파제도 없었어. 파도가 마을로 넘어와 집이 무너져 죽은 사람도 있었고."

태풍이 몰려오니 멸치 떼도 이를 눈치 채고 살기 위해 해안 가까이 피신하는데, 사람들은 죽음이 코앞에 닥쳐도 눈치 못 채고 멸치가 많이 든다고 좋아하고만 있었다. 대체 사람이 미물인 멸치보다 나은 게 무엇일까.

용초도 포로수용소

용초도는 근처의 추봉도와 함께 거제도 포로수용소에서 분산된 포로가 수용됐던 섬이다. 당시 거제도 포로수용소 폭동에 적극 가담했던 포로 2천여 명이 수용됐다. 전쟁 후 강제 소개됐다 돌아온 주민들이 마을을 복구했지만 아직도 곳곳에 그 아픈 흔적들이 남아 있다. 주인은 어렸지만 아직도 군대가 진주해 오던 모습을 기억한다.

"그때는 보리가 막 익어 보리타작할 때쯤이었어. 해변에 이상한 물체가 나타났어. 젤 처음에는 잠수부들이 왔었지. 지금 생각해 보니 유디티 같은

작은 섬들 사이에서 마을버스 역할을 하는 여객선

거라.”

포로수용소를 만들기 위해 미국 군함이 상륙정을 싣고 왔었다. 작은 배로 수심을 재고, 잠수부들이 물을 들락거리기도 했다. 그렇게 현장 조사를 한 군인들은 돌아갔다가 몇 개월 뒤 다시 들이닥쳐서 마을을 완전히 밀어 버렸다. 하루아침에 터전을 잃은 용초마을 주민들은 통영이나 호두마을, 그도 아니면 인근 섬으로 강제 소개됐다. 마을은 포로수용소가 되어 버렸다. 휴전 협정이 이루어지고 3년 뒤에야 주민들은 다시 마을로 돌아올 수 있었다.

주민들은 폐허 위에 다시 집을 짓고 농토를 일구며 살아왔다. 하지만 국가는 지금껏 주민들에게 아무런 보상도 해주지 않았다. 그때 강제 소개되었던 추봉도 사람들과 함께 보상을 받기 위한 시도를 해봤지만 시효가 지나 어렵다는 답변만 들었다. 4대강 사업 같은 대형 토목사업에는 법을 무시하며 수십 조의 돈을 쏟아붓는 나라가 억울한 국민들이 보상을 요구하면 법을 핑계로 외면하기 일쑤다.

주인이 잘 구워진 고구마 몇 개를 봉지에 담아 준다.

“미리 챙겨 두시오. 혹 낼 딴 섬에 갔다가 점심 못 먹을지도 모르니.”

섬에서는 돈이 있어도 식당이 없어서 밥을 못 사 먹는 일이 많다. 그것을 알고 미리 챙겨 주시는 게다. 주인의 따뜻한 배려가 고맙다. 용초도에서 나그네는 고구마가 아니라 섬의 마음을 받았다.

"이라다 죽을랍니다"

이른 아침, 포로수용소가 있던 언덕을 돌아보고 내려오는데 도로변에서 할머니 한 분이 미역 줄을 손질하고 계셨다. 미역 양식에 썼던 줄에 붙은 가는 노끈을 끊고 말라붙은 해초들을 긁어내는 일이다. 깨끗하게 손질된 줄은 다시 미역 종묘를 달고 양식장으로 갈 것이다.

"할머니, 아드님이 미역 양식을 하세요?"

"아니, 우리 아들네는 안 하고 우리 이웃이 거들어 줍니다."

"연세가 많아 보이세요?"

"구십 살이나 묵었는데 죽도 안 하고 이런 거 하고 있소. 텔레비전에는 백 살 묵은 사람도 나옵디다만."

추위를 피하기 위해 온몸을 꽁꽁 감싸고 작업하시는 노인의 얼굴이 참 평온하시다.

"우리 손지 씨압씨가 여든일곱인데 진영인가서 농사 지서 갖고 아들 딸 준답디다. 감 따갖고 우리 집에도 보냈습디다."

"할머니 혼자 사세요?"

"손지도 있고 꽃손지캉 천집니다. 손지, 꽃손지는 저 서울도 살고 부산도 살고, 나는 여서 메늘이하고 아들하고 서이만 삽니다."

할머니는 건너 섬 한산도 진두마을이 고향이다.

"나 열아홉 묵어서 왔소. 옛날에는 쪼깐해서 시집왔는디."

벌써 할머니의 아들도 칠십이다. 아들도 늙어 어장을 그만둔 지 오래다.

"노느니 쪼깐씩 따 주면 미역 반찬도 얻어 묵고 용돈도 쪼깐씩 주고, 이라
다 죽을랍니다."

고통이 그렇듯이 노동은 할머니 몸의, 목숨의 일부다. 내려놓으면 함께 놓
게 될 것이다. 그래서 할머니는 내내 손에서 일을 놓지 못하실 게다. 움직일
힘만 있다면 죽는 날까지 그럴 것이다.

한 여자
이야기 – 완도 노화도

여자는 부산 사람이었다. 사업을 하는 남편과 두 아이와 부유하게 살았더랬다.
세상 물정에 어두운 여자는 남편 몰래 친구에게 몇 억 원의 돈을
빌려 주었다가 떼였다. 여자는 돈 한 푼 못 받고 쫓겨났다.
사십 넘어 처음으로 세상에 내던져진 여자는……

전라남도

완도
노화도

광산 개발로 파괴된 섬

밤새 불던 바람이 그쳤다. 뭍에서 노화도로 들어가는 항로는 완도 화흥포와 해남 땅끝 두 곳이다. 오늘은 땅끝에서 배를 탔다. 여객선은 노화도 산양진항으로 입항한다. 산양진항은 완도군 노화읍 소재지인 이목리의 정반대편에 위치해 있다. 부두는 노화 광산의 야적장과 붙어 있다. 잘게 쪼개진 옥돌들이 산더미처럼 쌓여 있다. 노화도에만 이런 광산이 세 개다. 주로 납석과 맥반석 등을 캐는 광산들. 산양진에서 이목항까지 걷는다.

이 섬에는 차가 많다. 승용차 한 대가 포구 쪽으로 쏜살같이 달려간다. 승

용차만이 아니라 화물차, 광산의 덤프트럭까지 전속력으로 질주한다. 무섭다. 육지와의 왕래가 쉽고 돈벌이가 많은 섬일수록 차들이 급하게 달린다. 오히려 하루 한두 번씩밖에 배가 다니지 않는 작은 섬의 사람들은 급한 법 없이 느긋하다. 이 섬은 세 곳의 포구에서 적어도 하루 서른 번 이상 배가 출항한다. 그럼에도 사람들의 마음은 늘 급하고 초조하다.

보다 빠른 교통수단이 생길수록 사람들은 점점 더 속도에 깊이 예속된다. 사람들이 빠른 속도로 자동차를 모는 것은 늦을까 봐 두려워서가 아니다. 조금이라도 더 빨리 가려는 조급증 때문이다. 늦지만 않으면 충분한 것을 그저 빨리 가기 위해 내 목숨을 걸고, 다른 목숨까지 노린다. 이 섬 끝에서 끝까지는 느리게 달려도 20분이면 족하다. 하지만 운전자들은 시속 100킬로미터를 예사로 넘나든다. 100미터마다 하나씩 과속 방지턱이라도 만들고 싶은 마음이다.

노화도에는 동양 최대의 납석 광산이 있다. 곱돌이라고도 하는 납석은 조

노화도 광산에서 캐낸 곱돌

각재·타일·유약·농약 등에 사용되는데, 수십 년 지속된 광산 개발로 노화도의 산과 땅은 초토화되었다. 마을 하나는 지하로 들어온 광산 때문에 아예 주저앉아 버리기까지 했다. 전체가 광맥인 산은 통째로 사라져 버렸다. 광산들이 어디로 얼마나 멀리 뻗어나갔는지 섬사람들은 아무도 모른다. 북으로는 이미 해남을 지나갔을 것이라 하고, 남으로는 소안도까지 파 내려갔을 것이라는 풍문만 무성하다. 광산 속으로 들어간 덤프트럭이 두 시간도 넘게 달린다 하니 그럴듯한 이야기다. 광산으로 인해 산과 땅속이 파헤쳐지고 지하수가 고갈되어 주민들이 받는 고통이 이만저만이 아니다. 광산이 섬을 파고 들어가도 주민들은 속수무책이다. 섬 하나를 송두리째 없애 버리는 만행이 합법의 울타리 안에서 자행되고 있기 때문이다. 마을의 앞산을 잘라내서 사라지게 만드는 일에 대한 허가권이 수백 년 터 잡고 살아온 마을 주민이 아니라 군수나 시장에게 있다는 사실을 나는 도무지 납득할 수가 없다.

규모의 차이가 있을 뿐이지 산이 사라지고 숲이 파괴되는 것이 전적으로 개발업자들 탓만은 아니다. 저 길가의 무덤만 해도 그렇다. 무덤 주변의 숲이 통째로 잘려나갔다. 묘에 볕이 들게 하려고 그런 것이겠지. 아름드리 소나무와 동백나무들이 포클레인 삽날에 찍히고 기계톱에 베어져 뒹군다. 죽은 사람의 집 한 채를 위해 수백 그루의 나무가 죽어 넘어졌다. 저 나무들에 대한 살육이 무덤 주인의 뜻은 아닐 것이다. 조상을 섬긴다는 명목으로 귀신에게 아부해서 덕이나 좀 보려는 산 자들의 욕심 탓이겠지. 마을 사람들 스스로가 자기 땅의 나무와 바위를 아끼지 않는데 누가 지켜 주겠는가.

축지법의 도인, 여행자

노화도에는 유난히 논이 많다. 갯벌을 막아 간척지를 만들었기 때문이다. 보길도와 이웃한 섬인 노화도에 간척지를 조성한 이는 고산 윤선도라고 전해진다. 보길도에 별서와 원림을 가꾸고 은둔해 살던 고산이 노화도에 간척사업을 해서 논을 만든 것이다. 고산은 섬에서까지 간척사업을 해서 땅을 얻고 부를 창출할 정도로 이재에 밝은 사람이었다. 그는 그의 나이 54세인 1640년에서 1660년 사이에 노화도뿐만 아니라 진도 굴포리에서도 간척사업을 했다. 그것이 이른바 해전(海田)이다. 고산은 노화도 석중리에 130정보, 진도군 임회면 굴포리에 200정보 가량의 농토를 간척한 것으로 전해진다. 경위야 어찌 됐든 노화도는 섬에서 나는 쌀만으로도 섬사람들 모두가 먹고 남았을 정도로 논이 많았다. 하지만 쌀이 천대받는 지금은 놀리는 논이 더 많다.

노화도(蘆花島)는 갈꽃섬이다. 노화도의 어원에 대해서는 두 가지 설이 있다. 고산이 간척사업을 하기 전 노화도 염등리 앞 300정보나 되는 큰 갯벌은 갈대꽃이 피면 장관이었다고 한다. 거기서 노화도의 이름이 유래했다는 것이다. 그리고 또 하나는 고산과 연관된다. 고산을 비롯한 양반 계층이 살았던 보길도와는 달리 노화도에는 노비나 천민들이 주로 살아 고산이 노화도를 종섬, 노아도(奴兒島) 또는 노예도(奴隷島)라 했다는 것이다. 하지만 나그네가 보기에는 두 가지 설 다 별로 신빙성이 없어 보인다. 조선왕조실록에서는 노화도(蘆花島)나 노아도(奴兒島)라는 이름이 발견되지 않는다. 반면 노아도(露兒島)라는 이름은 세 번 언급되는데, 바로 옆 섬인 보길도, 달목도 등과 함께 노아도(露兒島)가 거론된 것으로 보아 노화도의 옛 이름은 노아도(露兒島)일 가능성이 크다. 달목도는 소안도의 옛 이름이다.

"추자도와 청산도(青山島)에 들어가서 고기를 잡고 해물을 채취한다. 왜인들도 거기에서 고기잡이와 해물 채취를 하는데, 부근 제도(諸島)에 정박하고 있는 배는 고기잡이 배가 아니라 왜적이며, 영암(靈巖)의 경계는 보길도(甫吉島)·노아도(露兒島)·달목도(達牧島) 등까지이고……." (조선왕조실록 성종21년 12. 13)

고종 때까지도 노아도란 이름이 쓰인 것으로 보아 노화도란 이름은 일제시대 이후 쓰인 듯하다.

노화도 들길을 걸으며 나는 문득 어떤 생각에 사로잡힌다. 며칠 사이의 행로를 되돌아보니 어느 날은 인천에 있었고, 어느 날은 소매물도에 있었고, 또 어느 날은 경주에 있었다. 지금은 노화도에 있다. 나는 마치 축지법을 쓰는 도인처럼 순식간에 이 땅 구석구석을 찾아다녔다. 물론 천리 먼 거리를 순식간에 이동시켜 준 것은 나의 도술이 아니라 과학기술 문명이지만 인간은 어떻든 이미 축지법을 쓰는 것이다. 그러나 대부분의 사람들은 축지법을 쓸 수가 없다. 축지법이라는 도술을 부릴 수 있는 기계를 얻었으나 떠날 자유가 없는 것이다. 이제 축지법은 더 이상 먼 거리를 단숨에 갈 수 있는 능력을 말하지 않는다. 떠나고 싶을 때 자유롭게 떠날 자유를 말한다. 그러므로 여행자야말로 축지법을 쓰는 이 시대의 도인들이다!

보길도와 노화도 사이의 바다. 구조물들은 전복 양식장이다

이목리 선창까지 20리 길을 걸어왔다. 예전 같으면 여기서 나룻배를 갈아타고 보길도로 건너갔을 것이다. 하지만 근래에 노화도와 보길도 사이에 다리가 놓였다. 두 섬은 더 이상 다른 섬이 아니다. 보길도 사람들도 이제는 배 시간에 쫓겨 서둘러 건너갈 이유가 없어졌다. 나그네가 보길도에 살던 시절 장날이면 늘 건너다니던 섬.

노화도는 과거 주변 섬들의 물류 중심지였다. 지금이야 인구 7천의 소읍에 불과하지만 한때는 2만이 넘는 사람들로 북적거리던 해상 도시였다. 개도 만 원짜리를 물고 다녔다던 호시절이 있었다. 그 중심은 이목리였다. 그 무렵 이목리 땅값이 목포 시내보다 비싸다는 소문도 돌았었다. 작은 섬에 색싯집만 20개가 넘었다. 인근의 보길도, 소안도, 넙도, 횡간도, 흑백일도는 물론, 멀리 제주의 추자도와 육지인 땅끝에서도 장을 보거나 술을 마시러 왔다. 하지만 교통 여건이 좋아지면서 노화도의 위세는 사그라들었다. 그래도 이목항은 여전히 활기차다. 전복 양식으로 수입이 많은 노화도는 어느 섬보다도 부유하다. 갈꽃섬이 이제는 전복섬이 되었다. 모처럼 노화에 왔다. 몸도 녹일 겸 잠시 어디서 쉬었다 가자.

다방 여자

이목리 선창가 어느 다방에 들어섰다. 방 안에 있던 여종업원이 문을 열고 나와 주문을 받는다. 여자는 말 한마디 없이 메뉴판을 놓고 돌아선다. 천오백

원짜리 차 한 잔 마시는 뜨내기가 마냥 반갑지는 않을 것이다. 다방에서 반기는 것은 티켓 손님이다. 낮에 오는 차 손님이 살가운 것도 밤에 시간당 몇만 원짜리 티켓을 끊어 주기 때문이다. 여자는 양은 쟁반에 티백 녹차 한 잔을 가져온다. 그런데 찻잔을 내려놓는 여자의 얼굴이 낯설지 않다.

"저 혹시……."

"왜요?"

여자가 얼굴을 들어 나그네를 정면으로 쳐다본다.

"저 모르시겠어요? 보길도에 계셨었죠?"

"어머나, 선생님."

여자도 기억이 났나 보다.

"여기로 옮겼군요."

여자가 말없이 고개를 떨어뜨린다.

나그네가 보길도에 살 무렵 다방에서 일하던 여자는 티켓을 끊어 준 마을 사내와 함께 나그네의 집을 찾았었다. 그날 여자는 앞으로 다방 일은 하지 않을 거라고 말했었다. 여자는 부산 사람이었다. 사업을 하는 남편과 두 아이와 부유하게 살았더랬다. 세상 물정에 어두운 여자는 남편 몰래 친구에게 몇억 원의 돈을 빌려 주었다가 떼였다. 여자는 돈 한 푼 못 받고 쫓겨났다. 사십넘어 처음으로 세상에 내던져진 여자는 2년 동안 식당에서 허드렛일을 하다가 단골손님으로 오던 택시기사와 눈이 맞았다. 열 살 연하의 남자는 여자를 끔찍이도 위해 주었고, 둘은 곧 살림을 차렸다. 남자가 음악을 좋아한다기에 식당일로 어렵게 모은 돈 천만 원을 털어 남자 택시에 고급 오디오를 달아주기도 했다.

사랑이라는 이름의 폭력

그런데 오래지 않아 남자에게 가정이 있다는 사실이 드러났다. 그래도 여자는 남자를 사랑했다. 하지만 남자는 술에 취하기만 하면 '이것 사내라, 저것 사내라' 요구하며 구타를 했다. 그러다가 술이 깨면 남자는 잘못했다고 엉엉 울면서 무릎 꿇고 빌기까지 했다. 그러기를 수도 없이 반복했다. 여자는 결국 남자에게서 도망쳐 다방에서 일하기 시작했다. 그러다 섬으로 흘러들어 왔다. 남자는 섬까지 쫓아와 행패를 부리곤 했다. 그날도 남자는 택시에 네비게이션 설치할 돈을 부쳐 달라고 전화를 했다. 여자는 어떻게 해야 할지 모르겠다며 울먹였다. 남자가 아직도 자신을 사랑하는 것 같아 거절하기 어렵다고 했다. 전화 속에서 여자에게 쌍욕을 해대는 남자의 목소리가 수화기를 통해 들렸다.

어찌하면 좋겠느냐고, 그 남자가 나를 사랑한다는데 어찌하면 좋겠느냐고 여자는 울먹였다. 나그네가 말했다.

"그 남자는 당신을 사랑하지 않는 겁니다. 섬에 팔려 온 가엾은 여자에게 돈까지 뜯어내는 파렴치한이에요"

여자는 고개를 끄덕였다. 그 순간에도 돈을 보내라는 남자의 독촉 전화가 계속되었다. 여자는 받을까 말까 고민했다.

"휴대폰을 꺼 버리세요."

여자는 밧데리를 뺐다. 여자는 계약이 끝나면 부산으로 돌아가 살겠다고 했었다. 그런데 여자를 다시 노화도 다방에서 만났다. 여자는 아무 말도 하지 않았다. 나그네도 더 이상 묻지 않았다. 무슨 말이 필요하겠는가. 아마 여자는 그 택시기사와도 끝내 헤어지지 못했을 것이다.

초판 인쇄일 2011년 6월 1일
초판 발행일 2011년 6월 8일

글 · 사진 강제윤
발행인 이승용
발행처 (주)홍익출판사

출판등록번호 제1-568호 | **출판등록** 1987년 12월 1일
주소 서울 마포구 서교동 395-163 (121-840)
대표전화 323-0421 | **팩스** 337-0569
e-mail editor@hongikbooks.com
홈페이지 www.hongikbooks.com

ISBN 978-89-7065-267-2(03810)

이 도서의 국립중앙도서관 출판시도서목록(CIP)은
e-CIP 홈페이지(www.nl.go.kr/ecip)에서 이용하실 수 있습니다.
(CIP제어번호 : 2011002163)